醫統江山

卷2

神醫手段

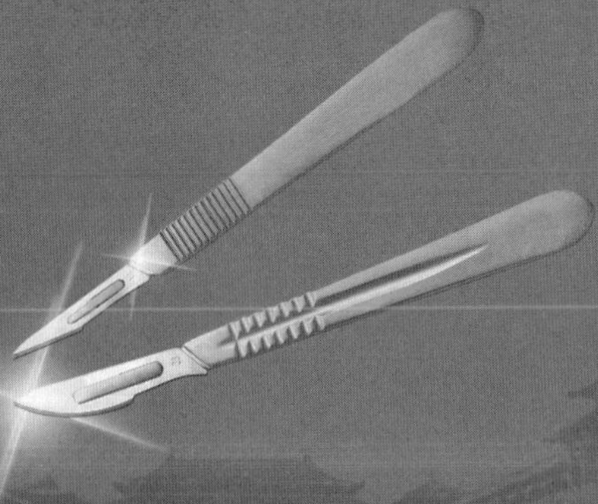

石章魚 著

正所謂人心不足蛇吞象
做人不可太貪！
但這世上當官的，又有哪個不貪？
貪也要分境界的！

目錄

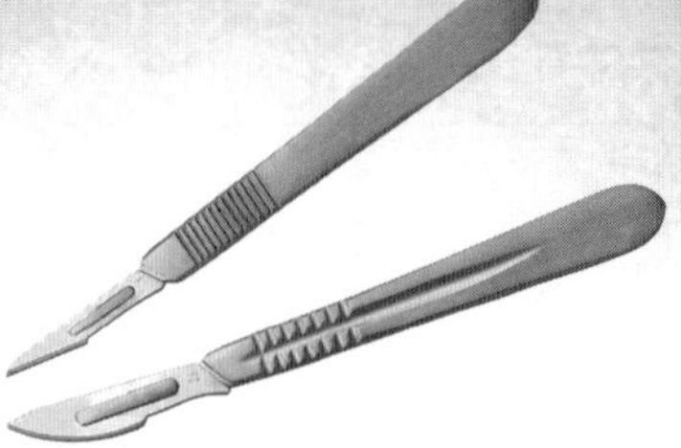

第一章

風情萬種的女人

霍小如當然能夠聽出他話裡蘊藏的意思，
俏臉浮起兩片紅暈，麗質天生，嬌羞滿面，更是撩動心魄。
胡小天端起酒杯，咕嘟，灌了一大口酒進去，
兩輩子加在一起，還是頭一次見到這麼有風情的女人，
得妻如此，夫復何求。

慕容飛煙道：「你若是真能作出什麼千古絕唱，我甘願為你打傘，不過就憑你……」她認定胡小天沒有這麼大的才華，故作不屑地搖了搖頭。

胡小天的確沒有這麼大的才華，可韓愈有啊，胡小天打小就是個學霸，什麼唐詩宋詞元曲的背得無不是滾瓜爛熟，就算李白復生，也難以企及他的才華，這叫博采眾家之長，天下文章一大抄，胡小天要做的事情只是把合適的詩詞填入合適的情景，這就是醞釀的全過程。

這貨緩步走在被青石板洗刷一新的道路上，輕聲吟誦道：「天街小雨潤如酥……」

慕容飛煙已經忍不住笑了起來，再好的詩句也禁不住他這麼重複，這妮子笑得好不矯揉造作，露出滿口潔白晶亮的牙齒，明眸皓齒頗為動人，這年代講究笑不露齒，像慕容飛煙笑得這麼豪放的還真是不多，胡小天被她嬌豔如花的模樣給弄得呆住了。

慕容飛煙看到這廝色瞇瞇的眼神頓時俏臉一熱，垂下黑長的睫毛，輕聲道：「還是這一句啊，實在想不出就算了吧，千萬別憋著……」說到這裡自己又忍不住笑了起來。

胡小天道：「我這肚子裡滿滿的全都是才華，就差溢出來了，你聽著：天街小雨潤如酥，草色遙看近卻無。最是一年春好處，絕勝煙柳滿皇都。」

慕容飛煙本來憋足了勁兒想要取笑他的，可聽到胡小天將全詩吟出，整個人徹底被震撼到了，這首詩其實是韓愈的原作《早春呈水部張十八員外》。胡小天在這樣的天氣，恰巧在天街將之吟誦了出來，可謂是貼切到了極致，詩的風格清新自然，看似平淡，卻絕不平淡，用簡樸的文字，描繪出春日的獨特景色。刻畫細膩，造句優美，構思新穎。

在慕容飛煙的眼中，這貨突然從一個不學無術的紈絝子蛻變成為蒙上一層光環的才子，大才啊！如果這首詩真是胡小天所作，那麼他的才華真的有點驚天地泣鬼神了，慕容飛煙仔細在腦子裡搜索了一遍，她平日裡也看過不少的詩詞，可記憶裡絕沒有這麼樣的一首。慕容飛煙將信將疑道：「這首詩真是你作的？」

胡小天點了點頭，厚著臉皮道：「這首《春雨》就當是我送給慕容捕頭的臨別禮物吧。」心想下次再送你一首《春夜喜雨》，作詩我雖然不行，可背詩那可是一把好手。

慕容飛煙一言不發，騰的一聲撐開了紅傘，她生平最佩服的就是才子，願賭服輸，給才子打傘是一種榮幸，絕對不是丟人的事，只是她仍然有些想不通，這貨什麼時候變得這麼有才的？

走過天街，前方就是東四牌樓，路南有一條本司胡同，裡面就是大康的雲韶府，所謂雲韶府其實就是教坊司，隸屬於禮部，專門管理宮廷俗樂的教習和演出事宜，路北有一條粉子胡同，卻是康都最大的色情場所，裡面名妓如雲，不過這邊都是隸屬於教坊司的官家名妓，服務的對象也是權貴皇親。每到夜燈初上之時，這邊就會變得熱鬧非凡，可謂是廣大男人的樂土。可現在是白天，是一天中最為冷落的時候。

胡小天聽聞過粉子胡同的名頭，可惜一直無緣去見識，所以經過粉子胡同的時候，不免多看了兩眼。慕容飛煙不由得皺了皺眉頭，把傘收了回來，這廝終究不是什麼好貨，就算是有點小才，可是缺了大德，不能給他打傘，丟人。

慕容飛煙道：「是不是很想去啊？」

胡小天嘿嘿笑道：「聽說過，只是沒去過。」

慕容飛煙不屑地哼哼了一聲，她才不相信呢。像胡小天這種人肯定是粉子胡同的老主顧，怎麼可能沒去過？

胡小天心想別看老子長得像個ＶＩＰ會員，事實上真沒去粉子胡同消費過一次，慕容飛煙的這番話倒是提醒了他，離開京城之前是不是來見識見識，此去青雲縣還不知什麼時候才能回京，如果錯過豈不是一個天大的遺憾。

胡小天道：「我只是長得有點不安分，可這顆心卻是非常乾淨正直的……」

一個脆生生的聲音叫道：「胡公子！」

胡小天愕然轉過身去，他在康都之中還真沒有多少熟人，更不用說這東四牌樓粉條胡同附近了。等他回過身去，方才認出身後的這個俏生生的小婢原來是才女霍小如的貼身婢女婉兒。

慕容飛煙現在是真正鄙視胡小天了，居然有臉說沒來過粉子胡同，你沒來過人家怎麼會遇到你？

胡小天笑道：「原來是婉兒啊！」

婉兒手中捧著一盆海棠花，紅衫綠褲，跟這盆花倒是相得益彰，小妮子活潑可人，這麼豔俗的裝束穿在她的身上仍然壓得住，笑起來自然而然地露出兩顆白白的小兔牙：「胡公子還記得我啊！」

胡小天笑道：「怎麼可能忘記呢？你住在這裡？」

婉兒點了點頭道：「雲韶府，我家小姐最近在雲韶府教習歌舞，她經常提起公子呢，還誇公子高才呢！」

想起風華絕代的霍小如，胡小天心中不由得一熱，被美女惦記可是一件能夠滿足虛榮心的事情，這霍小如也勉強算得上一個紅顏知己吧，胡小天笑道：「霍姑娘還好吧？」

婉兒道：「好啊，胡公子，我們家小姐就在雲韶府，不如我帶您過去見她，她要是知道您來了，肯定會非常開心。」小妮子不但長得恬靜討喜，這嘴巴也是非常乖巧。

慕容飛煙不知婉兒的身分，只當她口中的小姐是胡小天的相好，內心中狠狠鄙視了胡小天一次。

胡小天轉向慕容飛煙道：「一起去？」他沒有讓家丁隨行，就讓他們在外面等著。

慕容飛煙心想你不是請我去天然居吃飯嗎？怎麼突然就改了主意，不過她對胡小天的這個相好還是頗為好奇的，一心想跟過去看看，到底長得什麼樣子，於是點了點頭。

婉兒為兩人引路，向南拐入了本司胡同，沒走多久就看到雲韶府的大門，朱紅色大門，黑色橫匾，上面用朱漆書寫了三個大字——雲韶府。

門前滴水簷下站著兩名藍衣武士，可能是因為天氣的緣故，兩人的臉色也顯得陰沉沉的，沒精打采，面對面誰也不說話，時不時地打著哈欠。

有了婉兒的引領，那兩名武士也沒有盤問，順順當當地給胡小天他們放行。

進了雲韶府的二道門，就看到一個四四方方的院落，有百餘名年輕舞女正在那裡練功，這些少女全都是相貌出眾，青春可人，負責訓練她們的是四名中年婦人，這些婦人也都曾經是大康名動一時的舞姬，只是後來年老色衰，無法再登場表演，所以才做起了教習的工作。

沿著右側的長廊走過院落，一邊走一邊看著那些舞女的訓練，婉兒道：「她們每天都要訓練的，風雨無阻。」

胡小天道：「幹什麼都不容易。」

慕容飛煙望著那些刻苦練功的舞女，美眸中流露出同情的目光，輕聲道：「她們大都是窮苦人家的孩子，其中也有落罪官員的女兒，如果不是走投無路，誰會做這種事。」舞姬社會地位非常低下，她們只是供給權貴娛樂的玩物，最好的結局就是被某位恩主看中，納為妾侍，多數都淪為官妓，等到年老色衰又會被逐出家門，任其自生自滅，像這四位教習能夠留在教坊司教舞，已經是不錯的結局。

婉兒帶他們來到雲韶府的清影廳，在大門前就已經聽到絲竹鼓樂之聲，裡面正在彩排。

八名身穿白色長裙的少女正在翩然起舞，霍小如站在她們的中心，也是一身白色長裙，雙手持著一條藍色的綢帶，嬌軀傾斜飛旋，綢帶圍繞她的嬌軀變幻出美妙的曲線，讓人賞心悅目，目眩神迷。

慕容飛煙這才知道胡小天的相好原來是才女霍小如，這霍小如可是大大的有名，她此次來京城是專程為了給皇上的六十歲壽辰排演《霓裳羽衣曲》的，來到京城之後，就引起了不小的轟動，無數達官貴人都以能和霍小如見上一面為榮。

樂曲的節奏越來越急，如同大珠小珠落玉盤，霍小如的嬌軀也越轉越疾。

胡小天看得嘴巴張得老大，想不到霍小如的舞藝這麼厲害，光看著都覺得眼暈。

霍小如突然停了下來，擺了擺手道：「不對！還是不對！」她顯然對這一段舞蹈的編排並不滿意。

樂工們停下演奏，八名伴舞也怔怔地望著霍小如，霍小如秀眉微顰，垂下螓首想了一會兒，輕聲道：「就到這裡吧，我要好好想一想。」

婉兒道：「小姐！」

霍小如回過身去，這才看到了胡小天和慕容飛煙，霍小如頗感詫異，她實在想不通胡小天怎麼會來，不過有一點無法否認，胡小天那天在煙水閣的表現留給了她相當深刻的印象，霍小如一向眼界甚高，能夠讓她嘆服的男子並不多見，可以說胡小天當得起才華橫溢這四個字。

霍小如溫婉一笑，她的笑容很好地詮釋了六宮粉黛無顏色的含義，婷婷裊裊來到胡小天的面前，淺淺道了一個萬福，柔聲道：「民女不知胡公子到來，有失遠迎還望恕罪。」

胡小天笑道：「我剛巧從這邊經過，正好遇到了婉兒，所以就跟著她過來了。」上次因為霍小如是白紗敷面，所以他並沒有得見真容，今日一見果然是人間絕色，清麗無倫，胡小天的目光在她的俏臉之上流連忘返，難以自拔。

霍小如對自己的這個貼身婢女非常清楚，知道這小丫頭最喜多事，她微笑道：

「咱們去花廳坐。」

胡小天卻搖了搖頭道：「我和慕容捕頭本想去天然居吃飯，霍姑娘如果有空，一起去吧？」

霍小如猶豫了一下，終於還是點了點頭，柔聲道：「胡公子和慕容捕頭請稍待，我去換過衣服就來。」

胡小天馬上就知道，等待美女換衣服那是一個相當漫長的過程，霍小如這一去至少有半個時辰，慕容飛煙等得有些不耐煩了，起身道：「換個衣服怎麼會這麼久？」她本身就是個急性子，大大咧咧的，因為職業的緣故，對於裝扮從來都不怎麼上心。

胡小天倒是比她有耐心，笑瞇瞇端著茶杯，品了口香茗：「女為悅己者容！」這貨顯然在往自己臉上貼金，他顯然就是那個悅己者，他是在說霍小如是為他精心打扮。

慕容飛煙用他早已熟悉的鄙視目光盯住他，送給他一個很不友好的評價：「馬不知臉長！」悅己者？反正她沒覺得胡小天是個悅己者。

霍小如千呼萬喚始出來，換了一條湖綠色的長裙，黑髮洗過還沒有乾透，挽了一個荷花髻，沒有任何多餘的飾品，只是用一根銀簪插入髮髻之中。霍小如並不刻意打扮，可是她每次出場的裝扮都會給人留下極其深刻的印象。

肌膚白裡透紅，沒有化妝，素雅如秋日之菊，超塵脫俗，宛如一個不食人間煙火的仙子。

即便是同為女人的慕容飛煙也被霍小如的絕世風姿所吸引，心中暗贊，難怪霍小如會有這樣的名氣，長得真是太美麗了。真是想不到舞姬之中還有如此清純氣質的妙人兒。

霍小如歉然道：「讓兩位久等了。」

慕容飛煙道：「胡公子剛說女為悅己者容，霍小姐是在為誰打扮呢？」

胡小天被慕容飛煙的出賣弄得好不尷尬，霍小如卻嫣然一笑：「女為悅己者容，好有深意的一句話，也只有胡公子這樣的大才，才能夠說出這麼有哲理的話語。」她說話的時候眼波流轉，如同一根羽毛撩動對方的心扉，當真是動人之極，慕容飛煙心想這霍小如的眼神兒真是嫵媚勾人，就算自己身為女人都能夠感受到她的魅力，更不用說胡小天這樣的登徒子了。

胡小天的臉皮就算再厚，這會兒也不禁有些發熱了，大才！這些話可都不是我的原創，多讀書的確有好處，過去普普通通的一些話，放到現在就能讓別人驚豔佩服，我這麼容易就成了大才！

走出雲韶府，雨已經停了，大街小巷被洗刷的乾乾淨淨，柳色清新，草色如煙。走在兩位美女中間，胡小天感覺自己的腳步也變得輕快了許多，心中那是充滿了相當的驕傲和自信，帶著倆大美女壓馬路的感覺怎地一個爽字得了！

梁大壯那幫人仍然在外面老老實實地等著，看到少爺在一左一右兩大美女的陪同下出來，驚得眼珠子差點沒掉到地上，搞了半天少爺是去泡妞了！這個詞是梁大壯剛剛從胡小天那裡學會的，泡是軟磨硬泡的泡，妞是小美妞的妞，泡妞這個詞真是神來之筆，簡練卻包含著深刻的意義，僅僅用兩個字就描繪出了這一行為的精髓，少爺果然是大才啊！

天然居距離這裡已經不遠，胡小天他們也沒上馬車，走過東四牌樓，就已經看到了天然居的招牌，天然居外面掛著一副對聯——客上天然居，居然天上客。不過只有上聯，下聯空著，顯然是等人應對。

胡小天沒來之前就已經想到這幅對聯了，俗，爛俗的一副對聯，早在清朝的時候，乾隆爺和紀曉嵐就將這對子給對濫了。門前站著幾個才子模樣的書生，正在搖頭晃腦地揣摩著。霍小如看到那空下的對聯，不由自主地看了看胡小天，在她的心目中，胡小天對對子的本事那絕對是超人一等，當日在煙水閣可謂是技壓群雄。

慕容飛煙是這裡的老主顧，老闆楊三奇看到是她來了，慌忙迎了過來，拱手作揖道：「慕容捕頭，您可有日子沒來了。」像他們這種行當，平日裡尋釁鬧事的層出不窮，這楊三奇又沒什麼後台，幸虧慕容飛煙給了他不少的幫助，這才免受附近那些潑皮無賴的滋擾，所以楊三奇對慕容飛煙一直感激得很。

慕容飛煙道：「倒是早就想過來，只是公務繁忙，抽不出時間。」

楊三奇道：「今天這頓我請！」

慕容飛煙笑道：「不用，你不是有規矩，凡是對得上這上聯的方才能夠白吃白喝，我可沒有那樣的才華，也不能壞了楊老闆的規矩啊！」

胡小天道：「我有啊！」

一句話就把所有人的目光都吸引了過來，胡小天道：「怎麼都用這種眼神看著我？這對聯並不難啊！」這貨早就知道了標準答案，根本就是胸有成竹。

楊三奇有些好奇地望著胡小天，他拱了拱手道：「這位公子，這副對聯只有上聯，沒有下聯，上聯是昔日朝中的一位大人所題，在這裡已經掛了整整三年，至今都沒有合適的下聯應對，這三年間天然居出來進去不知多少客人，其中也不乏學富五車的大家才子，下聯也有無數，總感覺不是那麼的貼切，您若是能夠對得出來，對得工整貼切，只要天然居存在一天，您在這裡隨便吃喝，永遠無需結帳。」

他口中所說的那位大人正是昔日一品大員，太子太師周睿淵，後來因為太子龍燁霖被廢而被牽連，結果被當今皇上貶為庶人，離京回家去了，所以楊三奇也不敢輕易道出他的名字。

胡小天本來也沒準備把答案說出來，可一聽居然有這樣的好事，一輩子免費吃喝，這樣的機會可不能白白錯過。不過這貨多少還懂得女士先請的道理，笑眯眯向霍小如道：「霍姑娘先請！」他一方面是客氣，另一方面也有考校霍小如才學的意思，當日在煙水閣，霍小如並沒有太多發揮的機會，既然有才女之名，肯定會有她的理由。

霍小如其實之前就聽說過天然居的楹聯，也嘗試著對出下聯，所以對她來說也算不上難，她輕聲道：「其實這副對聯答案並非固定，這副對聯我早已聽說，也曾經想過一副對聯，可幾經推敲，仍然不是最為貼合的那個，我對的是，船渡千里江，江裡千渡船。」

胡小天原本想直接拿紀曉嵐的答案來對，可霍小如已經說出了下聯，自己也不方便太過賣弄，霍小如的下聯雖然精妙，可仍然在平仄上有所欠缺。

眾人齊聲贊道：「好聯！」

霍小如道：「我的下聯在平仄方面仍然有所欠缺，可我思來想去，又想不出更好的下聯，讓各位見笑了。」

幾個人一起望向胡小天，霍小如的對聯已經非常精妙，卻不知這廝還能想出什麼。胡小天自然不能將原有的下聯說出，也沒必要在美女面前出這個風頭。想了想道：「人窮沒肉吃，吃肉沒窮人！」此聯一出，引起一陣笑聲，吟詩作對原本是風雅之事，這胡小天居然對出了一個這麼俗氣市儈的下聯。

霍小如也忍俊不禁，嫣然一笑，百媚頓生。圍觀的所有人都被她表現出的絕代風華所吸引，目光全都聚焦在她的俏臉之上，本該成為主角的胡小天反倒無人注視了。

楊三奇笑過之後，眉頭緊鎖，似乎在推敲他們的下聯，想了一會兒搖了搖頭道：「胡公子的下聯不妥，表面上看對仗似乎工整，可惜禁不得推敲，霍姑娘的對聯更為貼切一些，只可惜在平仄方面仍然有些瑕疵。」

胡小天心中暗罵這楊三奇小氣，憑霍小如的對聯，就算不能一輩子免單，一頓飯免單應該毫無問題吧，這貨居然連這點爽氣都沒有，他笑道：「看來我沒有福分吃一頓免費午餐了。」他讓梁大壯一幫人在樓下坐了，自己則和霍小如，慕容飛煙一起上了二樓雅間。

慕容飛煙對這裡熟悉，所以由她點菜，當她點到芙蓉肉的時候，幾個人不由得想起胡小天剛才的應對，全都忍不住笑了起來。

「人窮沒肉吃，吃肉沒窮人！」霍小如輕聲道：「這下聯越品越是有味道啊！我看這位楊老闆不識貨，這麼好的下聯，他居然說不好。」

慕容飛煙道：「我沒覺得好在哪裡，太俗氣了吧。」

胡小天道：「大俗就是大雅，任何事情到了最後都脫不開返璞歸真的道理。」

霍小如眨了眨美眸，發現胡小天說話雖然質樸無華，可是其中卻蘊藏著深刻的道理，也許這就是他所謂的返璞歸真。

陪著兩位美女吟詩作對，咬文嚼字也不失為一件樂事，窗外又淅淅瀝瀝的下起雨來，慕容飛煙端起酒杯道：「祝你一路順風！」

胡小天端起酒杯笑眯眯道：「多謝吉言！」

霍小如這才知道胡小天要出遠門，有些詫異道：「胡公子要出遠門？」

胡小天點了點頭道：「承蒙聖上眷顧，給我安排了一個差事！」

其實慕容飛煙只知道他要出門，以為他八成是去遊山玩水，卻沒有想到他是去當官，像胡小天這種衙內，生就就比別人好命，別人要苦讀多年，歷經無數考試，有幸金榜題名方才有當官的機會，而胡小天這種人根本不用花費什麼力氣就可以進入仕途，依靠他們的背景肯定會青雲直上，想起自己盡職盡責地為京兆府辦事，到最後卻因為得罪了權貴而被停職，同樣都是人，為什麼命運迥異？這上天也太不公平了一些，想到這裡，原本鬱悶的心情變得越發沉重了。

慕容飛煙將杯中酒一飲而盡，霍小如主動起身為他們斟滿酒，回到自己的位子上，端起酒杯，向胡小天道：「小如也祝胡公子此去一路平安，以後大展宏圖，青雲直上。」

胡小天嘿嘿笑道：「借你吉言，這杯酒我喝了！」

飲完這杯酒，霍小如輕聲道：「卻不知胡公子此去何處為官？」

胡小天道：「西川！一個連地圖上都找不到的偏僻小縣當縣丞。」雖然父親交代他要保密，可胡小天並不認為告訴她們兩人知道能有什麼不妥。

慕容飛煙畢竟是官場中人，對胡小天的事情還是瞭解一些，知道他和西川節度使李天衡的女兒定親，選擇前往西川為官一定是這個緣故，朝中有人好做官，胡小天這種人根本不用操心仕途上的任何事，他的家人早已為他安排妥當。慕容飛煙道：「看來這世上從今天起又要多一個貪官了！」

胡小天哈哈笑道：「九品官而已，就算我想貪也沒什麼油水可撈。」

慕容飛煙道：「貪污和官職大小可沒有必然的聯繫，只要你真心想貪，再窮的地方一樣可以刮地三尺。」

霍小如溫婉笑道：「慕容捕頭，我看胡公子不像是個貪官。」

慕容飛煙有些不服氣地望著霍小如：「你怎麼敢如此斷定？」

霍小如道：「以胡公子的胸懷，眼界肯定不會這麼低，我相信憑胡公子的能力，將來一定會位極人臣，絕不可能偏安一隅。」

才女就是才女，這番話真實性到底有多少不清楚，不過聽得胡小天心理那個舒坦啊，知己，這才是紅顏知己，老子的境界和胸懷豈能那麼低？區區一個青雲縣我怎麼會看在眼裡，憑我的才華，想發財也不必通過貪污受賄的手段，慕容小妞對我的偏見還真是不輕。

慕容飛煙因為被停職的緣故，心情明顯有些鬱悶，她很少說話，只是獨自喝著悶酒，胡小天擔心她喝多，提醒她道：「借酒澆愁愁更愁，慕容捕頭有什麼心事，不如說出來大家幫你分擔一下。」

霍小如的芳心中因為借酒澆愁愁更愁這句話又是一番觸動，胡小天看似玩世不恭，可實際上卻是才華橫溢，不經意間說出的話都這樣發人深省。

慕容飛煙道：「說出來又有何用？這世上正邪難辨，黑白難分，算了，我還有事，先走了！」她說走就走，起身拿起自己的佩劍，大步離開了天然居。

霍小如有些迷惘道：「慕容捕頭好像生氣了？」

胡小天望著她的背影道：「一個稜角分明的人很難在官場中立足，這官場是人世間最為凶險的地方，若不收起鋒芒，藏起稜角，只能是處處碰壁，到最後難免要落得一個粉身碎骨的下場。」

霍小如凝望著胡小天突然變得深沉的雙眸，心中微微一動，看來胡小天的內在本質遠比他表露出的輕狂要深邃得多，也許他正是利用表面的輕狂和浮躁來掩蓋自身的鋒芒，霍小如端起酒杯道：「胡公子，這杯酒我要向你道歉，那天我在煙水閣不辭而別……」

胡小天微笑道：「區區小事，為何要道歉？」

霍小如俏臉微紅道：「你有沒有生我氣？」

胡小天反問道：「為何要生你氣？」他本來還想說，你這麼漂亮，我怎麼忍心生你氣，可話到唇邊又覺得太過輕狂所以停下不說。

「你為我出頭，而我卻臨陣脫逃，棄你於不顧。」

胡小天道：「開始的時候的確有些不解，可後來我想想就明白了，你擔心留下來會給我造成更大的麻煩，會有人借題發揮，說我為了你爭風吃醋才和他們大打出手，如果真要是這樣，豈不是越發棘手？所以我非但沒生氣，反而對你感謝得很呢。」

霍小如沒想到胡小天居然將事情看得這麼透徹，對自己心中真實的想法揣摩得絲毫不差，她這一生中還從未遇到過這樣瞭解自己的男子，一雙美眸靜靜望著胡小天，咬了咬櫻唇道：「難得胡公子肯處處為人著想。」

胡小天微笑道：「我很少為別人著想，只是對霍姑娘有些不同。」

霍小如芳心一顫，這廝根本是在向自己表露什麼，她有些不敢直視胡小天突然變得灼熱的目光，黑長的睫毛垂落下去，輕聲道：「胡公子此去山高水長，路途遙遠，不知何時才能返京。」說這番話的時候，心中隱然有不捨之意。

胡小天瞇起雙目道：「少則一年兩載，長則三年五載，我還沒有去，一切都是未知數。」

霍小如道：「我幫助教坊司排好這套舞之後，也會離開京師。」

胡小天道：「霍姑娘若是有興趣，不妨來西川的青雲縣看看，聽說那裡風景秀美，民風淳樸，應該不會讓你失望。」這貨主動提出邀請，不得不承認，面對霍小如這樣一位美麗而聰慧的女子，只要是個正常男人就會心動。

霍小如當然能夠聽出他話裡蘊藏的意思，一張俏臉不由得浮起兩片紅暈，麗質天生，嬌羞滿面，更是撩動心魄。胡小天端起酒杯，咕嘟，灌了一大口酒進去，兩輩子加在一起，還是頭一次見到這麼有風情的女人，得妻如此，夫復何求。想起自己那個癱瘓醜陋的未婚妻，胡小天恨不能一頭撞死，老子真是命苦啊。

霍小如小聲道：「等皇上壽辰慶典之後，小如還要前往南郡料理一些事情，我想明年或許能有時間去西川一趟。」說到這裡已經是羞不自勝。

胡小天心中一陣狂喜，霍小如說出這番話等同於答應他會前往西川赴約，那就是擺明了給自己機會，一年的時間說長不長，說短不短。這點耐心自己還是有的，只要霍小如前往西川找自己，自己絕不會放過這個絕好的機會，若是兩情相悅，你情我願，胡小天不介意將現在擁有的一切給扔了，帶著霍小如一世逍遙比翼雙飛，這貨不知不覺開始想入非非。

霍小如看到他目光迷離，輕聲咳嗽了一聲道：「胡公子在想什麼？」

胡小天這才知道自己失態了，尷尬笑道：「想想就要離開京城了，這心中還真是有些不捨得，捨不得這邊的一切，捨不得父母家人，也捨不得你……這樣的朋友。」

霍小如微笑道：「我和胡公子才是第二次見面呢。」她是在提醒胡小天，咱們好像還沒熟到那個份上，你這話透著一股子虛情假意。

胡小天道：「有人認識了一輩子也不可能成為朋友，有人僅僅是見了一面就可能肝膽相照，我在康都沒什麼朋友，不知為何，這心中感覺和霍小姐親近得很呢。」

霍小如道：「胡公子抬愛了，小如只是一介舞姬，從沒有想過高攀，也沒有想過和公子做朋友。」霍小如所說的是事實，在當今的時代，舞姬的地位極其卑下，即便是她有才女之名，在外人的眼中仍然身分低賤，別人和她相交，無非是看中了她的外表，而不是真心實意的平等看待。

胡小天道：「人生來就是平等的，沒有高低貴賤之分，你又何必輕賤自己？」

霍小如並不想在這個問題上探討下去，美眸投向窗外道：「雨停了！」剛才的那陣細雨飄過，天空洗得非常明淨，許多雲絮低垂，將遠方巍峨的皇城籠罩起來，似乎給它披上了幾片白色的輕紗，一道豔麗的彩虹，趁人不注意的時候，悄悄地顯現了出來，從西方一直彎到了正南方，橫跨了整個護城河，為街道上的行人蒙上了一層瑰麗的色彩。

景色如畫，霍小如有種想要走入畫卷中的衝動，胡小天從她的目光中意會到了這一點，提議結帳走人。來到櫃檯的時候，才知道慕容飛煙走的時候已經先將帳給結了，慕容飛煙雖然和他每次見面都會發生口角，可為人卻是不錯。

離開了天然居，霍小如回身看了看天然居未完成的對聯，輕聲道：「客上天然居，居然天上客。想出這上聯的人不知是哪位大儒？」

胡小天道：「其實這對聯我小時候就曾經聽人說過，上聯不知是誰人所提，可下聯我卻聽一位僧人對過。」

霍小如眨了眨美眸，心中暗忖該不是那句人窮沒肉吃，吃肉沒窮人吧？

胡小天道：「僧遊雲隱寺，寺隱雲遊僧！」

霍小如雙眸一亮，不禁撫掌讚歎，這一聯對得真是巧妙，她笑道：「如果你剛才將這一聯對出，咱們這頓飯就可以不用花錢了。」

胡小天道：「其實你那一聯對得就相當工整，這天然居的老闆我看也是個不夠爽利的傢伙，上聯空了這麼久，我不信過往的文人墨客對不出來，即便是有對出來的，他也不肯承認，一來捨不得這點酒菜，二來以此作為噱頭吸引更多的客人上鉤，只是商業經營的一種手段罷了。」

霍小如點了點頭，胡小天的頭腦真是精明過人。她好奇道：「你說你小時候就聽說了這個對聯？」

胡小天道：「這對聯原沒什麼稀奇，我記得那僧人當時就對了兩個下聯，還有一聯是：人過大佛寺，寺佛大過人。」這些在胡小天看來全都了然於胸的名聯，對霍小如來說卻是新鮮得很，胡小天還算有點節操，只說是某位僧人給出的下聯，沒有厚著臉皮說是自己的原創。

霍小如仔細揣摩了一下，這兩個下聯都比起自己的那個更為工整巧妙，心悅誠服道：「公子高才，小如自愧不如。」

胡小天笑道：「這對聯都不是我對的，不過看到小如姑娘，我倒是突然想起了一聯，臨行之前，我送給你，權當是咱們分別的禮物吧。」

霍小如微笑點頭，美眸之中充滿期待。

胡小天道：「小住為佳小樓春暖得小住且小住，如何是好如君愛憐要如何便如何！」

霍小如聽他說完，一張俏臉頓時間羞得通紅，這廝真是輕狂大膽，居然送了一副這樣的對聯給自己，字裡行間洋溢著濃濃的騷擾味道，可她又不得不承認，這對聯立意之巧妙，對仗之工整堪稱千古絕對，他竟然將自己的名字巧妙嵌入其中，上下聯的第一個字都是小如，聯中一共嵌入了四個小如，此人當真是天縱之材，無論他心中在打什麼主意，可他無疑是霍小如見過的最有才華的一個。

霍小如道：「胡公子此去為官，縣丞雖小，可你的一舉一動也掌控著百姓疾苦，我也有一聯相送。」

胡小天笑道：「洗耳恭聽！」

霍小如道：「縣老爺做生，金也要，銀也要，票子也要，紅黑一把抓，不分南北。小百姓該死，穀未收，麥未收，豆兒未收，青黃兩不接，送啥東西。」她說完之後，優雅向胡小天道了一個萬福，轉身走入雨後清朗的畫卷中，胡小天望著霍小如婷婷裊裊的倩影，不覺有些癡了，看到霍小如的倩影漸行漸遠，他忽然道：「霍姑娘，你跳舞的時候有沒有想過用足尖支持自己身體的重量？」

霍小如的腳步停頓了一下，緩緩轉過身來，一雙明眸將誘人的秋波遙遙送了過來，剎那之間宛如星辰一般明亮動人。

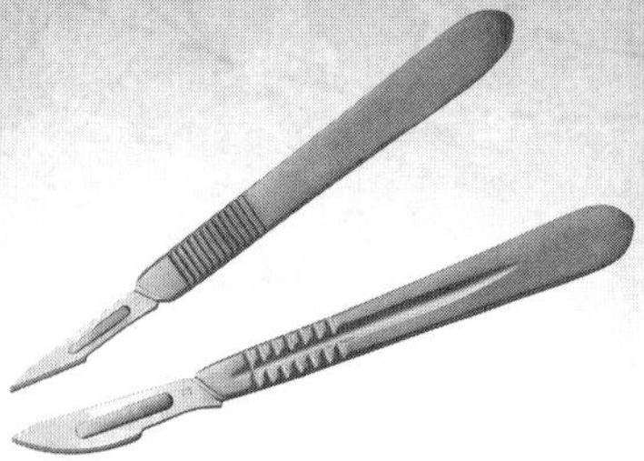

第二章

密林中的埋伏

說時遲那時快，慕容飛煙已經來到他的面前，
改為左手持劍，右手伸出握住胡小天的右手，
用力向上一扯，胡小天同時起跳，
借著慕容飛煙的牽拉力，如同騰雲駕霧般飛了起來，
分明是起跳過猛，差點從馬這邊跳到對側去，
幸虧慕容飛煙往回牽拉，這貨方才勉強落在了慕容飛煙的身後。

胡小天開始意識到自己是不平凡的，他的不平凡不僅僅因為他與眾不同的經歷，而是因為他的意識，他的理念，遠遠超出了這個時代，在他看來再正常不過的事情，在這一時代多數人的眼中都顯得卓爾不群乃至驚世駭俗。

胡小天並不想改變這個世界，他也沒有雄霸天下的野心和欲望，人活在世上不過短短百年，何須過得太累？然而生活在這樣的時代，想活得簡單，活得安逸也似乎並不容易。他的初衷只是想舒舒服服地當一個二世主，依靠祖上餘蔭過著衣來伸手飯來張口的腐敗日子，可這麼點小小的要求居然轉眼成空。看似位高權重威風八面的老爹，也有深重的危機感。自從丹書鐵券丟失之後，胡不為就有種不祥的預感，馬上做出了讓兒子離京為官的決定。

明知一切已經成為定局，明明心中有種脫離束縛，奔向新生活的期待，可胡小天仍然不免要矯情兩句：「爹，我能不能不走？」

「不能！」胡不為的回答斬釘截鐵，在胡不為的內心深處還是有著諸多不捨的，兒子癡癡傻傻了十六年，剛剛恢復了正常，父子兩人之間甚至沒有來得及瞭解彼此，就要面臨天各一方的局面，如果不是形勢所迫，胡不為也不想兒子離開，老胡家三代單傳，到了胡小天這一代，更是只有他一個，連個姊妹都沒有，可留在京城他更放心不下，如果未來局勢的發展不如預期，甚至可能危及到兒子的性命，事實上，之前在馱街已經發生了一場刺殺，至今仍然沒有查到任何的線索。

胡小天又道：「我能等我娘回來再走嗎？」

胡不為搖了搖頭，態度堅決，不容置疑。

胡小天歎了口氣道：「爹啊，這也不行，那也不行，您可真是鐵石心腸，那啥，我還有一個要求。」

胡不為哭笑不得道：「小天，爹也不瞞你，此次讓你去西川，只是權宜之計，等京城這邊的事情穩定下來，爹就將你調回來。」只要他的地位在這次皇權更替中沒有受到太大的影響，以後將兒子調回京師還不是舉手之勞，讓兒子提前去往西川，只不過是未雨綢繆，提前做好最壞的準備罷了。

胡小天道：「爹，您給我派的這四名家丁，我一個都沒看上。」

胡不為聽說是這件事，不由得笑道：「你要是嫌他們沒本事，不如我讓胡天雄留在西川幫你。」胡天雄被他派往西川向李家解釋胡小天調戲唐輕璇的事情，至今還沒有回來呢。

胡小天道：「我自己有個人選！」

胡不為道：「誰？」

胡小天道：「京兆府的捕頭慕容飛煙。」

胡不為微微一怔，他實在想不到兒子推薦的人居然是她。

胡小天道：「她因為我的事情受到了牽累，被京兆府停職，目前賦閑在家，我看她不但能力出眾而且武功高強，更難得的是為人正直，不畏權貴。此去西川，山高水長，千里迢迢，孩兒身邊若是沒有一個武功高強的人保護，這安全也很難得到保障。就憑梁大壯他們幾個，真遇到什麼事情，他們還不是泥菩薩過江自身難保？哪還有功夫顧得上我啊？」

胡不為對慕容飛煙印象不深，可兒子的這番話卻讓他深省，的確，此去西川接近三千里的路途，途中會遇到什麼狀況都很難說，如果沒有一位武功高強的人在兒子身邊保護，還真是讓他放心不下，胡不為道：「李錦昊和邵一角武功也不弱，都是以一當十的好手。」

胡小天道：「就他們？上次在馱街遇襲，如果不是慕容飛煙為我擋了一箭，只怕孩兒就見不到您了。」

胡不為總覺得兒子竭力保舉慕容飛煙，並不只是惜才那麼簡單，他努力回想了一下，慕容飛煙那個女捕頭長得還是相當不錯的，這小子該不是想假公濟私，借著這個機會趁機接近慕容飛煙，乃至贏得美人心吧？

胡小天看到胡不為沉吟不決，禁不住抱怨道：「爹，您該不會連我這個小小的願望都不滿足吧？」

胡不為道：「慕容飛煙信得過嗎？」

胡小天點了點頭道：「信得過！」

胡不為道：「她畢竟是京兆府的人，我明日找洪大人問問，這件事還得看人家自己的意見。」

胡小天道：「她只是一個捕快，上級讓她幹什麼她就得幹什麼，哪有什麼意見！這麼點面子京兆府不會不給您。」

胡不為瞪了他一眼，心想小子，你這麼猴急幹什麼？知子莫若父，你小子若是沒打慕容飛煙的主意，老子把這雙眼睛給摳出來。去西川還要帶著一個美女捕快，這當兒子的要比我這個當老子的更會享受，胡不為對此還是有顧慮的：「小天，你去西川的事情，李家早晚都會知道，你帶著一個女捕快過去，好像有些欠妥吧？」

胡小天道：「爹，您是擔心我會跟她鬧出點緋聞？」

胡不為眨了眨眼睛，緋聞？這小子還真能整詞兒。

胡小天道：「您放心吧，我有那賊心也沒那賊膽，就憑她的武功，一百個我這樣的都近不了她的身邊。」

胡不為啞然失笑，人的厲害與否可不在於武功，當今大康天子也不是天下第一高手。仔細想了想，終於還是點了點頭道：「我儘量為你安排！」

慕容飛煙壓根也沒想到胡小天會打自己的主意，一紙調令就將她派到胡小天的麾下聽命，要陪著這廝翻山涉水，千里迢迢地前往西川青雲縣，胡小天去當縣丞，而自己是跟著他當一個小小的捕快，對！沒搞錯，是捕快，此前慕容飛煙好歹還是個八品護衛，可調撥到胡小天手下聽用，連他只不過才是一個正九品下，自己根本在品階上找不到了。

京兆尹洪佰齊在良心上顯然也有些過不去，畢竟慕容飛煙在京兆府任職期間屢破大案，可謂是為他立下了無數功勞，這次讓她停職也是迫於壓力。這妮子性情過於剛正，眼中揉不得沙子，自然得罪了不少權貴。

京兆府少尹史景德雖然是他的下屬，但是他兄弟史不吹卻是當朝吏部尚書。慕容飛煙得罪了史家，史景德堅持要將慕容飛煙趕出京兆府。

雖然洪佰齊欣賞慕容飛煙的才幹，可是他還不至於為了一個小小的捕快和史家翻臉，所以才做出了將她停職的決定。洪佰齊本以為以慕容飛煙剛烈的性情，斷然不會接受這個近似於放逐的決定，可沒想到慕容飛煙居然一口應承下來。

慕容飛煙對自己的處境看得很清楚，因為得罪了史家，她在京兆府中處境微妙，雖然洪佰齊說停職只是權益之計，等事態平息下去，一定會給她官復原職，可即便是復職，她也很難得到重用。

她在京兆府服役的這些年中，見慣了種種官場陋習，官官相護，根本沒有任何的公理和正義可言，在她的心底深處早已對京城的官場醜陋亂象深惡痛絕。人在鬱悶的時候往往會產生換個環境，去外面走走的想法。所以洪佰齊提出之後，慕容飛煙根本沒有猶豫就表示同意，權當是出去散心，如果到了青雲縣感到不如意，無非是一走了之，大不了辭去公務，天下之大何愁沒有容身之地。

胡小天離京之日，胡不為並沒有選擇相送，不是當爹的心狠，而是他不喜歡告別的場面，更何況今天還有個重要的朝會。

胡小天也是個灑脫之人，起了個大早，來到父親房內向他道別，父子兩人說的話也很簡單，胡不為道：「這麼早啊！」記得過去這小子都是睡到自然醒的，早起過來請安好像是記憶中的第一次。

胡小天道：「早點走，好趁著白天多趕點路。」

胡不為點了點頭：「都準備好了？」

胡小天道：「差不多。」

「一路順風！」

胡小天點點頭，轉身準備出門的時候，忽然又想起了什麼，屈膝跪倒在地面上，給胡不為邦邦邦磕了三個響頭，磕完之後，又接著來了三個。

胡不為道：「夠了，夠了！」

胡小天道：「這三個是給我娘磕的，等我娘回來，您幫我轉磕給她。」

胡不為原本心中的離愁因為兒子的這番話而沖淡了許多，他笑罵道：「混小子，占我便宜！」

「我沒占你便宜，是我娘占你便宜！」胡小天不等他攙扶自己就站起身來，向父親揮了揮手道：「走了，別送，千萬別送，那麼大年紀，哭哭啼啼的讓人笑話。」

胡不為笑道：「老子是那麼喜歡哭鼻子的人嗎？」

胡小天轉身離去，瀟瀟灑灑走向門外：「幫我照顧好我娘，順便照顧好自己。」

胡不為望著兒子挺拔的背影，心中一陣感動，他忽然感覺到兒子真的長大了。

胡小天對京城沒什麼留戀，如果硬要說有，應該說霍小如算得上一個，只可惜沒有時間和她發展感情了，此去西川，山高水長，雖然霍小如說過明年或許會去西川，但是一切還都是未知之數，他們之間至多只能算得上是互有好感罷了，遠沒發展到兩情相悅，愛到你死我活的地步，自然談不上什麼承諾。

四名家丁已經備好了車馬，他們的臉上雖然都帶著笑，可一個個笑容裡明顯透著牽強，沒有人想跟著這位少爺前往西川，從京城到西川有三千多里，單單是路上就要耗去近一個月的時間，而且西川地處偏僻，他們所去的青雲縣，更是個地圖上都很難找到的地方，方方面面的條件自然無法和京城相比。

梁大壯這種人沒有家眷，孤身一人的還好說，胡佛、李錦昊、邵一角三人全都是有家有口，這次讓他們跟著一起過去西川，不得不面臨和家人長久分離的局面。這些人都在尚書府裡面廝混慣了，讓他們去西川受苦，自然是滿心的不情願，更何況要拋妻棄子，日後定然要飽嘗相思之苦。

胡小天從幾個人的笑容中就看出他們的為難和勉強，他笑道：「你們考慮清楚，咱們去西川少則一年兩載，多則三年五載，真要是不想去，就別勉強。」

梁大壯道：「少爺，我是一定要去的，你去哪裡，我就跟著去哪裡。」這貨知道定下來的事情不容更改，所以不失時機的表忠心。

胡佛道：「少爺，我們全都是真心想去。」這幫人全都明白，如果不跟著過去，就意味著失去了手頭的這份差事，所以只能違心裝出情願的樣子。

胡小天當然知道他說的並不是實話，胡佛家裡還有三個孩子，他這一走，家裡只能靠老婆一個人照顧了，他笑道：「放心吧，等到了西川，我就讓你們回來，我的俸祿不多，養不起你們這幫吃白飯的。」

幾個人都是一怔，急忙道：「少爺，我們絕沒有回來的想法，都是真心實意地要跟您過去。」跟在胡小天身邊久了，都知道這位少爺精明過人，別聽他說得如此通情達理，可誰又知道他是不是故意使詐，試探他們的忠心呢？

胡小天道：「虛偽，你們怎麼想全都寫在臉上了，我跟我爹說過了，等到了西川，就讓你們幾個回來。」

幾個人聽到胡不為已經同意了，也就是說這次前往西川只要沿途護送，而不是要陪著胡小天在西川受苦，一個個頓時情緒高漲起來，一掃之前的消沉愁緒。

胡佛早已備好了車馬，胡小天並沒有選擇乘坐馬車，而是選擇騎馬，馬是胡佛特地給他挑選的一匹雪花驄。經過這段時間的鍛煉，胡小天的騎術也算是堪堪入門了，足踩馬鐙，翻身上馬，一系列動作也做得似模似樣。五人出了尚書府的正門，卻見慕容飛煙身穿藍色勁裝，外披黑色斗篷，騎在黑色駿馬之上靜靜等候在大門外。

看到慕容飛煙，胡小天不禁咧開嘴笑了起來，一口潔白整齊的牙齒在青灰色的黎明中顯得格外醒目。

慕容飛煙的臉上卻沒有絲毫的笑容，劍眉下一雙明澈的眸子冷冷望著胡小天，然後一言不發的撥轉馬頭，向京城西門的方向行去，她並沒有縱馬疾行，所以胡小天很容易就跟了上去，挽著馬轠和她並轡而行，側目看了看慕容飛煙冰冰冷冷的小臉，輕聲道：「不高興啊？」

慕容飛煙沒有搭理他，無論胡小天怎樣發問，她都是閉口不言，搞得胡小天也非常尷尬無趣，心中暗忖，看來這次利用老爹的關係將她派往西川陪同自己，真是得罪了她，不過不妨事，這長路漫漫，老子就不信你能始終都裝啞巴。

一行人緩緩而行，出了城門之後，慕容飛煙明顯加快了馬速，行進在隊伍的最前方，胡小天跟在她後面，再後面是李錦昊和邵一角，胡佛駕著馬車和騎馬的梁大壯跟在最後。

眼看前方已經到了十里長亭，雖然太陽只是從東方剛剛升起，長亭處卻已經站滿了話別的人們。慕容飛煙並沒有減緩馬速的跡象，她在京城之中無親無故，即便是京兆府過去的上司屬下，知道她前往西川任職的也只有京兆尹洪佰齊一個，以洪佰齊的身分，當然不會起一個大早來給她這個小捕快送行。

胡小天認為也不會有人給自己送行，老爹在家裡準備上朝，自己在京城也沒什麼朋友，去西川任職的事情也沒有向外張揚，除了少數人之外，並沒有幾個知道他要出京任職。

可經過長亭的時候，卻看到遠遠一群人過來，為首的那人親親熱熱叫道：「兄弟！兄弟！」

眾人循聲望去，發現那高呼兄弟的人竟然是吏部尚書史不吹的寶貝兒子史學東，這聲兄弟喊的自然是胡小天，他和胡小天是八拜之交，雖然兩人各懷鬼胎，可名份是已經確定的，京兆府少尹史景德還為他們兩人做過見證。

胡小天怎麼都不會想到這貨能夠跑來送自己，慕容飛煙勒住馬韁，冷冷看了胡小天一眼，這眼中滿滿的鄙視，她並非是鄙視胡小天，而是鄙視史學東，她這次之所以被停職全都是拜這個混蛋所賜。當日打得不可開交，你死我活的胡小天和史學東，如今卻成了拜把兄弟，唯有用臭味相投，狼狽為奸，蛇鼠一窩來形容他們。

胡小天翻身下馬，從他下馬的動作來看，還是相當笨拙，騎術不精，沒辦法，他將馬韁扔給身後的邵一角，然後笑著迎了上去，向史學東抱拳行禮道：「大哥！您怎麼來了？」心中卻明白，史學東是吏部尚書史不吹的兒子，一定是他聽說了自己外出為官的消息，不過這廝起了這麼一大早過來給自己送行，到底是什麼目的？究竟是壞事還是好事？

也難怪胡小天心中迷惑，雖然他和史學東拜了把子，可當時根本是形勢所迫，他們兩人並沒有什麼感情，連拜把子發誓都不忘詛咒對方，根本算不上什麼兄弟。

史學東走過來親親熱熱拉住了胡小天的手臂：「兄弟，為兄聽說你要去西川青雲縣上任，所以特地起了個大早前來給你送行！」

別管人家是不是虛情假意，話都說到這種份上了，胡小天也只能佯裝感動：「大哥，您對我真是太好了！」內心中有些犯嘀咕，老爺子還說要保守秘密，這天下間根本就沒有不透風的牆，這不，史學東連自己去哪裡為官都調查得清清楚楚。

史學東心中暗罵：「好你大爺個頭，老子恨不能扒了你的皮，抽了你的筋。」他歎了口氣埋怨道：「這麼大的事情你都不跟我說，如果不是昨晚聽到我爹爹提及，我險些錯過了給兄弟送行的機會。」別管這廝心裡怎麼想，可表現得卻跟胡小天的親大哥似的。

胡小天暗忖，無論你是真情還是假意，今兒能這麼早爬起來候在這裡送我的倒是第一個。

史學東向身後道：「拿酒來！」

身後的幾名家丁趕緊跟了過來，一人端著托盤，托盤上放了兩隻精美的酒碗，一人抱著酒罈，當著胡小天的面打開，然後在酒碗中倒上了清冽的美酒，酒罈一開封，頓時香氣四溢。

史學東將其中一碗端起，雙手遞給胡小天道：「兄弟，這碗酒祝你一路順風。」

胡小天心想這是在天子腳下，諒你小子也不敢在酒裡下毒，端起那碗酒，仰首一飲而盡，喝完之後。史學東趕緊給他倒上，再次端起酒碗道：「這第二碗酒，我祝你青雲直上，前程似錦。」吉利話說得真是漂亮。

胡小天接過酒碗，望著史學東道：「大哥，怎麼光我一人喝，你不喝呢？」

史學東道：「你要遠行，當哥哥的敬你三碗酒再陪你乾杯。」

胡小天心想，你這根本就是灌我啊！也罷，反正酒精度不高，別說三碗，就是再來三碗也沒啥事，別的不說，人家起了一大早專門候在長亭外等著送自己，就算是虛情假意，自己也得領情，於是胡小天又把第二碗酒給喝了。

史學東又倒了第三碗酒，這第三碗他總算肯陪著胡小天喝了，他大聲道：「青山不改綠水長流，願咱們兄弟的友情就算相隔萬里依然不變。」

還別說，這貨挺能整詞兒，其實兩人都明白，他們有個屁的友情，依然不變，那就是該報仇的報仇，該伸冤的伸冤。

兩人幾乎同時將這碗酒喝完，胡小天正準備告辭離去。

史學東又道：「兄弟，我還準備了幾樣禮物送給你。」

胡小天道：「那怎麼好意思。」

史學東道：「禮物是一定要收的。」他先拿了一幅卷軸遞給胡小天道：「兄弟此去西川路途遙遠，這途中肯定是寂寞無聊，我讓人專門製作了兩張圖譜，這第一張是地圖。」

地圖胡小天已經有了，本以為沒什麼稀奇，可展開一看，卻見這地圖之上專門做了花花綠綠的標記，胡小天眨了眨眼睛，以他的頭腦，居然第一眼沒看明白。

史學東笑瞇瞇道：「這張圖，叫做採花圖，是我特地找人編撰繪製的，從京城到西川青雲縣，最好玩，最有趣的所在全都標注在上面，而且，每個地方的頭牌都標記得清清楚楚，大哥我沒機會跟你同行，兄弟，有了這張圖，可保你這一路之上不再枯燥寂寞，嘿嘿，人生樂事莫過於此。」

胡小天心中暗歎，這貨真是沒有節操啊，能夠製作出一幅這樣的地圖來，肯定也要花費一番精力。

史學東道：「級別我用星星標注，星星越高檔次也就越高。」

胡小天幾乎要忍不住笑出來了，還真是有心，指著上面的圈圈道：「這圈圈代表什麼？」

「圈圈當然是最頂級的所在，環彩閣，瀟湘館這兩處地方你一定不能錯過。」他特地指出的這兩處地方被他誇張地賦予了四環，快趕上奧迪了。

胡小天將這幅圖收好了，笑道：「大哥，不如你陪我一路去西川，看你的樣子肯定是輕車熟路。」

史學東道：「我根本沒出過京城，要說這京城裡面我是再熟悉不過，外面我只是聽說，沒有親自去過，老弟，借著這次機會你幫我實地考察一下，等你回京之日，我再為你接風洗塵，你將這些風流韻事一一對我道來。」

胡小天點了點頭。

史學東接著又拿了一幅圖，胡小天接過一看，趕緊給合上了，了不得，這貨居然弄了一副春宮圖給自己。他馬上明白了史學東的意思，這位結拜大哥是當科普讀物送給自己的，讓自己這一路之上努力實踐，勇於嘗試，努力提高自身技術，這心中真是有些哭笑不得了，史學東還真是一個極品。

兩幅圖都收好了，史學東還有禮物相送，滿滿一瓶三鞭丸，胡小天敢斷定，這貨決不是好意，真要是聽了他的，只怕自己走不到西川就精盡人亡了，用這種方法去報復一個人，還真是陰險啊。

史學東神神秘秘道：「這瓶東西是我找青牛堂的神醫牛德滿特製，很珍貴的，過去我都是留著自己用，根本捨不得送人，也就是看你是我兄弟，我才送了這麼一大瓶給你。」

胡小天連連道謝，不得不承認，這史學東是他見過最卑鄙最下流的一個，要說這貨長得也算高高大大眉清目秀，可骨子裡就不是一好人，滿腦子都是骯髒齷齪的想法，典型的金玉其外敗絮其中。

史學東送了這麼多東西給他，胡小天也是個注重禮尚往來的人，總不能什麼都不送給他，可想想自己身上也的確沒帶什麼東西，靈機一動，忽然想起戶部侍郎徐正英答應送給自己的豪華馬車來了，他勾住史學東的肩膀道：「大哥，我臨走之前，委託戶部侍郎徐正英徐大人給你定了一輛好車，再有兩天就會完工了，你直接去找他，就說我讓你去取車的。」

史學東道：「那怎麼好意思。」

這種借花獻佛的事情對胡小天來說是輕車熟路，反正他以後也用不著了，剛好還了史學東的人情。他拱了拱手，深深一揖道：「大哥，送君千里終須一別，咱們就此別過，等兄弟回京之時，咱們再把酒夜話，不醉無歸！」

胡小天來到自己的坐騎前，本想在人前來個瀟灑上馬，可惜一腳踩空了馬鐙，幸虧邵一角及時扶住他，才沒有摔個狗吃屎。胡小天訕訕一笑，邵一角單腿跪地，胡小天在他屈起的那條腿上一踩，這才順利翻身上馬。

在馬上抱了抱拳：「大哥請回吧！」縱馬向前方而去。

跟史學東道別的這會兒功夫慕容飛煙已經走出了好遠，她向來嫉惡如仇，對史學東這種卑鄙無恥的官宦子弟恨不能殺之而後快，看到胡小天和這種人打得一片火熱，還稱兄道弟，簡直是狼狽為奸，蛇鼠一窩。她立刻縱馬離去，眼不見為淨。

從今天見面伊始，慕容飛煙就以冷冰冰的態度示人，到現在都沒有跟胡小天說過一句話，胡小天暗自揣摩，估摸著慕容飛煙是真生自己氣了，畢竟她過去好歹是個八品官階，現在卻要跟著自己這個正九品下級別的芝麻官兒去三千多里以外的青雲縣任職，聽候自己這個九品縣丞的差遣，換成誰也會感到失落難過。可轉念一想，她真要是不想去，大可以拒絕啊，反正她也是被停職期間，大不了不幹啊，既然同意去，就證明她心底還是接受了這個安排的。

胡小天這次沒有追上去，只是在後面遠遠跟著。火一樣的雲霞托著金色的朝陽，正在從遙遠的山脊上冉冉升起，向淺綠色的天空中散射出彎道光芒，綠色的田野上仍然飄蕩著裊裊的霧氣晨煙，在金色的陽光下迅速消融，滲透到泥土中，草葉上，晶瑩的露珠在滾動。清晨的風吹動著道路兩旁的白楊樹，發出沙沙的聲響，嫩綠的葉片反射著陽光，閃爍出一片絢爛的金色。

京城外的官道之上，十里一長亭，五里一短亭，走過長亭，回首望去，京師的城郭在視野中已經變成了一條狹長的灰線。

路上行人漸漸稀少，舉目望向前方，不遠處出現了一座六角飛簷，青瓦紅柱的亭子。亭前的大樹旁停靠著一輛馬車，小亭內一道白衣倩影正在那裡駐足觀望。

慕容飛煙勒住馬韁，她早已看清那亭中的少女正是名滿大康的舞姬霍小如。霍小如也看到了慕容飛煙，她向慕容飛煙微笑頷首示意。

慕容飛煙的唇角也露出一絲笑意，她和霍小如雖然只見過一次面，可是對這位才女的印象很好。慕容飛煙轉過身去，因為胡小天落在她的後面，所以比她稍晚才看到霍小如。

慕容飛煙道：「紅顏知已來了，還不趕緊過去？」這還是慕容飛煙第一次主動和胡小天說話，難得她對霍小如的出現沒有表現出太多的抗拒。

胡小天笑了笑道：「等我啊，我去去就來！」他縱馬來到涼亭前，幾名家丁原本還想跟過去，卻被慕容飛煙伸手攔住：「沒你們事兒，一邊待著涼快去！」

梁大壯晃著大腦袋道：「慕容捕頭說得對，別過去，少爺泡妞呢。」

慕容飛煙聽到泡妞這個詞兒覺得非常新鮮，但是又有些刺耳，不由得皺了皺眉頭，看了梁大壯一眼。這幾位家丁全都親眼見識過慕容飛煙的強悍武力，也都明白就算他們一擁而上也不可能是慕容飛煙的對手，這是一個實力為王的時代，誰的拳頭硬誰說了算，於是這幫家丁老老實實閉上嘴巴不再說話。

如果說史學東出現在十里長亭相送，對胡小天來說是個意外，那麼霍小如的出現卻是一個驚喜。這次的相逢絕非巧合，距離京城已有十五里，霍小如選在路人稀少的十五里亭，胡小天明白自己對她來說即便算不上朋友，但絕不普通。

胡小天看了看馬車，正奇怪駕車人身在何處的時候，婉兒從車簾中露出了小腦袋，笑嘻嘻朝他揮了揮手，露出兩顆可愛的兔牙，然後迅速又縮了回去，她顯然知道自己並不適合打擾他們的談話。

胡小天走入小亭，霍小如雙手負在身後，笑容恬淡如菊，靜靜望著胡小天，雖然離別在即，雖然胡小天非常努力地尋找，卻仍然沒有從她明澈的美眸中找到一絲傷感和留戀。霍小如有著超人一等的淡定心態，她的表情風波不驚，不知她一直都是這個樣子，還是胡小天沒到觸動她心弦的地步。

胡小天學著霍小如的樣子，也將雙手負在身後，兩人面對面站著，胡小天道：「是專門過來送我，還是突然改變了主意，準備和我一起去西川遊山玩水？」

霍小如搖了搖頭道：「兩者皆不是！」

「哦，看來真是我自作多情了！」

霍小如道：「我只是想求證一下，你所說的用足尖承受自身的重量是不是這樣？」她足尖輕點，嬌軀優雅挺立起來。

胡小天沒想到自己信口開河的一句話居然引起了霍小如這麼大的重視，他所說的足尖舞蹈根本就是芭蕾舞，即使霍小如舞技冠絕大康，她也從未想到過要用足尖支持身體的重量來起舞。在他心中寧願霍小如是專程過來送自己，而不是前來請教這件事。

霍小如對於舞蹈超人一等的悟性，讓她從胡小天的這番話中領悟到了一個全新的境界，雖然她還沒有得到芭蕾舞真正的神髓，但是她的動作已經似模似樣。只是霍小如腳上的那雙繡花鞋顯然不是跳芭蕾的合適舞鞋，胡小天笑道：「有那麼點意思了，不過鞋子不對。」

他從身上摸出了一根木炭棒，他的毛筆書法不怎麼樣，幾經尋找才找到了這個合適的工具作筆，他向霍小如道：「有紙沒有？」

霍小如看到他手中那奇怪的木炭棒不免愣了一下，不過她很快反應過來這應該是胡小天隨身攜帶的筆。

胡小天道：「衛生紙也行！」在他看來女人通常都攜帶點這玩意兒。

霍小如當然不知道什麼叫衛生紙，輕聲道：「婉兒，取宣紙出來！」

胡小天當即就將宣紙在亭內石桌上鋪開，他先畫了一雙芭蕾舞鞋，要說胡小天在繪畫上還是頗有一些水準的，前世如果不是選擇了醫學，說不定他會成為一個畫家。芭蕾舞鞋最大的奧秘在於能夠讓舞蹈演員用腳尖跳舞的鞋盒，鞋盒藏在鞋尖內，所謂鞋盒實際上是一種硬套，套住腳趾和一部分腳面，胡小天手中的木炭在宣紙上飛快而迅速地勾畫著。

霍小如只知道他文采出眾，才思敏捷，卻沒想到他居然還工於書畫，只是這種繪畫的方法她從來都沒有見過，連畫筆都是如此奇怪，她有生以來還是第一次見到有人用木炭棒繪畫，可是胡小天下筆如有神，寥寥數筆卻畫得栩栩如生。胡小天道：「鞋盒往往用六層普通的麻袋布或者其他粗布黏合而成，要保持鞋尖不太硬，又不能太軟，也不易折斷。至於鞋子的材料往往用緞面縫製，桃皮色和粉紅色最為常見。想要跳好足尖舞，必須要有一雙合適的舞鞋，不然非但無法活動自如，還容易損傷到你的腳尖。」

霍小如眨了眨眼睛，美眸中流露出激動的光芒，以她的沉穩，很少表現出這樣的情緒波動：「胡公子見聞真是廣博。」

胡小天幫人幫到底，乾脆隨手又畫了幾個芭蕾動作的速寫，霍小如一旁看著，整個人算是徹底被胡小天震撼到了。卻不知胡小天之所以賣弄，要的就是這個效果，老子這一走不知道什麼時候才能回來，以霍小如的絕代風華，她的身邊絕不缺少仰慕者和追求者。要是不能抓緊時間，加深這小妞對自己的印象，只怕等日後相見，這顆好白菜已經被豬給拱了。別的不說，就憑我的這手速寫功夫，就算不能讓你對我愛得死去活來，也得讓你對我念念不忘。

胡小天畢竟不是專業從事芭蕾的舞者，他記憶中的動作也沒幾個，畫完之後，將剩下不多的木炭棒隨手丟掉，然後拍了拍雙手道：「我記得的就這麼多，霍姑娘冰雪聰明，想必從中一定能夠領悟到一些足尖舞的奧妙。」

這廝舉目看了看在遠處等著自己的那群人，輕聲道：「也許我該走了！」雙目盯住霍小如美得讓人窒息的俏臉道：「不知下次見面的時候，霍姑娘還記不記得我？」

霍小如一張俏臉蒙上了一層嬌豔的紅暈，黑長的睫毛翕動了一下，輕聲道：「小如不敢忘！反倒是害怕公子到時候已經記不得小如是誰了。」

胡小天深情款款道：「早已刻骨銘心！」

霍小如咬了咬櫻唇，此時的目光宛如春水一般溫柔，可表情卻是將信將疑，霍小如雖然欣賞胡小天的才華，但是她更清楚對方的身分，他們之間的關係或許只限於彼此欣賞罷了。胡小天這種貴介公子，又怎能期望他會記得一個地位卑下的舞姬呢？

想到這裡，霍小如臉上的笑容瞬間逝去，她向婉兒招了招手，婉兒雙手托著一幅畫軸。

胡小天一看原來又是畫，看來這時代最流行的就是送這玩意兒，看來以後想要捕獲美女們的芳心，要從此入手，多磨練磨練自己的畫技了。

胡小天接過畫軸，向霍小如笑道：「畫的什麼？」

霍小如略帶羞赧道：「等你到了青雲再看！」

胡小天看到她嬌羞難耐的樣子，暗忖，該不是畫了張裸體像給我，不然何以會如此羞澀？他點了點頭，小心將畫收好了，雖然心中留戀，可他也明白最終還是得告別，既然走，不妨走得瀟灑一些，他向霍小如拱了拱手：「保重！」然後大踏步向自己的雪花驄走去。

來到雪花驄前，單腳踩住馬鐙，猛一用力，準備以一個最為瀟灑的動作跨上馬背，留給霍小妞一個終生難忘的瀟灑背影，只可惜這雪花驄不太配合，剛才還老老實實站著不動，胡小天雙腳離地的剎那，卻突然向前挪動了一步。

差之毫釐失之千里，於是胡小天這一跨就發生了位置變動，這貨騎在了馬屁股上，然後沿著馬屁股的渾圓曲線結結實實滑落在地面上，極其不雅地在霍小如面前摔了個屁墩兒。

霍小如一聲驚呼，幾乎和婉兒同時衝到胡小天面前。胡小天反應的倒是及時，在她們來到自己身邊之前已經從地上爬了起來，忍著屁股上的疼痛，咧著大嘴笑道：「意外，意外，純屬意外……」

遠處傳來梁大壯的笑聲，這貨倒是想竭力忍住的，可總覺得胡小天剛剛摔下來的場面滑稽到了極點，如同有人撓了這廝的癢癢肉，怎麼都控制不住。要說這廝的笑點本來就低，笑完馬上就害怕了，這位少爺可不是省油的燈，剛才其他人都忍住了，就自己笑出聲來，他肯定要記恨自己，悄悄望去。卻見胡小天似乎沒留意到自己在發笑，而是跟霍小如道別後，在邵一角的幫助下緩緩爬上了馬背，動作慢得像烏龜，沒辦法不慢啊，剛剛那個屁墩兒摔得實在，屁股都要裂成八瓣兒了。

胡小天在馬上向霍小如揮了揮手：「霍姑娘請回吧！」

霍小如嫣然一笑，站在亭前，望著胡小天漸行漸遠，芳心之中悵然若失。

胡小天在脫離了霍小如的視線之後，馬上勒住馬韁，邵一角和李錦昊趕緊過去幫忙，這位爺的騎術實在是不敢恭維。

梁大壯也湊上去獻殷勤，咧著大嘴道：「少爺，您有事吩咐？」

胡小天從鼻息裡哼了一聲，然後道：「蹲下！」

梁大壯不解地眨了眨眼睛，可最終還是老老實實蹲了下來，胡小天翻身下馬，踩著梁大壯寬厚的肩膀，然後小心翼翼落到了實地上，一瘸一拐走向馬車，一邊走一邊揉著屁股道：「哎呦喂，摔死我了！」

梁大壯看到這貨的狼狽相又沒能忍住，噗地笑出聲來。

胡小天猛然轉過身去，盯住梁大壯，一臉的獰笑。

梁大壯嚇得趕緊反手抽了自己一個大嘴巴子：「小的該死，小的該死！」

胡小天表現得倒是豁達大度，擺了擺手道：「算了，等到了西川再跟你算帳！」

前方傳來慕容飛煙不耐煩的聲音道：「嗨，你們倒是走不走啊？照你們這速度，明年今天也到不了西川！」

胡小天道：「走！我屁股受傷了，馬是騎不了了！」

慕容飛煙真是有些哭笑不得了，他們從一大早出了京城，到現在都快兩個時辰了，堪堪走出了二十里路，走的時候太陽還沒出來，現在已經是日上三竿。

慕容飛煙撥馬回到馬車旁，透過挽起的帷幔向裡面望去，胡小天坐在車內，屁股下塞了一個軟墊，到底是馬車，比不上轎車的減震效果，更何況現在的路面也遠遠比不上水泥路面平整，被車轍壓得坑坑窪窪，行走其上顛簸不停，換成平時還好，可今天上馬的時候不小心摔傷了屁股，坐在車裡就非常的不舒服。胡小天好不容易才找了一個相對舒服的姿勢，側著身子，只有小半邊屁股挨在座椅上。

胡小天向慕容飛煙招了招手道：「慕容捕頭，進來坐，太陽太毒了，容易曬黑。」

慕容飛煙瞪了他一眼，反嗆道：「以為人人都像你這麼嬌生慣養？」雖然語氣仍然不善，可明顯對胡小天的態度已經緩和了許多，從剛開始的拒絕交流，到現在已經願意和他對話了。

胡小天看到慕容飛煙堅持不上車，於是從車內拿了一個斗笠遞了出去，斗笠四周籠罩白紗，這是胡小天特地準備的戶外裝備，出門的時候多帶了幾頂，以備不時之需。

慕容飛煙倒是沒有拒絕他的好意，接過斗笠戴在頭上，將邊緣的白紗拉了下來，她放慢馬速和馬車並行。

胡小天雙手趴在車窗上，腦袋探出車外：「咱們是去做官，又不是去服役，只要下個月初九趕到青雲就行，我計算過路程，每天一百里輕輕鬆鬆！」

慕容飛煙道：「不要以為有三十三天，看起來時間寬鬆得很，可這路上不知會出現什麼狀況，去掉中途遭遇風雨和意外狀況，再刨除必要的休息時間，真正可剩下的趕路時間沒有多少，每天至少要二百里才行！」

「二百里！」胡小天聽著不由得有點頭大了，那就是純粹趕路了，只怕連歇腳的功夫都沒有。

慕容飛煙不屑地看了他一眼道：「看你的樣子，怕是沒出過遠門吧？」

胡小天點了點頭：「沒怎麼出過。」心想哥兒們在地球環遊世界的時候，你只怕還是一個在輸卵管裡遨遊的卵細胞呢。

慕容飛煙道：「從京城到西川青雲縣一共三千六百多里，咱們就算是每天二百里路，全程無風無雨，也要走上十八天，而且行程之中並非一路坦途，進入下旬就到了南方的雨季。」

胡小天道：「看來你經常出門，好像很有經驗的樣子。」

慕容飛煙道：「去過一些地方。」說到這裡，她突然停頓了一下，輕聲道：「等我老了，我一定要走遍大康，看遍這裡的山山水水。」

胡小天道：「何必要等到老了，趁著年輕，還有大把的時光，好好享受才是正本。」

這樣消極的一番話自然又遭到了慕容飛煙的白眼：「堂堂一個男子漢，正值青春年少不想著報效家國，心中只想著享受人生揮霍時光，你不覺得可恥嗎？」

胡小天發現慕容飛煙這妮子還真是有些古板，在大康官場中待久了，肯定讓人給洗腦了，所以說女人不適合混官場搞政治，時間長了就會變得不可愛。他也不和慕容飛煙爭執，笑瞇瞇道：「時光荏苒，青春稍縱即逝，咱們還需且行且珍惜。」

慕容飛煙因為他的這句話心頭不免又被震撼到了一下。

胡小天早就發現，任何時代的女孩子都對文藝有著特別的偏好，在胡小天看來，最高等的文藝那是要返璞歸真的，可真要是做到那境界，就有些偏於內斂了，想要吸引女孩子的目光，還是要輕浮外放一些，還是要時不時的賣弄一下風騷的詞句，這些全無營養的話語和詩詞，偏偏能夠輕易波動女孩子的心弦，胡小天打心底鄙視了自己一次！

胡小天現在時常說著小清新的話語，間或抄襲一下唐詩宋詞，混雜著他玩世不恭的紈絝子氣質，其結果形成了一種與眾不同的調調，這種調調在這樣的時代還真是特立獨行，胡小天認為自己勉勉強強挨得上卓爾不群了。

慕容飛煙畢竟不同於才女霍小如，她對胡小天的第一印象就是個倚內紈絝子，後來才逐步瞭解到這廝身上的文采，雖然她現在已經不得不承認胡小天的確有些才華，可仍然認為那只是一些上不得檯面的歪才而已，望著胡小天得意洋洋的樣子，忍不住腹誹，淺薄，就喜歡在人前賣弄。

在顛簸的馬車內待了一個多時辰之後，胡小天終於耐不住車內的沉悶，重新回到了他的那匹雪花驄上，騎在馬上感覺還是比車內好一些，只是保持這樣的姿勢久了，是不是容易變成羅圈腿？胡小天看了慕容飛煙一眼，想想慕容飛煙走路的姿態還是英姿颯爽，兩腿筆挺溜直，看來這種說法只是以訛傳訛。

梁大壯腆著肚子騎著馬從後面追趕上來：「少爺，眼看就是正午了，咱們是不是停下來休息休息，吃點飯？」

胡小天正準備答應，慕容飛煙道：「不行！反正都帶著乾糧，隨便吃點兒，今晚一定要趕到望京驛站！」

梁大壯眼巴巴看著胡小天，胡小天看了看慕容飛煙，透過斗笠外面的薄紗，仍然可以看到她的表情非常嚴肅，於是打消了和她唱對台戲的念頭，擺了擺手道：「照慕容捕頭說的做！」

於是這幫人只能一邊啃乾糧一邊繼續前行，好在乾糧的味道還算不錯，胡小天一手拉著馬韁，一手拿著卷肉的薄餅，大口大口，吃得是格外香甜，別看這一路之上都是在乘馬坐車，這麼老半天也消耗了不少的體力。他讓梁大壯給慕容飛煙送一份肉餅過去，慕容飛煙卻沒有接受，自己從行囊中取出一塊乾巴巴的炊餅，連菜都不用。吃完炊餅，又拿出了一個梨子，看來還是懂得一點營養搭配，知道補充點維生素，難怪能長得那麼水靈。可水靈歸水靈，缺少了點女性的溫柔嫵媚，風情對一個女人來說是至關重要的，一旦缺少了風情，那就不免要成為女強人，男人婆。

這幫家丁雖然是剛剛出發已經看出了苗頭，少爺是享受派加樂天派，如果跟著他走，這一路之上肯定是吃香的喝辣的，算得上一趟美差。可多了這位慕容捕頭就完全不一樣了，慕容飛煙做事嚴謹，一絲不苟，對待他們這幫家丁也是約束嚴格，表面上少爺是老大，可實際上全都是聽從慕容飛煙的指揮，幾名家丁已經打心底叫起苦來，這少爺也真是，弄個女捕快一起去上任，這不是自找麻煩嗎？摸不敢摸碰不能碰，本以為他是要泡妞，搞了半天卻是找了一位管事婆啊！

天色漸漸黯淡下來，慕容飛煙瞇起雙目，觀察了一下落日的位置，她不止一次走過這條道路，距離前方的望京驛站大概還有三十里地的樣子，看來天黑前他們是趕不到地方了。胡小天自從重生之後，還沒有受過這種旅途之苦，不過這廝如同出籠的鳥兒，重獲自由，心情不錯，人的心情好了，自然就感覺不到疲憊。他的騎術也明顯自如了許多，那匹雪花驄也已經接受了他的驅策。

胡小天來到慕容飛煙身邊：「飛煙！離驛站還有多遠？」

慕容飛煙有些詫異地看了他一眼，什麼時候這貨開始對自己直呼其名了，而且親切得有點讓人髮指，自己跟他應該沒熟到這個份上吧？可稱呼畢竟是小事懶得跟他糾纏。其實慕容飛煙也明白，就算自己跟他糾纏，口才是鬥不過他的，輕聲道：「大概還有三十里的樣子，最多一個時辰咱們就能趕到。」說完不忘埋怨道：「如果不是因為你中途耽擱了，咱們現在已經趕到驛站了。」

胡小天咳嗽了一聲，看了看周圍，那幫家丁只當沒有聽到，刻意放慢了速度。其實都聽了個清清楚楚，心中全都泛起了嘀咕，當真是鹵水點豆腐，一物降一物，這慕容飛煙看來是少爺的剋星啊，少爺對她處處陪著小心，客氣得很啊。

胡小天低聲道：「給點面子！」

慕容飛煙瞪了他一眼道：「後悔了吧？想方設法地拉我陪綁，現在是不是感到追悔莫及？」她的話裡明顯透著得意，就是要這小子嘗到什麼才叫請神容易送神難。

撲啦啦啦！頭頂樹梢之上一群鳥兒似乎受了驚嚇，齊齊振翅飛起，投向黑暗的夜空，慕容飛煙抬起右手，做了個手勢，示意所有人停下。

胡小天向四周看了看，他們正處於密林之中，雖然江湖中有逢林莫入的說法，可這條官道正處於密林之中，是他們前往望京驛站的最近道路。

慕容飛煙皺了皺眉頭，她輕輕拍了拍坐騎黑色的馬鬃，嘴唇輕動，似乎在跟牠耳語什麼，然後騰空飛躍而起，右腳在旁邊的樹幹上輕輕一點，借勢又躥升起兩丈有餘，嬌軀一個曼妙的轉折，穩穩落在一棵古松之上，身軀隨著松枝上下起伏。

胡小天仰起頭，一臉陶醉地看著慕容飛煙體操運動員般輕盈而曼妙的身姿，不得不承認，看她在空中飛來跳去真是一種美的享受，這貨忽然想起一個問題，在過去除了武俠片中能夠看到這樣水準的輕功，現實中沒見過一個，難道這裡的人生理結構和過去世界中的完全不同？可表面上看起來沒有任何分別啊，要想搞清楚這個問題，恐怕哪天要做個人體解剖，徹底比較一下生理結構的異同。

就在此時，從右側的樹林子中，二十多名黑衣人湧向他們所在的方位，手中高舉刀劍，喊殺陣陣撕裂夜空。

慕容飛煙臉色一變，這裡距離京城並不算遠，這一帶的官道一向平安，沒聽說過有攔路搶劫的馬賊出沒其間。

慕容飛煙當機立斷：「退出樹林！」

胡小天撥轉馬頭，他畢竟騎術上有所欠缺，加上他本來就處於隊伍的前方，倒過頭來就變成了最後，等他把馬頭調轉過來的時候，發現四名家丁已經跑出老遠，居然把他這位重點保護對象給落在最後了。胡小天心裡這個怒啊，這還沒怎麼著呢，跑起路來一個比一個快，有點職業道德好不好？

慕容飛煙也從古松之上飛掠而下，穩穩落在馬鞍之上，調轉馬頭，雙腿一夾駿馬的腹部，向胡小天道：「先退出樹林再說！」胡小天縱馬狂奔，因為是逃命，他也豁出去了，馬兒越跑越快，換成平時他是沒膽子這麼高速跑路的。

慕容飛煙緊隨其後，後方有冷箭射來，慕容飛煙抽出利劍左右遮擋，為胡小天斷後，撥落射向他的羽箭，好在這幫馬賊射術不精，十有八九都瞄向了別處。

那幫家丁眼瞅著就跑出了樹林，這會兒他們才想起來少爺還在裡面，回頭望去，卻見胡小天縱馬狂奔，朝著樹林外面狂奔而來，梁大壯叫道：「少爺！快跑！」

胡小天咬牙切齒地看著這幫家丁，心中暗暗發狠，等老子脫離了險境再找你們這幫混蛋算帳，王八蛋……就在他即將逃離密林的時候，地上突然繃起了一根絆馬索。雪花驄只顧著狂奔，並沒有留意到腳下的變化，被絆馬索絆住，頓時馬失前蹄，嗚嗚一聲，撲倒在地上，胡小天因為慣性騰空飛起，這貨雙臂張開如同噴氣式飛機一樣向地面俯衝而去。平平落在地面上之後，向前滑行了足有五丈之遠。

四名家丁目瞪口呆，梁大壯還不忘溜鬚拍馬：「少爺！好一招平沙落雁……」幾個人愣了一會兒，才意識到應該去接應，可沒走兩步，就看到從兩旁樹林中呼啦一下又湧出了幾十號人，穿得花花綠綠，臉上塗抹著黑色鍋灰，一個個叫囂向胡小天衝了上去。

家丁看到這陣勢嚇得又不敢向前了，對方實在是人太多了，就算他們衝上去也只有送死的份兒，梁大壯在這種時候仍然不忘賣好：「少爺，不用驚慌，我來救你了……」這貨聲音倒是不小，可腳下非但沒往前進，反而向後撤出了不少。

望著幾十號馬賊手握刀槍棍棒叉，氣勢洶洶宛如漲潮般朝自己撲了過來，胡小天嚇得魂飛魄散，眼前之際，逃命才是上策，可逃又能逃到哪裡去？說到逃命的功夫還真不如他的四名家丁。

就在胡小天驚慌無助的時候，慕容飛煙縱馬趕到，一劍撥開斜刺裡射來的箭矢，大聲道：「上馬！」

胡小天看到慕容飛煙拍馬來到近前，用力擠了擠眼睛，就他那騎術，想跳上一匹正在飛馳的駿馬，這難度等同於攀爬珠穆朗瑪峰啊！

說時遲那時快，慕容飛煙已經來到他的面前，改為左手持劍，右手伸出握住胡小天的右手，用力向上一扯，胡小天同時起跳，借著慕容飛煙的牽拉力，如同騰雲駕霧般飛了起來，分明是起跳過猛，差點從馬這邊跳到對側去，幸虧慕容飛煙往回牽拉，這貨方才勉強落在了慕容飛煙的身後。雙手牢牢抱住慕容飛煙的纖腰，用盡全力那種，差點沒把慕容飛煙的纖纖細腰給摟斷了。

慕容飛煙皺了皺眉頭，心想這廝居然趁機揩油，這絕對是冤枉胡小天了，在這種生死存亡的關頭，哪有時間想這種事情。慕容飛煙手中長劍上下飛舞，接連將幾支射向他們的羽箭磕飛。

前方又繃起一根絆馬索，黑馬神駿騰空從絆馬索上跨越過去，載著慕容飛煙和胡小天兩人順利衝出了樹林，胡小天這會兒已經驚出了滿身的冷汗。

慕容飛煙很快就追上了四名家丁，梁大壯看到胡小天被救了出來，也是欣喜萬分，幾個人放慢腳步，慕容飛煙向胡小天道：「下馬，我殺回去！」

胡小天道：「算了！人沒事就行！」

「下去！」慕容飛煙的態度極其堅決，大有胡小天不下去，就要將他推下去的架勢。

胡小天只能翻身下馬，他剛一下馬，慕容飛煙就調轉馬頭，重新衝向那群馬賊。

胡小天望著那幾十上百名馬賊又潮水般朝他們湧了過來，急得直跺腳，這慕容小妞始終是有勇無謀，敵眾我寡，不能戀戰啊！

慕容飛煙的聲音從前方飄來：「你們先去安全的地方等我！」

安全的地方就是往回跑，梁大壯道：「少爺，我保護您先……」話還沒說完呢，胡小天一拳狠狠砸在他的鼻子上，砸得這廝鼻涕眼淚一起流出來了，捂著鼻子慘叫道：「少爺……」胡小天咬牙切齒道：「這叫新仇舊恨一起算！平沙落雁，落你大爺……」

慕容飛煙一騎殺入匪陣之中，宛如一縷黑煙倏然而至，所到之處無不披靡，那幫馬賊哪能想到會有一個這麼厲害的角色，在慕容飛煙的面前根本沒有一合之將，也算慕容飛煙手下留情，並沒有傷及對方的性命，手中劍上下翻飛，基本上都是刺傷對方之後馬上收回。那幫匪徒被慕容飛煙的威勢所懾，乾脆向兩旁紛紛退散。

慕容飛煙的目標直指人群中的一名黑衣漢子，那漢子身材魁梧，胯下烏騅馬，手中拎著一根粗大的狼牙棒，看到慕容飛煙一騎絕塵，勢不可當地衝向自己，雙目也露出一絲寒意，眼看著手下人紛紛開始逃竄，如果這樣下去，馬上就要面對潰不成軍的場面。他唯有硬著頭皮迎上，右手一拉馬韁，雙腿在馬腹上一夾，迎著慕容飛煙的方向衝了過去。距離慕容飛煙還有三丈左右的時候，手中狼牙棒高揚而起，呼的一聲照著慕容飛煙胸前掃去。

慕容飛煙向後一仰，嬌軀幾乎平貼在馬背之上，手中長劍如同秋水般流淌而出，看似輕描淡寫地劃在了對方的肩頭，黑衣大漢一聲悶哼，肩頭劇痛，手中狼牙棒頓時拿捏不住，咚的一聲落在地面上，砸出一個深坑，一招定輸贏，兩人武功差距實在是太大，這才是慕容飛煙敢於深入敵群的原因，她可不是像胡小天印象中的有勇無謀，面對這幫烏合之眾，取其頭領首級如探囊取物，慕容飛煙對此充滿了信心。

慕容飛煙第二劍接踵而至，狠狠刺在烏騅馬的臀部，射人先射馬，擒賊先擒王，慕容飛煙目的就是要抓住這名馬匪的頭領。

烏騅馬負痛，長嘶聲撕裂了夜色，疼痛讓牠瘋狂騰躍起來，黑衣大漢魁梧的身體從馬上重重摔落了下去。不等他從地上爬起，慕容飛煙已經撥馬殺回，冰冷的劍鋒直刺他的咽喉，劍尖在距離咽喉皮膚還有一分的地方凝滯不前，一雙美眸冷冷望著這名黑衣大漢。

黑衣大漢的身軀僵硬在那裡，一動不動，喉結卻因為緊張而上下蠕動了一下。慕容飛煙手中劍鋒一抖，嗤地一聲輕響，將黑衣大漢臉上罩著的黑布挑落，這黑衣大漢事前還是做足了準備，不但蒙面，而且將臉上的皮膚用鍋灰抹黑。即便是如此，慕容飛煙仍然一眼就認出了他，此人正是駕部侍郎唐文正的大兒子唐鐵漢。

慕容飛煙和他妹子唐輕璇是閨中密友，所以對唐家兄妹幾個頗為熟悉，她從人群中看到這黑大漢，頓時覺得他的身形非常熟悉。又看到他是這群人的首領，於是就上演了一齣孤身擒賊的好戲。

唐鐵漢發覺臉上的黑布被揭開，嚇得慌忙伸手捂住面孔，一副做賊心虛的樣子。

慕容飛煙搖了搖頭，咬了咬嘴唇，瞬間做了一個決定，低聲道：「走，不要讓我再看到你們！」

唐鐵漢知道慕容飛煙一定認出了自己，他對慕容飛煙公私分明的性格非常瞭解，沒想到她居然手下留情放過了自己，當下狼狽不堪地從地上爬了起來，他剛剛帶來的那群人，別看人數不少，可真正為他賣命的沒有幾個，這會兒早已逃得七七八八了，即便是沒逃的幾個，也遠遠躲在樹林中看著熱鬧。

第三章

蘭若寺之妖

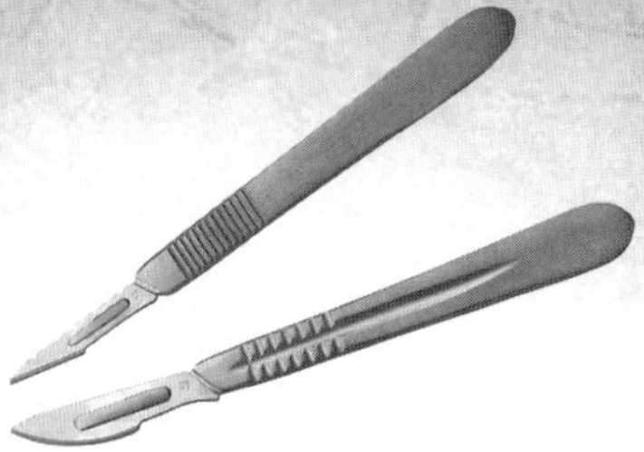

走到山門前，一道閃電劃過，蘭若寺三個字映照得分外清晰，
胡小天看清上方的匾額，不由得倒吸了一口冷氣，
不會這麼巧吧，這裡居然真有一座蘭若寺，
難不成還有聶小倩和黑山老妖？

慕容飛煙收回長劍，縱馬向樹林外奔去，等她快離開樹林的時候，轉身看了一眼，發覺那幫人已經走了個乾乾淨淨。讓慕容飛煙意外的是，胡小天居然沒帶著四名家丁走遠，在樹林外探頭探腦的張望。

看到慕容飛煙平安歸來，胡小天笑顏逐開地迎了上去，親切道：「飛煙，回來了！」

慕容飛煙沒好氣地白了他一眼道：「我跟你很熟嗎？」

胡小天點了點頭，這貨指了指樹林中：「馬賊都走了？」

慕容飛煙道：「走了！」

胡小天道：「沒抓到一個活口？」

慕容飛煙道：「一個個膽小如鼠，但是逃命的本事還真是不小。」說話的時候她冷冷望著那幫家丁。

幾名家丁全都慚愧地把腦袋耷拉了下去，心中卻暗暗想著，剛才那麼多人，不跑快點早被人給砍翻了。

胡小天又朝樹林裡探了探頭，然後舉步向前方走去，梁大壯雖然剛才被胡小天狠揍了一拳，可這會兒仍然沒有表現出半分的怨恨，將貼身家丁的忠義表現得淋漓盡致：「少爺，危險！」

胡小天沒有理會他，月亮緩緩升上了夜空，月光如水，灑落在官道上，從樹林的這一頭一直可以看到那一頭，道路上散落著一些來不及拿走的兵刃，還有幾隻因為倉皇逃走而遺失的鞋子，除此以外根本看不到一個人影。

李錦昊和邵一角也跟了上來，小心翼翼道：「會不會有埋伏？」

胡小天道：「埋伏你大爺！」通過這次突發事件，胡小天直接就將這四名家丁的職業道德分數打到了及格線以下，幸虧自己有先見之明，把慕容飛煙給弄了過來，不然只怕連京城地界兒都沒走出去，就已經小命玩完了。

胡小天的那匹雪花驄雖然被絆馬索給絆倒，還好沒有受到重傷，胡佛擔心馬兒受驚，先將雪花驄栓到了馬車上，解下另外一匹棗紅色的駿馬供給胡小天騎乘。

慕容飛煙這次反倒落在了後面，胡小天自然緊跟她的步伐，讓四名家丁全都去前方開路。

四名家丁戰戰兢兢地通過了這片樹林，果然沒有任何埋伏，看到前方的空曠地帶，幾人同時長舒了一口氣。

或許是因為剛才的這場有驚無險的插曲，或許是因為反正也不能及時趕到驛站，慕容飛煙也不再急於趕路，悠悠蕩蕩地縱馬前行，與其說是趕路，還不如說是悠閒漫步，她向胡小天道：「你的這幫家丁可真夠忠心的。」

胡小天道：「一幫酒囊飯袋，添亂可以，能幫上忙的沒有一個，不如我把這幫廢物全都打發回去，也省得累贅。」

慕容飛煙搖了搖頭，全都打發回去豈不是意味著他們兩人孤男寡女要一路相對，那可不行，胡小天不怕，自己還害怕別人說閒話呢。

胡小天笑道：「害怕別人說閒話？」

慕容飛煙心中暗歎，這廝真是精明似鬼啊，自己心裡想什麼他都能猜到。抬起頭看了看空中的那彎有如畫眉的新月，輕聲道：「有他們跟著至少有人幫你照顧行李馬匹。」

胡小天道：「要說這幫馬賊真是奇怪啊，來勢洶洶，幾十上百號人說逃就逃了，他們怎麼這麼怕你啊？」

慕容飛煙道：「我早就跟你說過，邪不壓正！」

胡小天點了點頭，然後又搖了搖頭道：「不對啊，他們是不是認識你啊？」

慕容飛煙聽他這麼說話，俏臉頓時板了起來：「胡小天，你什麼意思？」她可不是生氣，是心虛。

胡小天嘿嘿一笑：「我也就是隨口那麼一說，你千萬別介意，話說回來，你是京城第一女神捕，認識你的人也不在少數，得罪的人也應該不少吧？這幫馬賊十有八九是衝著你來的。」

慕容飛煙脫口道：「我看他們是衝著你來的吧！」

胡小天居然點了點頭：「我也覺得是，京城附近少有馬賊出沒，這群馬賊雖然人數眾多，卻少有高手，應該不是那天在馱街伏擊咱們的那幫人，我在京城也沒得罪什麼人，掰著手指頭就能查出來，飛煙，你有沒有將咱們一起去西川赴任的事情告訴其他人？」

慕容飛煙的表情明顯有些不自然，不過她儘量控制自己的表情，生怕被胡小天看出什麼端倪，接到前往西川赴任的消息非常突然，她只告訴了自己的好友唐輕璇，剛才她認出了唐鐵漢的身分，並放了他一馬，其實她已經搞清了整件事的來龍去脈，一定是唐輕璇將這件事又告訴了大哥，唐家兄妹和胡小天之間存有怨恨，雖然上次的事情得以平息，但是胡小天調戲唐輕璇並將之搶到尚書府之事仍然傳得街知巷聞，唐家兄妹一直引以為奇恥大辱，恨不能除掉胡小天而後快。

慕容飛煙臨行之前，只是想跟好姐妹說一聲，卻想不到言者無心聽者有意，唐鐵漢居然在這裡設下埋伏，冒充馬賊，意圖謀害胡小天的性命。

從剛才那幫人出手的情況來看，他們絲毫沒有顧及到自己的安危，因為這件事，慕容飛煙對唐輕璇這位多年好友也不禁產生了頗多微詞。就這件事而言，唐家兄妹顯然做錯了，而且違反了大康律例，如果慕容飛煙不是手下留情，追究起來搞不好都是殺頭的重罪。放過唐鐵漢，為唐家保守這個秘密，其實已經和慕容飛煙一直以來堅持的原則相背離，她內心中矛盾得很。

胡小天說話的時候已經在悄悄觀察慕容飛煙的表情，哪怕是一絲微妙的變化也盡收眼底，胡小天微笑道：「這幫馬賊好像並不專業啊，飛煙，你說會不會有這種可能，我的某些仇人事先得到了我前往西川的消息，所以故意裝扮成馬賊埋伏在這裡？」

慕容飛煙沒好氣道：「你得罪的人那麼多，我怎麼知道？」

胡小天道：「沒多少啊，你說會不會是唐家的人呢？」

慕容飛煙一顆芳心怦怦直跳，這廝實在是太狡猾了，簡直是多智近妖。剛才自己單槍匹馬殺入林中的時候，這貨和那四名家丁全都在外面避難，根本不可能看清裡面的情景，即便是他在一旁，那幫人全都喬裝打扮，他也未必認得出來。想不到他竟然能夠推斷出是唐家所為！慕容飛煙轉而又想到，也許他是瞎蒙的呢，於是呵呵冷笑了一聲道：「你該不是覺得我串通了馬賊合夥害你吧？」

胡小天微笑道：「應該不會，你要是真心想害我，我就算有十顆腦袋也不夠你砍的。」

「知道就好！」慕容飛煙猛一抖韁繩，駿馬率先向前方奔去，胡小天抬頭向前方望去，卻是望京驛站已經到了

驛站是供給傳遞官府文書和軍事情報的人，或者是來往官員途中食宿、換馬的場所，望京驛是出康都往西第一座驛站，也是距離康都最近的一座，其建築規模和

設施條件在大康驛站中也數一流。

可無論驛站設施條件怎樣，住宿房間也是階級分明的，胡小天這種正九品下級別的芝麻小官，只能和普通郵差享受到一樣的待遇，出示了文書和官印，驛館方面給他們提供了兩個房間，一間單間，一間大房，單間能睡兩個人，房間也小的可憐，除了兩張床鋪之外，插腳的空都沒有，大房裡靠牆有一溜通鋪，能睡六個人。

胡小天原本以為單間是給自己的，可慕容飛煙是個女人，就算他願意同房而眠，人家也不會同意。問過驛丞才知道，單間是給慕容飛煙的，給他安排的是通鋪。這貨不由得有些鬱悶，和這四名家丁睡在一起，有沒有搞錯，老子好歹是個正九品官。

不過胡小天也沒動怒，畢竟人家驛丞級別都比他高，出門在外，還是少惹是非，這貨陪著笑道：「我們裡面有一位女眷，能不能多給一個房間，不然總不太方便。」

驛丞的態度非常惡劣，他顯然沒把眼前這個九品芝麻官看在眼裡，冷冷道：「沒讓你們六個人睡通鋪已經很照顧你們了，你以為自己是誰啊？一個九品官居然還要單獨房間？」

胡小天心中暗罵，狗眼看人低，老子記住你了，有朝一日你犯在我手裡，我絕饒不了你。

慕容飛煙道：「算了，就這樣吧！我先回房間了！」她將自己的行李取下來，馬匹交給胡佛照顧，轉身去自己的房間了。

胡小天忍著氣向那驛丞道：「大人，您看要不這樣，我們添點銀子，再給我們一間房？」

「住滿了，沒有，你愛住不住！」驛丞說完轉身就走。

胡小天這個怒啊，可也犯不著為這件事跟人家翻臉，公辦機構就是這樣，看人下麵條，任何時代都是如此。別看這些小官，越是小官越是勢利，越是現實。

人一旦習慣了錦衣玉食，突然改換一個環境就會變得不適應。躺在硬梆梆的大通鋪上，胡小天輾轉反側，五個人睡六人的大通鋪本來還算得上寬敞，加上幾名家丁都刻意把空間留給他，讓他盡可能睡得安穩些。可清醒的時候知道，一旦睡著了，人的舉止就不受意識控制了。

首先是梁大壯打起了呼嚕，然後是胡佛，李錦昊和邵一角也都不是省油的燈，一個比一個呼嚕打得響，這個剛剛消停了一會兒，那個又排山倒海般傳了過來，幾人睡覺也不老實，沒多久梁大壯就翻騰到胡小天的地盤上了。

胡小天這個鬱悶啊，雙手捂住了耳朵，總算是擋住了些許的呼嚕聲，可又有人開始磨牙了，再加上幾個傢伙的腳都不是一般的臭，胡小天實在是忍無可忍，他一骨碌坐了起來，正想下床，梁大壯的一條大肥腿啪的一下壓在了他的身上。

胡小天無奈地望著這廝，輕輕將這廝的大肥腿給挪開，然後躡手躡腳下了床，拉開房門，走入院落之中。

明月當空，月色正濃，霜雪那樣的清暉籠罩著驛站，胡小天披著外袍，站在溶溶月色之中，感覺心境平和了許多，任何人的人生都不可能一帆風順，這個道理簡單而樸素，人想簡簡單單平平淡淡的活在這個世界上，也不是那麼的容易。他望向隔壁的房間，燈光仍然沒有熄滅，慕容飛煙應該還沒睡，卻不知這妮子此時正在幹什麼？胡小天不由得產生了一探香閨的念頭，可這時候去打擾人家終究不太好。於是在青石台階上坐下，暮春的夜晚還有些涼，他裹緊了衣袍，此時聽到身後開門的聲音，門軸發出吱嘎聲響，室內橘黃色的光線從開門的縫隙中投射到外面，和潔白的月光融合在了一起。

慕容飛煙身穿深藍色長袍緩步走了出來，她剛剛洗過頭，黑長的秀髮披散在肩頭，肌膚潔白如玉，在月光的映照下呈現出一種半透明的質感，一雙劍眉英氣逼人，明澈清冽的雙眸在月光下深邃而明亮。站在石階之上居高臨下地望著胡小天，雖然此時的目光中沒有任何鄙視的成分，可胡小天仍然產生了被鄙視的錯覺。別人俯視你，是因為你所處的位置，你坐在地上，只能仰視別人。

還好慕容飛煙沒有打算長時間維持這樣的姿勢，她將長袍提起一些，在胡小天的身邊坐下，慕容飛煙屬於那種大方豁達的女孩子，她很少在乎所謂的淑女形象，樸素自然，卻積極健康，她的身上也少有多數女性身上的忸怩，比如她可以穿著男裝大搖大擺招搖過市，又比如她可以像男人爭強鬥狠，又比如她從不在意自己的坐姿，坐太師椅的時候，習慣於大刺刺地岔開兩條腿。而現在她坐在石階上，也不像多數女孩子一樣，用雙臂抱住膝蓋，營造出一種我見尤憐的柔弱姿態，一雙美腿直直伸了出去，然後交叉在一起，雙手向後撐在石階上，抬起頭望著繁星點點的夜空：「怎麼沒去睡？」

胡小天給出了一個和這廝氣質完全不符的答案：「賞月！」

慕容飛煙雖然知道他有些文化，可絕不相信他會有賞月的雅興，唇角露出一絲笑意：「睡不著吧？」

「你怎麼知道？」

胡小天看了她一眼，然後一副恍然大悟的樣子：「喔，我明白了，你偷窺我！」

「誰偷窺你？瞧你這副德性！」

胡小天道：「沒偷窺我怎麼知道我睡不著？」

慕容飛煙道：「我房間在你隔壁啊，你們那邊鼾聲震天，排山倒海似的，我都聽得清清楚楚。」

胡小天道：「這樣啊！原來是偷聽，那我晚上要是方便你豈不是聽得……」

慕容飛煙一張俏臉立時變得冷若冰霜，雖然他們之間的關係有所改善，可還沒到能肆無忌憚地開這種玩笑的地步，慕容飛煙劍眉微豎，雙目凜然，冷冷道：「信不信我把你的舌頭給割了？」

胡小天嬉皮笑臉道：「開個玩笑，你這人怎麼回事兒？一點幽默感都沒有。」

「什麼？」慕容飛煙的確不懂什麼叫幽默，這個詞兒原本就是舶來品。

胡小天歎了口氣道：「就是說你這人開不得玩笑，缺乏情趣！」

慕容飛煙道：「拿著低俗當有趣，你實在是太下作了！」

「怎麼說話呢？我好歹也是你上司吧？咱倆以後的這段時間是合作關係，也是領導和下屬的關係，這你不否認吧？」

慕容飛煙眨了眨眼睛，不知這廝又在打什麼壞主意，可胡小天所說的的確是事實，她點了點頭道：「那又怎樣？」

胡小天笑道：「私底下咱倆幹啥都行，可在人前，你好歹也要給我這位上司一點點的尊重。」

慕容飛煙呵呵笑了起來，胡小天也跟著呵呵呵，兩人笑得都很虛偽。

慕容飛煙突然笑容一斂：「你覺得自己身上有讓我尊重的地方嗎？」

胡小天毫不猶豫地點了點頭：「有，只是你沒發現！」這貨說這句話的時候難免又邪惡了一下。

慕容飛煙顯然要比他單純得多，輕聲道：「是這輩子都不可能發現。」慕容飛煙總是在不知不覺中走上了和胡小天鬥嘴的道路，這條路對她來說往往是條不歸路，多次的經歷證明，她不可能占到便宜。

「只要你耐心尋找，總會發現我的長處！」胡小天發現面對一個毫無心機的女孩說一些邪惡的話語也是一種別樣的樂事。可這貨無論存著怎樣的邪惡思維，慕容飛煙在思想上很難和他達到一致：「沒發現你的長處！」說話的時候她居然還看了看胡小天的下半身。

胡小天有點鬱悶了，老子穿著褲子，你當然發現不了，可他很快就意識到慕容飛煙所謂的長處沒有他想像中的邪惡，於是這貨也學著慕容飛煙的樣子伸直了兩條腿，還別說，單論腿的長度，兩人也就是差不多。不科學啊，自己身高要比慕容飛煙高出七八釐米的，敢情這身體比例還真是不一樣啊，自己長在上半身啊。

這貨望著慕容飛煙的兩條長腿，雖然隔著長袍，還是能看出一些優美的輪廓，實事求是道：「你腿可真長！」

慕容飛煙俏臉有些發熱了，她趕緊把雙腿屈起，用手臂將自己的膝蓋圈了起來，狠狠瞪了胡小天一眼：「信不信我揍你？」

「信！可我覺得你會後悔。」

慕容飛煙冷笑道：「大不了我不幹了，回京城當個平民老百姓就是！」

胡小天道：「信不信我把這筆帳算在你好朋友唐輕璇的身上？」

慕容飛煙鳳目圓睜道：「干人家什麼事情？」

「欲加之罪何患無辭，我打不過你，可這口氣肯定又咽不下，所以我只能選擇報復你的朋友，我就說你們串通一氣，意圖謀害朝廷命官，甚至我將今晚馬賊的事情也一併算在你們的身上，到時候就算你能夠逃脫罪責，你朋友也會倒楣，嘿嘿，你意下如何呢？」

慕容飛煙真是服了這小子，這麼無恥的念頭他都想得出來，看來跟這種人相處，實在不能用規則和信義來衡量，直到現在慕容飛煙都無法判斷，胡小天到底是一個好人還是一個壞人，說他是一個好人，他偏偏幹了這麼多的壞事，而且做事不擇手段，毫無原則，如果說他是一個壞人，可他又幫助了不少人，包括自己在內。慕容飛煙望著身邊的胡小天真正有些迷惘了，她輕聲道：「我聽說你十六歲之前都是一個傻子，連話都不會說，真的還是假的？」岔開話題，分明是在岔開話題。

胡小天道：「這是我個人隱私，沒必要跟你說。」

「切，誰稀罕！」慕容飛煙說完這番話忽然目光一凜，卻見一道黑影正從屋簷之上飛速掠過，雖然只是稍閃即逝，可仍然沒有逃脫慕容飛煙的視線，她從腰間抽出一柄短刀，覷定屋簷上的黑影，手臂一揮，一道冰冷的寒光追風逐電般向黑影的後心射去。

屋簷上的黑衣人看都不看後方射來的飛刀，等到那飛刀距離他身體還有三尺左右的時候，左手向後伸了出去，並攏食指和中指輕輕一撥，只聽到咻的一聲尖嘯，飛刀直奔胡小天的胸口而來。

胡小天伸直兩條腿坐在地上，這貨還沒有從和慕容飛煙鬥嘴的狀態中恢復過來，當然也沒看到屋頂的黑影，慕容飛煙射出那柄飛刀的時候，他才意識到房頂可能有人，抬頭去看的時候，飛刀已經倒著飛向了他的胸口。

飛刀反轉射回的速度遠勝慕容飛煙剛才投出的時候，慕容飛煙原本想用手去接，可是當她聽到那飛刀破空發出的尖嘯，俏臉立時變色，對方無論力量還是速度都遠勝於自己，她根本沒有能力接下這一刀，情急之間，不得不合身撲了上去，將胡小天撲倒在地上，飛刀貼著她的後背飛了出去，將她後背的衣袍嗤地劃開，夜風吹起她破裂的長袍，晶瑩如玉的美背全都暴露了出來。

慕容飛煙下意識地抱緊了胡小天，胡小天剛剛被她猛然撲倒在地，可惜躺倒的地方並不平整，身體在石階之上硌得不輕，腰差點都給硌斷了，背後雖然疼痛苦不堪言，可前胸卻被慕容飛煙軟綿綿的嬌軀貼了個密實，這貨第一反應就是雙臂圈住慕容飛煙的纖腰，用力這麼一摟，暖玉溫香抱個滿懷的感覺真是不錯。

胡小天的心態可謂是少有的強大，這種時候非但不擔心自己的人身安全，想的居然全都是旖旎浪漫的事情，說穿了就是不忘揩油。右手居然有意無意地落在慕容飛煙的翹臀之上，挺翹充滿彈性，讓人有種狠狠捏下去的衝動。

可衝動歸衝動，胡小天目前還不敢，慕容飛煙的拳頭和利劍可不是吃素的，如果這小妞認為自己在趁亂占她便宜，肯定會撕破臉皮對自己大打出手，所以胡小天只是趁機摟了一下，輕輕摸了一把，然後還不忘得了便宜賣乖：「壓死我了，你快起來……」

腰的確有點痛，可跟身體緊貼的感覺相比，這點兒疼痛的確算不上什麼。飛刀掠過慕容飛煙的後背，然後貼著地面一直飛向一旁的廊柱，深深刺入廊柱之中。

屋頂之上那黑影停滯了一下，緩緩轉過身來，陰冷的雙目露出冰冷徹骨的寒光，穿透深沉的夜色定格在胡小天的臉上，胡小天和黑衣人對視著，這飛刀的確不是他射出去的，可慕容飛煙趴在他身上，俏臉朝下，人家看不到慕容飛煙的面孔，只能把他記了個清楚，胡小天暗叫倒楣，今晚又莫名其妙背了個黑鍋嗎？

黑衣人點了點頭，胡小天領會了人家的意思，分明是在說，好小子，我記住你了。還好黑衣人沒有飛下來找他算賬，足尖在屋簷上一點，兔起鶻落轉瞬之間已經消失在夜色之中。

慕容飛煙從胡小天的身上爬了起來，胡小天以為她要去追趕，慌忙一把抓住她的手腕，低聲道：「窮寇莫追！」慕容飛煙並沒有追上去的念頭，對方僅僅用了兩根手指就已經將飛刀撥轉回來，聲勢駭人，其威力要數倍於自己，武功深不可測，就算她追上去，也只有送命的份兒。

此時隔壁院落中傳來大聲呼喝：「……飛賊……有飛賊……」

胡小天和慕容飛煙對望了一眼，心中暗叫不妙，胡小天拉著慕容飛煙向房間內走去，他首先想到的是多一事不如少一事。慕容飛煙和他想到了一起，走了兩步卻又想起一件事，走回廊柱前，一把將刺入廊柱內的飛刀拽了出來，飛刀深入廊柱，直至末柄，足見黑衣人武力之強橫。

等兩人進入房間內，慕容飛煙方才意識到這貨居然混進了自己的房間，美眸圓睜，怒視胡小天道：「給我出去！」

胡小天笑得有點尷尬，其實他原本沒想進來的，不知怎麼就稀里糊塗地跟進來了，點了點頭道：「得，我走！」剛一轉身，卻沒有想到慕容飛煙一把將他拖住，旋即乾脆利落地劈出一掌，當然這一掌並非是劈向胡小天，而是劈向桌上的油燈。雖然隔著一丈左右的距離，一掌劈出，掌風颯然，燭火立時熄滅，這一招正是劈空掌。隔空傳力，慕容飛煙修煉的頗有火候。

胡小天心中一怔，不知慕容飛煙這樣做到底是什麼用意，難不成慕容小妞表面冷若冰霜，內心熱情如火。這貨腦子裡胡思亂想著，拿捏出一副溫柔腔調：「飛煙……」

這聲音在慕容飛煙聽來卻真的很欠扁，可這會兒她沒有痛毆胡小天的心情，一把將他的嘴唇給捂住了，胡小天微微一怔，太主動了，莫非想對我用強？胡小天伸手想要撥開她的手掌，慕容飛煙用手肘壓住了他的胸口，向前靠近了一些，壓低聲音道：「來人了！」

胡小天這會兒方才聽到外面一陣混亂，響起嘈雜的腳步聲，沒多久就有人敲門，慕容飛煙也是在敲門聲響起之後方才意識到一個很嚴重的問題，這下如何解釋他們孤男寡女共處一室的問題，自己怎麼這麼糊塗？居然放任這廝跟著進來了，我的清白名聲這下豈不是要完了！她示意胡小天去帷幔後躲起來，可胡小天卻無動於衷。聽到敲門聲，用力向她眨了眨眼睛，示意她去開門。

慕容飛煙咬了咬嘴唇，事到臨頭，也只能順其自然了，她來到門前將門閂拉開，外面站著十多名驛館的侍衛，他們大聲道：「出來，全都出來！」

慕容飛煙道：「大半夜的何故擾人清夢？」

一名侍衛道：「有飛賊潛入，全都出來，要徹底搜查！」

胡小天也走了出去，他和慕容飛煙一前一後來到院落之中，發現慕容飛煙身上已經多了一件深紅色的斗篷，應該是為了掩飾她背後長袍的裂口。

四名家丁也睡眼惺忪地走了出來，剛開始看到胡小天不在，幾人驚慌不已，可出門就看到胡小天和慕容飛煙在一起，幾個人心中頓時就明白了，少爺畢竟是少爺啊，這泡妞的本事真不是蓋的。梁大壯咧著嘴望著慕容飛煙，心想這慕容飛煙平時裝得跟貞潔烈女似的，搞了半天和我們家少爺早就有了一腿，都住到一個房間裡去了。難怪少爺對她唯命是從，奇怪啊，剛才怎沒聽到動靜，我睡得實在是太死了。

那群侍衛到房間內搜查了一下，然後又逐個搜身，來到慕容飛煙面前的時候，想讓她舉起手來，慕容飛煙怒道：「幹什麼？我們有吏部委派的文書官印，你們這麼做，信不信我們上奏朝廷，辨你們的不敬之罪！」

一個陰陽怪氣的聲音傳來：「好大的口氣，我倒要看看，你們是如何辦我的不敬之罪？」卻是驛丞到了。

胡小天望著那尖嘴猴腮的驛丞，就有在他臉上狠狠揍上兩拳的衝動，可現在畢竟是在人家的地盤上，自己的官階又實在太低。他咳嗽了一聲道：「男女授受不親，你們即便是要搜，也需要找個女人過來。」

一名侍衛看不過去了，他剛剛親眼看到胡小天和慕容飛煙從一間房裡面出來，現在又說什麼男女授受不親，剛才還不知道在幹些什麼，嘲諷道：「剛才你們兩個在房間裡幹什麼？」

慕容飛煙羞得滿面通紅，可孤男寡女共處一室的事情也難怪別人不去多想，她揮手就朝那名侍衛打去，胡小天站在她身邊，眼疾手快，一把就將她的手臂給握住了，不是不該打，而是不能打，現在鬧出事端，只能把麻煩引向自己。

果不其然，那驛丞臉色一變，揮手道：「把他們給我抓起來。」對胡小天這種九品官，他根本不會放在眼裡。

慕容飛煙道：「這位大人，咱們借步話說！」

那驛丞皺了皺眉頭，心想他們想玩什麼花樣，不過也不妨聽聽她說什麼，跟著慕容飛煙來到一旁，慕容飛煙向他低聲說了幾句，那驛丞聽她說完變臉奇快，原本冷冰冰的表情瞬間變得春風拂面，呵呵笑了一聲道：「也不早說，誤會，誤會！」他擺了擺手，示意那幫侍衛退下，其實剛剛兩間房都已經搜查過了，其中並沒有發現任何的問題。

驛丞率領那幫人離去之後，胡小天來到慕容飛煙身邊，低聲道：「你都跟他說什麼了？」

慕容飛煙神秘一笑：「秘密！」

胡小天笑道：「你不說我也知道，無非是抬出京兆府的招牌嚇人。」

慕容飛煙冷冷瞥了他一眼，多餘的話都懶得說一句，走回自己的房間，重重將房門關上。

胡小天望著慕容飛煙緊閉的房門，不由得搖了搖頭，向身後幾名表情古怪的家丁擺了擺手道：「回去休息，明兒一早還要趕路。」

翌日清晨，胡小天早早就起來了，四名家丁還有三人都在熟睡，只有胡佛一早起來去料理馬匹了，胡小天拉開房門走了出去。

卻見慕容飛煙已經起來，正在院落中踢腿練功。

胡小天懶洋洋打了個哈欠走了過去：「你還真是用功啊！」

「不用功怎麼保護你啊？」

胡小天笑道：「我一大男人用不著你保護。」嘴上逞強，可心裡卻不得不承認，如果沒有慕容飛煙，他只怕早就死於非命了。

慕容飛煙停下動作，向胡小天道：「知不知道昨晚出了什麼事情？」

胡小天搖了搖頭。

慕容飛煙道：「天字號上房那邊發生了竊案，據說昨晚丟失了很多東西，連玉門關寄過來的緊急公函都被偷了。」

胡小天這才明白為什麼昨晚會鬧出那麼大的動靜，由此看來，昨天那個從他們屋頂上逃走的黑衣人應該就是竊賊，雖然他們看到了竊賊的影蹤，可他們也沒有攔住那名竊賊的本事。

胡小天道：「這驛站也是個是非之地，咱們不宜久留，去看看胡佛車馬準備好了沒有，咱們儘快上路。」

慕容飛煙和他有一樣的想法，點了點頭道：「儘早離開為妙。」

一行人簡單在驛館內用了早餐，備好車馬，繼續向西南行進。

接下來的旅途就順利了許多，無風無雨，風和日麗，有慕容飛煙一路陪伴，安全自然可以得到保障，至於四名家丁，他們雖然膽小怕事，可也絕不是胡小天所說的廢物，胡佛在照顧馬匹方面很有一套，有了他的照顧調理，他們的坐騎在半個月的旅程中始終保持著旺盛的精力。

李錦昊和邵一角兩人負責安排沿途的食宿，他們在這方面頗具經驗，而且兩人也吃苦耐勞，主動承擔了團隊中粗重的活兒。至於梁大壯，這廝向來都是個言大於行的角色，正事兒不會多少，可阿諛奉承插科打諢絕對是一把好手，沒事調侃調侃這廝倒也解乏。

胡小天的騎術在這半個月來突飛猛進，雖然比不上慕容飛煙那般精深，可勉強也能算得上中上水準了。慕容飛煙空閒的時候，也會教給他一招兩式，而今這天下間並不太平，真要是遇到了什麼麻煩，就算胡小天幫不上忙，也能夠利用學會的武功劍法自保一下，這也算得上是未雨綢繆吧。

可一切在他們進入西川之後開始改變，即將進入西川境內就遭遇一年中最為漫長的雨季。連日陰雨，道路泥濘不堪，馬車還因為車軸斷裂，迫使他們不得不棄車前行。

前方就是蓬陰山，翻過這座大山才算真正進入西川境界。這一路走來，他們有驛站就在驛站休息，沒有驛站就選擇客棧，雖然胡小天手中有史學東送給他的那幅標注詳細的尋春地圖，可他一次也沒有光顧過。越往西南走，就越是荒涼，有些時候，甚至兩三天都見不到一個人家，不得不露宿荒野。

雨不停地下，雲層低得似乎就壓在頭頂，天色陰暗，沉悶得讓人透不過氣來。胡小天頭戴斗笠，身披蓑衣，看起來就像一個飽經風雨的老漁翁。沒辦法，這年代的防雨裝備最常見的就是這些，慕容飛煙也和他一樣。唯一的馬車已經被他們丟棄了，馬兒頂著風雨躑躅行進，風很大，夾雜著黃豆大小的雨滴迎面撲來，拍打著他們的身軀，拍打著他們的面部，每個人都被打得睜不開眼。馬兒也睜不開眼，人和馬全都低著頭，在風雨中一點點地挪動，行進的異常艱難。

一道閃電撕裂了烏沉沉的天空，雲層似乎被這道閃電突然就撕裂了一條長長的口子，然後積攢在雲層中的雨水就鋪天蓋地般傾瀉了下來。

斗笠和蓑衣根本承受不住暴雨的衝擊，一聲接著一聲的霹靂將馬兒嚇到，發出驚恐的嘶鳴。胡佛慌忙翻身下馬，大吼道：「大家下馬步行，用布將馬兒的眼睛蒙上，將牠們的耳朵堵上，以免馬匹受驚！」他和馬匹打了半輩子的交道，對於馬兒的脾性非常瞭解。

眾人紛紛下馬，沒等他們全都下來，又是一個炸雷在他們的頭頂炸響，嚇得眾人下意識地縮了縮身子，梁大壯下馬俠盜一般，坐騎被這聲炸雷嚇得驚恐到了極點，頭向下一低，屁股撅了起來，後蹄高揚而起，竟然將梁大壯從背上甩飛了出去。

梁大壯摔落在山路上痛苦不堪的慘叫起來，那坐騎調頭就跑，胡佛上前雖然一把抓住了馬韁，可惜沒能將馬兒拉住，馬兒瞬間將胡佛拖倒，拖著他向後方衝去，胡佛不得已放開韁繩，身體仍然因為慣性沿著滿是泥濘的道路滑行出去，險些撞在前方的山岩之上，如果他再晚鬆一會兒馬韁，只怕免不了被撞個腦漿迸裂。

胡佛驚魂未定地望著距離自己不到一尺的山岩，嚇得喘息不已，李錦昊衝上來將他從地上扶起，那匹受驚的馬兒早已逃得不知所蹤。

邵一角去扶起了梁大壯，還好這廝只是摔在一堆爛泥裡，也沒有受重傷。一行人繼續前行，在滂沱大雨中尋找可以借宿的地方，慕容飛煙牽著黑馬走在隊伍的最前方，她透過層層雨幕依稀看到前方朦朧的建築輪廓，雖然隔得並不遠，可是因為雨很大的緣故，看不清楚，只是從模糊的輪廓中判斷這建築的輪廓應該不小。

等到他們走近，方才發現那黑壓壓一片的建築卻是一座破舊的廟宇，廟門緊閉，紅色朱漆也剝落多處，幾人走到山門之前，恰逢一道閃電劃過，蘭若寺三個字映照得分外清晰，胡小天看清上方的匾額，不由得倒吸了一口冷氣，不會這麼巧吧，這裡居然真有一座蘭若寺，難不成還有聶小倩和黑山老妖？

邵一角已經衝過去敲門，大吼道：「有人嗎？」

胡小天內心忐忑不安，腦子裡反反覆覆都是聊齋志異那點事兒。閃電霹靂一個接著一個，這貨低聲道：「要不咱們繼續趕路？」他對蘭若寺這三個字還是非常忌憚的。

慕容飛煙不解地向他看了一眼道：「這麼大雨根本沒辦法趕路，咱們就留在這裡避雨，等雨停了再說。」

邵一角敲了半天廟門沒有回應，轉身道：「可能裡面沒人！」

胡小天心中暗忖，既然是蘭若寺，這寺廟裡面就是沒有人的，和尚全都讓聶小倩給吃掉了。

慕容飛煙道：「我進去看看！」她正準備越牆而入的時候，聽到裡面傳來一個粗聲粗氣的聲音道：「什麼人？」

邵一角大聲回答道：「過路的客商，遇到大雨無法前行，所以請求借宿一宿。」

沒多久就聽到拖拖拖的腳步聲，腳步聲並不齊整，夾雜著篤篤篤的點地聲。山門中有昏黃的光線透出，然後聽到拉開門閂的聲音，大門從裡面拉開了一條縫，一個光禿禿的腦袋從中露了出來，卻是一個四十多歲的僧人。

邵一角雙手抱拳恭敬道：「這位大師，我們是前往西川的客商，途經此地，遇到大雨，無法前行，還望大師慈悲為懷，能給我們提供片瓦容身。」邵一角也算是跑過江湖的人，言語間表現得非常客氣。

那僧人一雙眼睛打量了一下外面的這六人，咧開嘴巴笑道：「我佛以慈悲為懷，各位施主既然遇到麻煩，不嫌廟中簡陋，只管進來就是！」

山門緩緩打開，這僧人卻是一個瘸子，右肋下拄著一根拐杖，難怪剛才聽到篤篤篤的木棍點地聲，和他一起過來的還有一位年輕僧人，兩人都顯得頗為和善，笑容滿面。

邵一角謝過那僧人，牽著馬匹進入蘭若寺，身後胡佛等人依次進入，胡小天反倒落在了最後，這廝仍然望著山門的匾額，蘭若寺！雖然他也明白此蘭若寺非彼蘭若寺，可總是覺得心裡有些發毛。

慕容飛煙看到他站在門口不動，忍不住道：「喂！你發什麼呆啊？是不是真想在荒郊野外過上一夜？」

胡小天這才回過神來，心想有慕容飛煙在，她武功高強，就算是遇到什麼麻煩也一定可以應付，小心點就是，於是笑了笑，跟著慕容飛煙一起進入寺內。

蘭若寺規模不小，可惜廟宇長年失修，殘破不堪，途中問過那瘸腿僧人，算上他自己在內，這廟裡有四名和尚。提供給他們暫時留宿的地方是後院的一座偏殿，那瘸腿僧人頗為友善，微笑道：「蘭若寺因為地處偏僻，香火不旺，所以我們也是慘澹維繫，這廟裡的條件非常簡陋，只能委屈各位施主了。」

邵一角笑道：「不妨事，不妨事，能有地方躲避風雨我們已經感激不盡了，大師不用客氣，敢問大師法號？」

那瘸腿僧人笑道：「叫我悟性就是！」說完之後，他向眾人告辭，拄著拐杖和那名年輕僧人一起走了。

胡佛將馬匹栓在外面的迴廊下，幾名家丁將他們隨身所帶的行李拿了進來，因為雨太大，他們的被褥大都打濕了，攜帶的乾糧多半也已經泡水，慕容飛煙對此倒是看得很淡，大不了餓上一頓，她的身上沒有半點兒嬌嬌之氣，什麼樣艱苦條件都能忍受。

胡佛忙著檢查他攜帶的辣椒，他向來無辣不歡，這次前往西川，帶了不少的辣椒粉，發現辣椒粉好好的居然沒有受潮，也是欣喜非常。

外面的雨仍然下個不停，非但沒有減小的跡象，比起剛才好像更加猛烈了。他們身上的衣服都已經濕透，加上這偏殿並沒有大門，冷風夾雜著雨霧不停從外面吹入室內，梁大壯凍得接連打了幾個噴嚏，他起身道：「不成，我得去找點劈柴過來，生一堆火，取取暖也是好的。」

話音剛落，就有兩名僧人抬著火盆送了過來，卻是這廟裡的僧人考慮到他們身上都被雨水濕透，所以送火盆過來給他們烘烤衣物。順便還帶來了一鍋米粥，一筐饅頭。

稱謝之餘，幾名家丁全都稱讚這蘭若寺的僧人菩薩心腸，如果不是湊巧來到了這裡，還不知要怎樣捱過這場淒風苦雨。

幾個人圍坐在火盆旁烘烤著衣服，梁大壯已經迫不及待地抓起饅頭吃了起來。唯有胡小天顯得心神不寧，在偏殿內溜來溜去，閃電讓這偏殿忽明忽暗，借著電光能夠看到偏殿內擺放著十八羅漢像，大都殘缺不全，結滿蛛網塵絲，怎麼看都透著一股詭異的氣氛。

梁大壯道：「少爺，你不吃點兒？」

胡小天搖了搖頭，他轉過身去，慕容飛煙已經用銀針試過，她向胡小天道：「放心吧，食物沒問題的。」

胡小天道：「我只是覺得心中氣悶，想去外面走走！」

他出了偏殿，望著外面密密匝匝的大雨，心中不禁一陣感慨，這場雨還不知要下到什麼時候，如果明天沒有放晴，只怕還得在這蘭若寺繼續逗留下去。可能是聊齋志異留給他的印象實在太深，自從進入蘭若寺他就覺得渾身不自在，這世上巧合的事情實在是太多，胡小天此時肚子咕咕叫了一聲，的確是餓了，他轉過身正準備回去吃飯，可看到的情景卻讓他大吃一驚。剛剛還圍在火盆旁烤火吃飯的五名同伴，此刻全都暈倒在地上，連慕容飛煙也是如此。

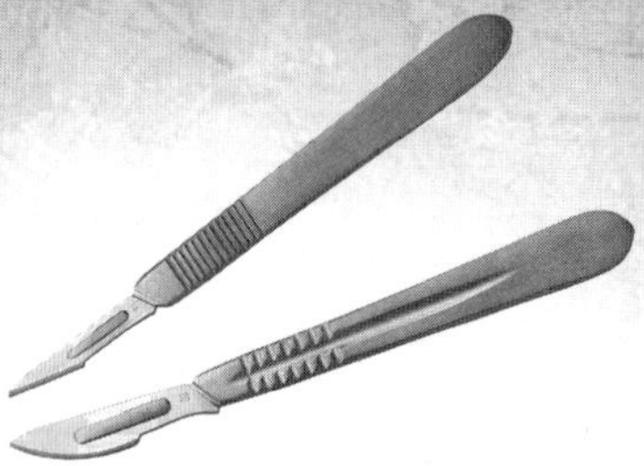

第四章

白衣小女孩

慕容飛煙和胡小天兩人湊在門縫之中向外望去，
借著天空中閃過的電光，看到外面站著一個白衣女孩，
十一二歲的樣子，白色長裙早已濕透，
黑髮濕漉漉地貼在肩頭，雙腳赤裸，
站在廟門前不停拍打著廟門，這場面實在是詭異之極。

胡小天慌忙衝了進去，他想起了什麼，先屏住呼吸，然後才扶起了慕容飛煙，輕輕拍打她的面龐，慕容飛煙軟綿綿躺在他的懷中毫無反應。

胡小天心中駭然，最麻煩的是他不知道究竟是飯中有毒？還是火盆之中另有文章？這時候外面傳來駿馬的嘶鳴聲。

胡小天暗叫不妙，一定是有人來了，此時已經來不及將同伴們救起，他看了看周圍，能夠隱藏身體的除了供桌下就是佛像後面，他想了想，現在藏身只能躲藏一時，那幫僧人發現自己不在，肯定會展開搜索，當下之計，唯有選擇裝暈蒙混過關，於是屏住氣息，手中扣了一隻匕首藏在袖中，躺倒在慕容飛煙身旁。

四名僧人出現在偏殿內，為首的正是瘸腿僧人悟性，他們進入偏殿之後，馬上有人衝上去將火盆扣上，從裡面端了出去，由此可見應該是火盆中藏有迷藥。

悟性朝地上六人掃了一眼，嘿嘿冷笑道：「這小妞長得倒是不錯，老四，把她送到我禪房，老二老三你們將其他人弄到後院扔到山崖下面去！」

胡小天聽得清清楚楚，心中暗罵這惡僧歹毒，看來自己的預感是正確的，蘭若寺這名字就不吉利，雖然這裡沒有什麼女鬼，也沒有什麼黑山老妖，可謀財害命的惡僧倒是不少。

第一個抬起的就是胡小天，胡小天儘量放鬆自己的身體，生怕這幫人看出異樣，沒多久就被抬到了門廊之中，確信離開了偏殿，他方才敢小心呼吸。

兩名僧人架著胡小天將他帶到後院之中，胡小天不敢睜眼，被抬著重新走入風雨中，其中一名僧人忍不住抱怨道：「老大忒不厚道，憑什麼每次風流快活都是他，受苦受累全都是我們？」

另外一名僧人歎道：「別說了，誰讓人家厲害，咱們打不過人家，只能老老實實聽話。」兩人將胡小天抬到寺廟的後門，一人將胡小天放下，另外一個去開後門。

胡小天知道機不可失失不再來，他悄悄摸出暗藏的匕首，卻見那年輕僧人就在自己的面前，不過他顯然沒有注意到自己，而是望著另外一名去開門的同伴。

胡小天忽地從地上站起身來，閃電般一刀刺出，正中對方的心臟位置，胡小天對人體生理結構無比熟悉，雖然他從未有過殺人的經歷，可出手卻是狠辣而準確，不是胡小天生性殘忍，而是他別無選擇，這蘭若寺中單單是他確定的就有了四名僧人，而他們這一邊六人被弄翻了五個，這其中還包括戰鬥力最強的慕容飛煙。以一對四胡小天可沒有把握，即便是以一對二，他也沒有足夠的信心。

一個人的戰鬥力絕不單單指武力值的高低，還要看他的心機和智慧，還要看他對時機的把握。胡小天雖然武功不行，但是他的頭腦極其冷靜，臨危不亂，他一直都在等待著這個機會，一旦時機出現，馬上出手，絕不猶豫。

噗地一聲，匕首從那僧人左胸二三肋間插入，準確無誤地命中了他的心臟，那僧人爆發出一聲撕心裂肺的慘叫。胡小天沒有片刻的猶豫，插入之後迅速拔刀，如同猛虎出閘一般衝向那名去開門的僧人。

那僧人聽到同伴的慘叫聲，慌忙轉過身來，看到胡小天握著一柄明晃晃的匕首朝他撲了過來，緊急之中顧不上多想，伸手去抓胡小天握著匕首的右腕，卻是要空手奪白刃。

胡小天原本計畫得非常完美，一刀先將身邊的那名僧人幹掉，然後神不知鬼不覺地衝到那開門的僧人身後，趁他不備抹了他的脖子。可計畫不如變化，怎麼都想不到那僧人臨死前叫得如此驚天動地，等他叫出聲來，胡小天方才意識到，自己畢竟欠缺經驗，應該捂住這廝的嘴巴，防止他驚動同伴。

前往闊門的那僧人生得身材高大，膀闊腰圓，看到同伴被胡小天一刀給放倒，心中也是驚恐萬分，他反應速度極快，第一時間衝上來和胡小天近身搏鬥，一把抓住了胡小天的右腕，試圖將他手中的匕首奪下。這僧人一身的蠻力，胡小天雖然這段時間堅持鍛煉，可臂力方面仍然沒辦法和對方抗衡。

那和尚抓住胡小天的右腕死命擰動，與此同時，光頭向後仰了一下，然後重重撞在胡小天的腦門上，撞得胡小天眼前金星亂冒，彷彿看到五六隻小雞仔在頭頂來回盤旋，這和尚應該是練過鐵頭功。

沒等胡小天清醒過來，又是一下，胡小天被撞得天旋地轉，還好他個子比對方矮，要不然這禿腦袋撞在他面門上，這會兒恐怕鼻樑骨都被撞斷了。

胡小天全憑一股意志在支撐，生死關頭來不得半點懈怠，這會兒只要鬆一口氣，不但自己性命不保，連自己的那幫同伴也只怕全都要遭殃。

那和尚腦袋再次後仰，又要故技重施，胡小天暗叫天亡我也，只要被他這下撞中，自己不死也得暈過去，他也沒什麼辦法，噗地一口水噴了出去，醞釀了半天這口水還真是壯觀。

和尚被胡小天噴了一臉，不由得一怔，這第三次就沒能及時撞擊下來，以命相搏的時候，哪怕一個微小細節都能決定最終成敗，如果和尚再用腦袋撞胡小天一下，胡小天肯定就徹底喪失戰鬥力，可他的這口口水噴得和尚錯愕了一下，這片刻的喘息之機對胡小天來說彌足珍貴，他大吼一聲，也像和尚一樣，一頭頂了過去。

那和尚負痛，身體自然而然做出了反應，雙手微微一鬆，胡小天趁機將雙手掙脫出來，匕首狠狠刺向對方的咽喉，和尚再度用雙手抓住他的手腕，擰轉過來，匕首的尖端瞄準了胡小天的胸膛一點點壓了下去，就在此時胡小天騰出的左手，猛然向對方的頸部揮去，左手指縫中寒光一閃，卻是夾著一隻鋒利的刀片，刀片從和尚頸部右側劃過，割斷了他的頸總動脈，一道血劍，從和尚的頸部噴射出來。

胡小天猝不及防，被噴了一頭一臉的鮮血。

那和尚捂住脖子，試圖用手指壓住鮮血，可鮮血仍然從他的手指縫中噴射出來，他驚恐地擺動著身體，雙腿軟綿綿跪了下去，力量隨著鮮血的噴射而出迅速流逝，噗通一聲趴倒在地上。

胡小天望著那和尚在地上掙扎的身體也有些不忍心，他歎了口氣，心中暗叫罪過罪過，老子本來沒想殺你，可不是你死就是我亡，對敵人仁慈就是對自己殘忍。他看了看手指縫裡面的刀片，如果不是這只暗藏在指縫中的手術刀片，今天恐怕要死在這和尚手裡。

他長喘了兩口氣，他們這邊的動靜雖大，可似乎並沒有驚動寺裡其他的僧人，電閃雷鳴，暴風肆虐為這場殺戮做了最好的掩護。

想起被那兩名惡僧人帶走的慕容飛煙，胡小天不敢有絲毫怠慢，剛才那瘸腿僧人悟性已經讓人將慕容飛煙帶到他的禪房，從悟性的那番話就能夠知道，這禿驢百分百是個淫僧。想到這裡胡小天不由得心急如火燎，若是慕容飛煙的清白壞在這淫僧手裡，自己豈不是要抱憾終生。

他沿著原路返回，雖然不知道那淫僧的禪房在哪裡，可按照常理來推論，應該在後院，他剛才被和尚抬過來的時候就悄悄觀察著來時的道路，記住了幾處特徵，所以暴雨雖然很大，胡小天也沒有迷失道路，輾轉來到偏殿附近，前方隱約傳來對話聲。

胡小天慌忙貼在牆根，沿著牆根一點點挪了過去，風雨聲中聽到悟性的聲音道：「老四，你去看看他們兩個怎麼還沒回來。」

那被喚作老四的和尚應了一聲。

悟性又笑道：「我先回房了。」

老四道：「大哥，您說過要照顧兄弟的……」話語中充滿了淫邪之意。

悟性道：「放心吧，都是自己兄弟，我絕對忘不了你們的好處，我吃頭鍋肉，你們等著回鍋肉……」

兩人同時笑了起來，胡小天心中暗罵，就你們這幫德性也想吃肉？肉是老子的，湯你們都別想喝到。

悟性道：「對了，你別管他們兩個了，先把那些馬匹和行李弄到後面藏起來，等我忙完，再回來清點咱們的戰果。」

「是！」

那瘸腿和尚拄著拐杖篤篤篤的去了。

胡小天沒有馬上跟他過去，悄悄溜到牆角，舉目望去，卻見那年輕僧人帶著僧帽斗笠，正前往偏殿的長廊中去牽馬，另外一邊，瘸腿和尚已經出了右側的院門。

年輕僧人牽著馬一邊走一邊抱怨著什麼，經過胡小天身邊的時候，正逢一陣悶雷響起，胡小天借著雷聲的掩護，從暗影中衝了出去，一把從後方捂住那年輕僧人的嘴巴，然後舉起手中的匕首對準這廝的心口狠狠就是一刀插了下去。畢竟有了接連斡掉兩名惡僧的經驗，這次出手麻利了許多也從容了許多。

那年輕僧人連吭都沒有吭出來就被胡小天奪去了性命，望著這廝臨死前臉上驚恐萬分的表情，胡小天心中也不禁一顫，過去他動刀都是救人，可現在卻逼不得已要殺人。

一刀戳死那年輕僧人之後，駿馬發出一聲嘶鳴，這匹馬恰恰是胡小天的坐騎雪花驄，當牠看清出現在自己面前的是牠的主人，頓時又安靜了下來，親切地用頭蹭了蹭胡小天腰間的衣服，胡小天拍了拍牠的鬃毛，低聲道：「乖，老老實實在這裡等我，我去去就來。」

他循著那瘸腿僧人的腳步向右側院門走去，可走了兩步又想起了一件事，轉身回來，迅速將那年輕僧人的衣服扒了下來，脫下自己那身染血的長袍，迅速將僧袍套在身上，再拾起地上的斗笠，他的身形本來和眼前死去的僧人極其相似，這一裝扮還真是難以分辨。

胡小天之所以興起換上僧袍的念頭，是因為那瘸腿僧人，既然這三名僧人都口口聲聲叫他大哥，想必那瘸腿淫僧必有過人之處，如果就這樣闖過去，只怕救不出慕容飛煙，反而自己也會折在他的手裡。

胡小天換好衣服迅速出了右側的院門，看到前方一個身影正一瘸一拐的走向亮燈的禪房，卻是那瘸腿僧人仍然沒有走到。

他心中竊喜，這瘸腿僧人腿腳到底不夠利索，到現在還沒走到禪房，慕容飛煙定然無恙。他快步走了兩步，本想叫一聲大哥引起那瘸腿僧人的注意，可話到嘴邊又改變了念頭，慘叫一聲，撲倒在地上。

胡小天心機縝密，他要是叫大哥，只怕口音上會露出破綻，更何況這會兒雨似乎小了許多，走得太近肯定容易暴露。

胡小天的這一招表面上看非常的凶險，可仔細一想卻是最為聰明的辦法，他穿的是那和尚的僧袍，戴的是他的斗笠，即便是摔倒，也悄悄用手撥動斗笠，恰巧將斗笠蓋在後腦上，將頭髮這個最大的破綻給蓋住。

胡小天剛剛的那聲慘叫撕心裂肺，悟性看到他摔倒在濕漉漉的青磚地面之上，以為是他的兄弟，趕緊拄著拐杖走了回來。

胡小天聽到那篤篤篤的聲音越來越近，一顆心也緊張到了極點，他的右手壓在身下，手中緊握匕首，今日成敗在此一舉，如果行動落敗，就意味著全盤皆輸。

悟性驚呼道：「老四，老四！你怎麼了？」

胡小天一言不發，悟性來到他面前，不過這和尚倒也精明之極，他並沒有過於接近，而是單腿立在三尺遠的地方，右手中的拐杖抬起，首先撥開蓋在胡小天後腦的斗笠。當然這和他腿有殘疾，躬身不便有著一定的關係。

胡小天已經將事情的種種可能全都計畫在內，他所擔心的事情仍然還是發生了。這和尚實在是太過警惕，在悟性用拐杖挑開胡小天頭頂斗笠的剎那，胡小天合身撲了上去，匕首插入他的左腿之上，胡小天之前就已經計算過，只要他靠近自己，就撲上去進行刺殺，攻他一個措手不及，因為胡小天趴在地上，所以最方便攻擊的目標還是對方的下盤，那和尚只有一條左腿，只要廢了他的左腿，就等於廢除了他的移動能力。

胡小天打得一手如意算盤，力求在最短時間內擊中目標。

悟性雖然有些警惕，可是他仍然沒能想到這趴在地上的僧人乃是胡小天所扮，沒等他看清斗笠下的面孔，胡小天已經猛虎般撲了上去。

這麼近的距離，即便悟性武功不弱，也難以做出及時的反應，匕首深深戳入了他的大腿之中。

悟性痛得悶哼一聲，揚起手中的拐棍，照著胡小天的後腦勺狠狠砸了下去，如果被他砸中，肯定免不了是個腦漿迸裂的下場。胡小天雖然武功不濟，可是他考慮事情非常的周密，往往在施行第一個計畫之前已經想好了下面的行動，匕首命中目標之後，馬上向左側翻滾，正是這個及時的翻滾動作，讓他逃過了死亡。他原本想將匕首拔出帶走，可惜匕首入肉太深，一下居然沒有能如願拔出。

拐杖砸在他剛剛所處的青磚地面上，青磚立時碎裂，碎裂的磚石四處迸射，不少射在胡小天的身上，好不疼痛，由此可見悟性和尚臂力之強。

胡小天下手之狠辣絕不遜色於職業殺手，匕首深深刺入悟性的左腿，入肉極深。悟性原本右腿殘疾，這下左腿也被刺傷，行動自然受到阻礙，他咬緊牙關，握住那匕首的手柄，猛一用力，將血淋淋的匕首從體內拔了出來，一雙陰冷的眼睛怒視胡小天，拄著拐杖，雙腿流血不止，一步步向他靠近。

胡小天仗著兩條腿行動自如，轉身向前方台階上逃去，一邊跑一邊叫道：「死禿驢，有種過來追我！」他故意利用激將法吸引悟性過來追逐自己，悟性越是運動，這傷口失血的情況就會越重。

悟性揚起手中的匕首，爆發出一聲狂吼，全力向胡小天投擲出去。那匕首經他擲出，無異於強弓勁弩激發而出，匕首發出咻的一聲尖嘯，穿破雨幕，撕裂濃郁的夜色，直奔胡小天的胸口而來。

胡小天看到那匕首來得如此迅速，嚇得撲通一聲就趴倒在地上，也算他趴得及時，匕首從他的上方飛掠過去，刺入身後的老槐樹。

胡小天嚇得一身冷汗，再看那柄匕首整個都沒入老槐樹的樹幹內了，只有尾端的一點紅綢留在外面。這惡僧的臂力居然如此強悍，正所謂用進廢退，下盤不行，這上盤就格外厲害。

胡小天迅速從地上爬起，望著悟性步履維艱地在雨中挪步，料定他追不上自己，冷笑道：「老禿驢，你居然敢用飛刀刺我！你知不知道那匕首是我餵過毒的？

你爺爺我要是有什麼三長兩短，你也得跟我陪葬。」他哪有在匕首上餵毒，只是故意出言恐嚇這惡僧。

悟性咬牙切齒道：「小畜生，今日我必然要將你扒皮抽筋，方解我心頭之恨。」心中卻暗暗有些發寒。

胡小天呵呵笑道：「老禿驢，你性命都保不住了，還敢說大話，你的左胸是不是隱隱作痛，你用手指在你的五六肋骨之間摁下去，是不是有些刺痛？」

悟性心中猜疑這小子是在故意詐自己，可仍然按照他的話摁了下去，別說是他摁下去，任何人摁下去都會有疼痛，悟性倒吸了一口冷氣。

「胸口是不是還有些沉悶，好像是有一塊石頭壓在上面？心跳變快，嘴唇還有些發乾。」

悟性生性多疑，可越是多疑的人，越是容易中了別人心理暗示的圈套，他惡狠狠盯住胡小天，心中卻惶恐到了極點，暗暗想到，莫非這小子果真在匕首上餵毒？胡小天所說的卻是正常人失血後產生的症狀，悟性的左腿流血不止，肯定會引起相應的失血症狀，胡小天利用這一點展開心理戰術，不停地對他進行暗示。其實意在拖延時間，時間拖延得越久，悟性的失血症狀就會越明顯，他的體力就會隨之下降，也就對胡小天越有利。

胡小天道：「你現在乖乖跪在地上，給我磕三個響頭，再叫我三聲爺爺，或許我會饒了你的性命。」

悟性怒吼道：「小畜生，我便是拚了這條性命也要取你的狗命。」

胡小天笑道：「老禿驢還真是不知死，你爺爺我就站在這裡，有種你過來抓我！」

悟性手中拐杖一點，身軀倏然飛了起來。

胡小天機關算盡卻沒有想到這瘸子居然也能飛起，眼看悟性利用拐杖點地的力量，騰空飛起，如同大鳥一般掠過十多丈的距離，朝著自己撲了過來，嚇得胡小天轉身就逃！

悟性掠出一段的距離，身體自然要落回地面，在他即將落地的時候，拐杖又在地上一點，身軀再度飛起，連續兩次騰飛，距離胡小天已經不到一丈的距離，胡小天忽然揚起手中的一團東西，照著悟性的臉上砸去。

悟性張開手掌猛然一拍，啪的一聲將布包拍了個稀巴爛，一團紅色的霧狀粉末瀰漫開來，悟性想要躲開已經來不及了，吸入了少許粉末，頓時感覺到無比嗆鼻，忍不住打了個噴嚏，這下更加麻煩了，那粉末被他一吸一噴，不少進入了他的口鼻眼睛，到處都是火辣辣的感覺，悟性雙目不禁閉了起來，頃刻間淚流滿面，他此時方才知道，這小子扔出來的這包東西居然是辣椒粉，心中暗罵這廝陰損，連這種下三濫的手段都能夠使得出來。

胡小天剛才從馬上馱負的物品中看到了辣椒粉，這是胡佛隨身攜帶的，胡佛帶辣椒粉是為了自己吃，並不是為了對付敵人，可胡小天看到這樣東西，馬上開動腦筋，將之演變為克敵制勝的殺器。

被辣椒粉突襲的悟性如同折翼的大鳥一般落了下去，不過還算他有能耐，居然平穩落地。

胡小天又怎能放過落井下石的機會？撿起地上的一根手臂粗細的毛竹，橫掃了出去。

悟性還沒有從被辣椒粉襲擊的痛苦中解脫出來，他的視聽受到了極大的影響，剛剛落地，毛竹就橫掃而至，正中他的左臉，打得悟性一顆禿腦袋向右猛然旋轉開來，隨之飛出的還有兩顆雪亮的牙齒。

胡小天奮起神威，揚起手中的毛竹，雙臂用力，一個標準的力劈華山，蓬的一聲砸在悟性的天靈蓋上。

悟性被砸得直挺挺倒了下去，拐杖也丟到了一邊。

胡小天比悟性更加謹慎，剛剛他就是利用偽裝騙過了悟性，難保這廝不會採用同樣的方法對待自己。胡小天揚起這根足有兩丈長度的毛竹，瞄準了悟性的褲襠，咬牙切齒道：「你大爺的，居然想動我的菜，老子讓你斷子絕孫！」粗大的毛竹全力戳了過去，正頂在悟性的襠部。

果不其然，悟性真是裝暈，他也想學習胡小天剛才的辦法，來個絕地反擊，只可惜在陰險的胡小天面前，悟性就像個純潔的孩子，胡小天不但心思縝密，更是心狠手辣。這下搗得悟性屁滾尿流，慘叫一聲就昏死過去了。就算今天不死，半條命也被胡小天給折騰掉了。

胡小天生怕這廝使詐，揚起毛竹照著這廝的襠部又狠頂了兩下，能對一個出家人下此狠手的，天下間除了胡小天之外，只怕也找不出幾個。

胡小天確信悟性徹底喪失了反抗能力，方才走了過去，利用找來的繩索將這廝結結實實捆了起來，之所以沒殺他並不是胡小天心慈手軟，目前還不知道其餘五名同伴的中毒情況，必須先留下這廝的性命，以防萬一，如果自己解救不了，還得依靠這個活口找出解藥。

循著燈光來到悟性所在的禪房，胡小天先投破窗紙向內望去，卻見慕容飛煙被捆著雙手雙腳扔在地上，她顯然藥性沒有過去，仍然在昏迷之中。看到慕容飛煙衣服好端端地穿在身上，胡小天方才徹底放下心來，包裝好好的，只是多了幾道捆綁，裡面的點心原封未動。

胡小天確信周圍沒有其他僧人，推門走了進去，抱起慕容飛煙，輕聲叫道：「飛煙，飛煙！」雙手還不斷晃動她的嬌軀，可惜沒有起到任何的效果，慕容飛煙仍然睡得很熟。

胡小天看了看一旁的桌子，上面剛巧有一碗冷水，他端起冷水，潑在慕容飛煙臉上，慕容飛煙還是沒有任何反應，看來這幫惡僧所用的迷藥效力極強。胡小天望著慕容飛煙嬌豔的俏臉，嘖嘖歎道：「長得還真是不錯，就是凶巴巴的沒有女人味道。」

胡小天將慕容飛煙重新放在地上，轉身回到院落之中，這會兒功夫雨又開始變大，悟性被鋪天蓋地的冷雨一澆，居然清醒了過來。

胡小天來到他身邊蹲了下來，掏出手術刀片在悟性面前晃了晃，陰森森道：「把解藥交出來，不然我在你身上劃出幾百個口子，讓你鮮血流盡而死。」

悟性哈哈大笑了起來，笑得非常瘋狂，形容可怖，一句話不說只是狂笑不停。胡小天看得焦躁，揚手就是一拳，狠狠砸在這廝的鼻樑上，打得悟性鼻血長流，仰頭摔倒在地上。

胡小天跟了過去，用刀片抵住他的咽喉道：「老禿驢，你當爺爺跟你開玩笑啊？信不信我先把你變成太監？」

悟性滿口是血：「要殺就殺，何必折辱於我？」

胡小天道：「老子喜歡！」照著悟性的臉上又是一拳。這一拳太重，打得悟性暈倒過去。他在悟性身上摸索了一遍，找到了一個綠色的瓷瓶兒，旋開瓷瓶，湊在瓶口一聞，一股腥臭刺鼻的味道刺激得他接連打了幾個噴嚏。胡小天拿著玉瓶回到房間內，將瓶口對準了慕容飛煙的鼻子。正準備擰開瓶口，這貨的目光落在慕容飛煙潔白如玉的粉頸上，心中不由得生出了一個惡作劇的念頭，俯下身去，湊在慕容飛煙潔白無瑕的粉頸上狠狠親了一口，直到將她的粉頸吸出血痕，方才住口，嘿嘿笑道：「味道好極了！」

這才旋開瓶口對準了慕容飛煙的鼻子，慕容飛煙吸入那瓶中的氣體，接連打了幾個噴嚏，居然從昏睡的狀態中清醒了過來。她眨了眨雙眼，看到眼前一身僧衣打扮的胡小天，隨即又意識到自己的手足被縛，嚇得尖叫了起來，驚恐道：「你……你想幹什麼？」

胡小天真是哭笑不得，自己分明是英雄救美，這慕容小妞把他想成什麼人了？敢情在她心裡自己從來就不是一個正面形象。既然你這麼想我，我不妨嚇你一下，胡小天獰笑道：「你覺得我想幹什麼？」

慕容飛煙嚇得俏臉煞白：「胡小天，我是朝廷命……官……你你你……膽敢……」

胡小天嬉皮笑臉道：「你是朝廷命官，我就不是？以我的人品什麼事幹不出來？更何況這裡荒郊野嶺，四下無人，我就算對你幹點什麼傷天害理的事情也沒人知道，事後大不了將你毀屍滅跡，扔下懸崖，這山裡的野獸就會將你吃個骨頭都不剩，誰會知道？又有誰會知道？」

慕容飛煙怒斥道：「你不怕天打五雷劈？」話剛剛說完，天空中就是連續幾道閃電，隨即滾過一連串的悶雷，胡小天嚇得脖子縮了縮，用不著這麼當真吧？他繞到慕容飛煙身後先幫她解開手腕上的繩索，居然不敢繼續胡說八道。

慕容飛煙這才知道自己誤會了他，俏臉不由得一陣發燒，小聲罵道：「無恥之徒，就會恐嚇於我。」

胡小天道：「都說過讓你們多加小心，枉你還號稱京城第一女神捕，差點就中了這幫淫僧的圈套，如果不是我機警，咱們這次肯定要全軍覆沒。」

慕容飛煙手足獲得自由，本想站起身來，可感覺身軀還是軟綿綿好無力道，一陣頭暈目眩，險些摔倒在地，幸虧胡小天及時將她扶住，確切地說應該是抱住，半邊嬌軀都挨到胡小天懷裡了。

慕容飛煙有羞又急：「你放開我……」

胡小天倒是聽話，迅速放開閃人，慕容飛煙嬌呼一聲直挺挺朝地上撲倒下去，她的四肢明顯僵硬，這下如果摔實，肯定要摔個鼻青臉腫，或許是預感到自己可悲的下場，慕容飛煙這次的尖叫聲要比上次更加刺耳。

依然是胡小天及時伸出手去，這下是徹底給抱住了，搶在慕容飛煙面部落地之前將她給挽救回來，慕容飛煙感覺自己這輩子都沒那麼虛弱過，嬌噓喘喘地看著胡小天，胡小天道：「好強也是要有資本的，我可沒強拉著你，是你非得賴著我。」

慕容飛煙惡狠狠瞪著他。

胡小天道：「知道什麼叫狗咬呂洞賓不識好人心嗎？就是你這種！」他把慕容飛煙重新扶了起來。外面又傳來悟性和尚的狂笑，這貨居然又醒了。

慕容飛煙讓胡小天攙著自己出去，雖然她不知這其中到底發生了什麼，可有一點她是知道的，肯定是胡小天力挽狂瀾，將他們救了出來，倘若不是他機警，恐怕自己……慕容飛煙幾乎不敢想下去。

悟性和尚躺在地上，臉上的鮮血已經被大雨給洗刷得乾乾淨淨。看到慕容飛煙被胡小天攙著出來，知道解藥已經被他們找到，今天精心策劃的這場搶劫可謂是全盤落空，悟性懊惱到了極點，剛剛被胡小天一通狠虐之後，身上更是無一處不疼痛，想起胡小天的狠辣手段，心中不禁陣陣發寒，以這廝的陰狠，保不齊幹出什麼事情來。

慕容飛煙看到悟性恨得牙根癢癢，向胡小天道：「殺了他！」

胡小天道：「不如你親自來！」

慕容飛煙知道自己的情況，現在渾身痠軟，連拿刀的力量都沒有，如果不是依靠胡小天的攙扶，她甚至連腳步都邁不動。

胡小天望著身邊的慕容飛煙，心中暗笑，強悍的慕容小妞居然也會有小鳥依人的一天。他抬起腳一腳狠狠踢在悟性的下頜上，悟性被他踢得再度暈厥過去。

胡小天先將慕容飛煙帶到了偏殿，途中又看到那名被他事先幹掉僧人的屍體，慕容飛煙身為捕快自然見慣了血腥殺戮，雖然沒有感到害怕，可內心中仍然驚奇不已，這小子武功如此稀鬆平常，卻不知怎麼剷除了這麼多的惡僧。慕容飛煙並不知道具體的情況，其實還有兩名僧人被胡小天殺死在後院之中。

回到偏殿，胡小天拿起那瓷瓶，依次湊近那四名家丁的鼻子。幾名家丁在這種臭味的刺激下全都清醒過來，他們並不清楚到底發生了什麼事情，一個個表情茫然，剛剛清醒過來和慕容飛煙一樣，都是四肢痠軟無力，估計要有一段時間才能徹底恢復體力。

慕容飛煙休息了一會兒，感覺恢復了一些力氣，取出銅鏡悄悄觀察了一下自己，很快就發現了自己脖子上的吻痕，心中對蘭若寺的這幫惡僧更是恨到了極點，如果不是胡小天及時趕到，自己只怕難逃一劫了，她悄悄向胡小天道：「這件事要儘快上報給當地官府。」

胡小天暗笑慕容飛煙想得簡單，別說這荒山野嶺的無法報官，即便是報官也說不清楚，他這才將自己一共殺了三名和尚的事情告訴了慕容飛煙，慕容飛煙聞言也是大吃一驚，再看胡小天身上佈滿血跡，額頭上也是一片淤青，猜測到他今天為了營救他們必然經歷了不少凶險，心中不由得生出一陣感激，可慕容飛煙即便是心中這麼想，嘴上卻是吝於表達的。

胡小天將慕容飛煙叫到門外，慕容飛煙畢竟武功根基頗深，趁著剛才的功夫已經調息了兩個周天，體力雖然不能完全恢復，可是也已經能夠行走自如。

胡小天將藏在廊道內的屍體拖到後院，將另外兩具屍體放在一處。因為之前聽這幫惡僧說過，要將屍體全都扔下山崖，所以推測出他們所說的山崖應該在後門不遠處。

果不其然，出了後門前方不到十丈就已經是萬丈深淵，胡小天為了以後麻煩，一不做二不休，將三具僧人的屍體全都從山崖上扔了下去。

慕容飛煙全程旁觀，雖然沒有幫忙，可也沒有出手阻止，顯然是默許了胡小天的做法。四名惡僧中，還有一個活口，胡小天將悟性拖到山崖邊。

悟性此時剛巧又醒了過來，他看到自己所處的環境，頓時嚇得魂飛魄散，剛才的蠻橫和頑強已經被風吹雨打得乾乾淨淨，這廝慘叫道：「大爺饒命，大爺饒命，我不敢了，我不敢了……」

胡小天不屑笑道：「此時再說這種話豈不是太晚？」

悟性道：「大爺……我給你銀子，大雄寶殿的佛像裡面，我藏了不少的銀子，你拿了銀子走吧，求您饒了我的性命。」

慕容飛煙此時走了過來，冷冷道：「你身為出家人，居然做出這種喪盡天良的事情，你不怕佛祖降罪嗎？」

那悟性顫聲道：「姑奶奶，你饒了我吧，我雖然有歹心，可是我根本連你一個小指頭都沒碰過，我……我不是和尚，我們四個原本就是打家劫舍的強盜，因為被官府清剿，所以逃到了這裡，我們殺掉了蘭若寺的和尚，將這座廟宇據為己有，暫時安身……」

他不說還好，慕容飛煙聽到他說謀害了蘭若寺的僧人，早已是怒不可遏，想起自己脖子上的吻痕，再聯想起他們今晚的遭遇，心中實則是憤恨到了極點，一抬腳，踹在悟性的胸口，將悟性從山崖之上踹了下去，暴風驟雨中，只聽到悟性漸行漸遠的慘呼之聲。

胡小天低頭看了看深不可測的萬丈深淵，不由得倒吸了一口冷氣，轉身看了看慕容飛煙，發現她一雙美眸望著自己沒有絲毫笑意寒冷如冰，內心中不由得打了個激靈，趕緊朝裡面站了一些。

慕容飛煙似乎看透了他的心思，似笑非笑道：「你是不是害怕我把你也踹下去？」

胡小天道：「做人得有良心啊！」雖然這廝知道慕容飛煙不可能幹這種恩將仇報的事情，可謹慎起見，還是趕緊回到安全地帶，須知道女人是這世上最缺乏理智的生物，說不定頭腦一發熱就幹出衝動的事兒。

望著胡小天的背影，慕容飛煙不知為何唇角浮現出一絲會心的笑意。

歷經了一場生死劫難之後，四名家丁已經是無地自容了，他們此行的目的是沿途護送少爺，可到頭來卻是要靠少爺照顧，別的不說，單單是今晚的遭遇，如果不是少爺機警，只怕他們早就被扔到山崖下餵狼了。

胡小天表現得卻是若無其事，也沒有因為今晚的事情斥責幾名家丁，事情反正都已經這樣了，他也懶得去費口舌，對這四名家丁只有一個詞兒形容，那就是失敗！這幾個傢伙是不能委以重任的，別看在京城耀武揚威，出門在外，真正到了面臨生死考驗的時候，一個比一個逃得快，等到了青雲馬上就讓他們滾蛋，非但幫不上忙，而且全都是累贅。

邵一角和李錦昊恢復了體力之後，直接去寺裡拆了幾處廢舊的門板，用刀劍劈開後，在偏殿內生起火堆。

慕容飛煙其實也已經足夠謹慎了，她事先還專門用銀針檢查過食物，只是沒想到這幫僧人如此陰險，居然在送給他們的炭火中下毒，炭火燃燒，毒煙在不知不覺中瀰漫在空氣中，他們吸入毒煙之後先後倒地不省人事。而胡小天因為沒有吃飯，在毒煙瀰散的時候又剛巧出門，所以才躲過了這一劫。慕容飛煙有件事無論如何都想不通，胡小天究竟是怎麼看出這幫僧人不對頭？所以才能夠表現出這樣的警惕的？

聽到慕容飛煙的問題，胡小天不由得笑了起來，他輕聲道：「要說有什麼不對頭，就是這寺廟的名字。」

慕容飛煙道：「蘭若寺？」

胡小天點了點頭：「不錯，蘭若寺！我老家過去也曾經有那麼一座同名的寺廟，那寺廟被我們視為不祥之地。」

慕容飛煙相信了胡小天的解釋，可仍然充滿了好奇，單單是一個名字罷了，怎麼會引起胡小天這麼大的警惕？

胡小天道：「鬧鬼！」

慕容飛煙聽到這個解釋不由得吸了一口冷氣，在這個年代有太多用科學無法解釋的事情，多數人都是相信鬼神存在的，胡小天的這個解釋合情合理。胡小天沒有接著說下去，慕容飛煙也沒有接著問。

為了謹慎起見，胡小天讓四名家丁將蘭若寺裡裡外外仔細搜索一遍，確信這古寺之中再無漏網之魚，更連鬼影子也沒有一個。等到一切忙完，已經是三更天了。

圍坐在熊熊篝火前，他們幾個居然全都沒有了睏意。

慕容飛煙聽著外面猛烈的風雨聲，不由得歎道：「這場雨還不知道要下到什麼時候？」四名家丁也是憂心忡忡。只有胡小天是個樂天派。他笑瞇瞇道：「天要下雨娘要嫁人，隨他去吧，翻過這座山就是西川，相信總會有雨過天晴的時候。」

可能是被胡小天樂觀的態度所感染，慕容飛煙也點了點頭道：「還有十一天，咱們有充裕的時間能夠趕到青雲，眼前最重要的事情就是好好休息，蓄精養銳，等雨停之後咱們再繼續趕路。」

胡小天打了個哈欠道：「有些睏了，大家都睡吧，右邊的院子裡有他們的禪房，我看倒也乾淨，不如都去那邊睡。」

幾名家丁被剛才的那場劫難嚇破了膽子，齊齊搖了搖頭，他們寧願留在這裡。

胡小天望向慕容飛煙道：「咱們過去！」

慕容飛煙對他口中的這個咱們很是抗拒，當著家丁的面，他說得好像跟自己有多親密似的，這不是故意要讓別人誤會嗎？自從在望京驛站這廝從自己的房間內出來被人看到之後，一路之上，這四名家丁看自己的眼神都顯得怪怪的，雖然嘴上沒說什麼，保不齊他們心裡會把自己想成什麼樣子，慕容飛煙想到這裡就是一陣頭疼，真是被這混蛋害慘了，自己的清白名聲啊，以後要是讓別人知道，自己還怎麼嫁人？

胡小天道：「禪房有好多間呢，條件比這裡好多了。」

慕容飛煙終於還是站起身來：「走，去那邊也好。」她拿了自己的行李，和胡小天一前一後出了偏殿。胡小天在前方引路，慕容飛煙看到他在連殺三人之後還能表現出這樣的鎮定心態，不禁暗暗稱奇。

胡小天也鬧不明白自己怎麼會表現得如此麻木，除了悟性和尚之外，其他三條人命全都是斷送在他的手裡，難道和他過去醫生的職業有關，見慣了死亡，因此而對這種事變得麻木，又或是因為今天的情況無可選擇，自己要是不殺他們，就要死在這幫惡僧的手中。

慕容飛煙道：「今晚的事情，你不許對第三個人說。」

胡小天轉過身去望著慕容飛煙，看了好一會兒方才笑了起來，露出一口潔白而整齊的牙齒，這是屬於胡小天個人招牌式的笑容。如果換成過去，慕容飛煙肯定要在心裡罵他一臉賤樣，可這會兒看他卻感覺順眼了許多，應該是胡小天從那淫僧的手中及時救回自己的緣故。

看到胡小天沒有答覆，慕容飛煙停下腳步重複道：「你給我記住，今晚的事情不可以告訴任何人！」

胡小天依然笑得人畜無傷：「今晚什麼事情？你不是好端端的？汗毛都沒少一根，怕什麼？」

慕容飛煙窘得一張俏臉通紅，啐道：「總之，總之不能亂說。」

胡小天笑道：「你害怕別人誤會，壞了你的名聲，以後嫁不出去啊？」

慕容飛煙怒道：「你再敢胡說，我跟你翻臉啊！」

胡小天道：「別怕，這世上好男人多得是，就憑你的姿色不怕沒市場！」

「你！」慕容飛煙已經憤怒地揚起了粉拳，這時候她忽然聽到了敲門聲。

風雨聲太大，所以敲門聲顯得斷斷續續並不清晰，慕容飛煙以為自己可能聽錯了，傾耳聽去，風雨聲中隱約傳來求救之聲：「救命……開開門啊……救命……」那聲音應該是個女孩。

胡小天臉上的笑容也收斂了，他幾乎在同時聽到了外面的呼救聲，因為是在深夜，外面狂風暴雨下個不停，再加上剛剛幹掉了四名惡僧，最關鍵的是，這裡是蘭若寺，胡小天想起聊齋志異中的那幫女鬼，感覺頓時有些頭大了。

慕容飛煙已經撐開雨傘舉步向山門處走去，胡小天趕緊跟了過去，他的頭上仍然帶著那和尚的大斗笠，防雨效果倒也將就。

胡小天提醒慕容飛煙道：「這荒山野嶺的怎麼會有女子呼救，小心有詐！」

慕容飛煙道：「興許人家真的遇到了麻煩，咱們還是去看看再說。」

胡小天道：「剛剛我沒來得及跟你說那個故事。」

「你家鄉的蘭若寺？」

胡小天點了點頭道：「蘭若寺鬧鬼啊，據說有個叫小倩的女鬼專門用姿色魅惑過路的男子……」夜空中一道霹靂閃過，隨即就是喀嚓一個地滾雷，嚇得胡小天脖子一縮，一把抓住了慕容飛煙的手臂，這貨絕對不是趁機揩油，他是真的有點心裡發毛。

慕容飛煙咬了咬嘴唇，借著電光看到胡小天的面色慘白，心想他此時怎麼又害怕了？

兩人來到門前，那呼救聲變得越發清晰了，風雨聲中分明是一個女孩的聲音：「有人嗎？救命！求求你開開門吧！」

慕容飛煙和胡小天兩人湊在門縫之中向外望去，借著天空中閃過的電光，看到外面站著一個白衣女孩，十一二歲的樣子，白色長裙早已濕透，黑髮濕漉漉地貼在肩頭，雙腳赤裸，站在廟門前不停拍打著廟門，這場面實在是詭異之極。

胡小天倒吸了一口冷氣，看到慕容飛煙伸手去開門，慌忙阻止住她的手臂：「看清楚再說！」

慕容飛煙瞪了他一眼道：「人家只是一個小姑娘！」

「荒山野嶺半夜三更哪來的小姑娘，拜託你用用腦子好不好！」胡小天認定了其中必有蹊蹺。

外面的那小女孩聽到了裡面的對話聲，越發用力地拍擊山門，她大聲哀求道：「大師，求求你們，我爺爺受傷了，求求你們救救他！」

慕容飛煙聽到這裡，再不管胡小天說什麼，馬上拉開了廟門。

那女孩看到廟門打開，整個人卻再也支撐不下去，軟綿綿倒在了地上，慕容飛煙慌忙衝上去抱起了那女孩，那女孩臉色蒼白，身軀不斷顫抖著顫聲道：「我爺爺……我爺爺……」手指指了指山下。

胡小天借著閃電的光芒向山下望去，卻見階梯的盡頭果然有一團黑影。他擔心其中有詐，畢竟剛才險些被那幫和尚給謀害，現在事事都陪著小心。

慕容飛煙知道他在擔心什麼，將那女孩放下，低聲道：「我陪你過去！」

胡小天點了點頭，有慕容飛煙在一旁陪同，至少安全有了一定的保障，兩人沿著台階走了下去，來到那黑影前方，卻見一個白髮蒼蒼黑衣老者趴在地面上，滿身鮮血，看來受傷很重，胡小天摸了摸他的頸部，又探了探他的鼻息，首先確定這老者仍然活著。

在慕容飛煙的幫助下，胡小天將那老者背了起來，還好那老者生得瘦弱，不過百多斤的份量，背起他費不了太大的力氣。

慕容飛煙從旁協助，來到廟門前，又扶起那小女孩，那小女孩頗為堅強，從頭到尾都沒有見到她流出一滴眼淚，只是這女孩體力消耗過度，連走路的力氣都沒有了。

胡小天和慕容飛煙帶著這一老一小回到廟中，慕容飛煙將廟門重新關好，此時邵一角和李錦昊兩人聽到動靜也趕了過來，李錦昊從胡小天身上接下那老者，先將這一老一小帶到了偏殿。

梁大壯和胡佛兩人剛剛才睡著，又被驚醒，看到幾個人帶著一個渾身是血的老者過來，也慌忙湊了過來。

胡小天道：「先將他放在供桌上，小心一點。」

幾人聯手將老者放在了供桌上。

胡小天接過梁大壯遞來的乾毛巾，擦了擦臉，長舒了一口氣重新回到那老者身邊。那白衣小女孩緊緊握住老者乾枯的右手，表情顯得惶恐而憂傷，只是她的眼中並沒有淚水。

胡小天伸出手去輕輕拍了拍那小女孩的肩頭，卻想不到那小女孩霍然轉過身來，一雙清澈明亮的眸子怒不可遏地盯住胡小天，她的表情將胡小天嚇了一大跳，這女孩的年齡雖然不大，可是她的身上卻充滿了一股說不出的威勢，表情凜然而不可侵犯。

胡小天有些尷尬地縮回手去：「小妹妹，我只是想幫你爺爺檢查一下傷勢。」明澈的美眸中流露出和她本身年紀極不相符的複雜目光，她咬了咬失去血色的嘴唇，低聲道：「你是郎中？」

胡小天這輩子最不想從事的就是這個職業，可是他穿越時空來到這裡，居然沒有忘記過去所學的醫術，倘若他對醫術一竅不通倒還罷了，可他明明懂得醫術，明明擁有救人的能力，又豈能坐視不理？

胡小天抿了抿嘴唇，終於點了點頭道：「略懂一點，雖然算不上高明，可我想你已經沒有了更好的選擇。」

女孩於是不再說話，慕容飛煙來到她的身邊，柔聲勸道：「妹子，不如我帶你去換一身衣服，這裡就先交給他照顧。」

女孩倔強地搖了搖頭：「我就在這裡，哪兒也不去！」

胡小天真是有些哭笑不得，早就讓慕容飛煙不要多事，現在好了，直接從外面撿了兩個麻煩回來。

他讓胡佛去燒了一壺熱水，又讓梁大壯將李逸風送給他的手術工具箱取出來。那老者身上被鮮血浸透，顯然傷得不輕，鮮血將衣服和他的肌膚多處黏在一起，胡小天取出剪刀，小心剪開老者的衣服。

這老者非常瘦弱，甚至可用皮包骨頭來形容，可能是因為失血過多的緣故，肌膚蒼白，老者的腹部有兩處刀傷，從位置來看並不致命，下半身更是鮮血淋漓，胡小天剪開老者褲管的時候，慕容飛煙不忍卒看，轉過身去。

那女孩用力咬了咬嘴唇，默默轉過身走出門外。

慕容飛煙慌忙跟她走了出去，她本以為那女孩會傷心落淚，可跟過去才發現那女孩表情雖然難過，可目光卻在夜色中變得越發堅定起來。

胡小天將老者的褲管剪開，發現他的右腿從膝蓋開始幾乎被碾壓成為肉泥，因為長期泡水的緣故，傷口的皮肉都變得發白。胡小天第一時間就做出了判斷，這老者的右腿只怕是保不住了。左腿上雖然也有不少刀傷，可應該沒有傷及骨骼，看似染滿鮮血，卻只是皮外傷。胡小天最後將那老者的褲襠剪開，眼前情景讓他不由得一怔，那老者胯下竟然空空如也，那話兒被人齊根切斷，應該有年頭了。

一旁梁大壯咦了一聲，低聲道：「他沒雞雞……」

胡小天狠狠瞪了他一眼，梁大壯慌忙掩住嘴巴。胡小天仔細為老者檢查完傷勢，然後來到門外。

慕容飛煙陪著那女孩在外面站了許久，可兩人之間連一句話都沒說。

慕容飛煙道：「情況怎樣？」

胡小天道：「情況非常嚴重，右腿保不住了，必須馬上進行截肢，不然會發生感染。」

那女孩轉過身來，靜靜望著胡小天道：「能保得住性命嗎？」

胡小天沒有回答她的問題，先行問道：「他的腿受傷有幾天了？」

那女孩咬了咬嘴唇，分明在考慮要不要如實回答胡小天的這個問題，過了一會兒方才道：「兩天！」

胡小天暗歎，如果這小女孩所說的全都是實情，那麼這老者的生命力也夠頑強，在受傷如此嚴重，出現重度貧血的狀況下，仍然能夠支撐到現在，已經是相當的不容易。

他照實道：「傷者的情況非常嚴重，就算我能夠幫他做截肢手術，也很難保證他能夠活下來。」

那女孩道：「如果不救他，他是不是死定了？」對胡小天口中的手術二字有些不解。

胡小天毫不猶豫地點了點頭，如果他不出手救治，這老者必死無疑。

倘若是別的女孩，只怕此時已經嚇得哭出聲來，即便是不哭，也一定嚇得六神無主，眼前的女孩非但沒哭，而且表現出異乎尋常的鎮定，這種鎮定完全超出了她本身的年齡，點了點頭道：「救他！」

「可……」胡小天心中還是存有疑慮的，他並沒有十足的把握能夠救回這位老者，即便是這個時代不需要行醫執照，也不需要術前簽字，可一旦傷者死了，他的親人會不會將這筆帳算在自己的頭上？而且這一老一小來歷不明，究竟是好是壞都不清楚。

女孩道：「你放心，出了任何事我都不會怪你。」

胡小天道：「口說無憑，你還需要立個字據！」

害人之心不可有，防人之心不可無，萬事還是留一手的好。

女孩道：「好！」胡小天去做術前準備的時候，慕容飛煙找來了紙筆，那女孩當即就在一旁寫下了字據，這女孩雖然年紀不大，可是一手字寫得鸞漂鳳泊，龍飛鳳舞，實在是漂亮至極，慕容飛煙看在眼裡，心中暗暗稱奇，推測出這女孩絕不是普通人家出身。

慕容飛煙將字據交給胡小天看的時候，胡小天悄悄將她拉到一邊，低聲道：「這事兒有些不對！」

慕容飛煙秀眉微顰道：「怎麼不對？」

胡小天附在她耳邊，用只有她才能聽到的聲音道：「那老者可能是個太監！」

慕容飛煙輕呼了一聲，旋即一張俏臉漲得緋紅，不無嗔怪地看了胡小天一眼道：「你怎麼知道？」問完這句話她就有些後悔了，怎麼問出了這麼白癡的問題。

胡小天居然還真的給她解釋：「他那根東西被切掉了，不信你自己去看。」

慕容飛煙的俏臉一直紅到了脖子根兒，耷拉著腦袋，一雙美眸盯著自己的腳尖兒，這事怪不得胡小天，明明是自己問他的。可這混蛋也實在是無恥，為什麼要說得這麼明白，以為本姑娘不知道太監是什麼嗎？這廝一定是在故意讓我難堪，混蛋，大混蛋，讓我去看，我是個黃花大閨女噯！

胡小天此時還真沒有讓她難堪的意思，低聲道：「這種人往往生活在皇宮大內，很少出來，那小姑娘給人的感覺也很不正常，你見過誰家十一二歲的小孩子表現得如此氣勢逼人？」

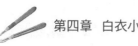

經胡小天的提醒，慕容飛煙頓時醒悟過來，越想這件事越是蹊蹺，她低聲道：「你是說，她可能是某位金枝玉葉？」

大康皇上單單是兒子就有二十七人，女兒比兒子還要多，大都養在深宮人未識，如果說這小姑娘是皇室的某位公主也很有可能，不然她的身邊何以會有一位老太監陪伴？

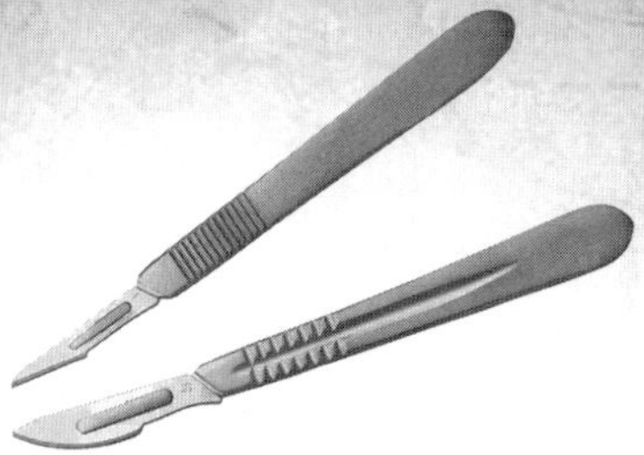

第五章

七日斷魂針

那小姑娘冷冷道：
「這一針叫七日斷魂針，我先留著你這條性命，
只要你將我們安全護送到夔州，我自會給你解藥，
如果你在途中敢耍什麼花招，那麼七天之後你就會毒發身亡。」

胡小天道：「什麼人我不知道，可我敢肯定這小姑娘絕不是那老太監的孫女。這張字據你一定要收好了，真要是出了什麼意外，咱們也算是有個憑據。對了，他們祖孫兩手空空，不可能不帶行李，你回頭旁敲側擊地問一下，看看她是不是還遺漏了什麼東西？」

對突發事件的處理可以看出一個人的心智和手腕，慕容飛煙現在對胡小天已經不能不佩服了，這傢伙實在是太精明，很多事都想到了前頭。論武功，自己一根手指頭就能秒殺這廝，可是談到心計，慕容飛煙在他面前總感覺到自己的頭腦不夠用，別看一路之上她動不動就發號施令，表面看起來非常的威風，似乎佔有絕對統帥地位，可真正遇到了大事，還是對胡小天言聽計從。

慕容飛煙道：「你真有把握治好那太……」她停頓了一下又道：「老人家！」

胡小天道：「我可沒有起死回生的本事，可他這不還沒死嘛？死馬當成活馬醫吧！」

胡小天從四名家丁中挑選了兩名助手，胡佛和邵一角，梁大壯是首先被他否決的一個，從這段時間的接觸來看，這貨絕對是一個成事不足敗事有餘的角色。

雖然有了部分手術器械，可仍然不夠完備，截肢手術風險很高，加上眼前根本不具備麻醉的條件，這讓胡小天捉襟見肘。

胡小天利用帶來的烈酒為老者進行消毒，那老者自始至終始終處於昏迷之中，這倒是為手術提供了一定的便利，如果運氣足夠好的話，可以在他昏迷的情況下將他的右腿截肢手術做完，至於術後能否甦醒過來，胡小天也沒有任何的把握，盡人事聽天命吧！

無法保證無菌，沒有麻醉，沒有輸血條件，甚至沒有像樣的照明，這樣的手術風險很大，成功率極低。胡小天從醫的經歷中從沒有做過這麼沒把握的事情，他認為今天這老者十有八九會死在手術過程中。可如果不為他施救，這老者必死無疑。

為了百分之一的機會，胡小天最終決定放手一搏，盡可能將每一個步驟做好，希望這老者的命足夠硬，能夠挺過這場劫難。雖然他和這位老者沒有半點淵源，可醫者仁心，真正面對病人的時候，深藏在內心中的醫德就會左右他的意識。

老者的右腿從膝蓋開始都已經血肉模糊，膝蓋骨、小腿骨完全碎裂，沒有保留的價值，必須儘快進行截肢手術。胡小天用弓弦作為止血帶紮住老者的大腿根部，充分利用弓弦牛筋的特有彈性。將切口的部位選擇在股骨大轉子頂端以下二十五釐米處，這也是骨科截肢的常用位置，用手術刀切開皮膚，分離下層筋膜，將皮瓣上翻。

按照常規手術法截斷肢體和骨骼，結紮切斷大隱靜脈、從縫匠肌下分離股動脈、股靜脈和隱神經，分別做出切斷處理。解決完血管和神經的問題後，在截斷平面下三釐米的地方將肌肉環切，一直抵達股骨，切斷骨膜，然後利用鋼鋸鋸斷股骨，徹底將傷肢分離。

胡佛和邵一角兩人負責煮沸消毒和傳遞器械，看到胡小天活生生鋸斷那老者大腿的場面，兩人都是汗毛直豎，冷汗不停冒出，只差沒嘔吐出來了，這少爺的心理素質實在是非同一般啊，望著這血淋淋的場面，他居然無動於衷，一步一步，有條不紊地進行著下一步操作，即便是兩人不懂醫術，也能夠看出胡小天對人體的結構極為熟悉，每一步都做得恰到好處。

鋸斷股骨之後，胡小天開始處理後側的血管和神經，在斷面的股骨和內收大肌、股二頭肌之間分離出股深動靜脈，進行雙重結紮。再從半腱肌，半膜肌於股二頭肌之間分離出坐骨神經，結紮營養血管，然後將神經離斷，任其自然縮回。

鬆開弓弦做成的止血帶，對所有出血點進行結紮止血，放入皮片作為引流，最後將股直肌瓣下翻，縫合在股骨後方的肌間隔上，利用間斷縫合的方法將筋膜和皮膚縫合起來。

順利截除老者的右腿之後，胡小天開始處理他身上其他的傷口，老者身上的傷口雖然很多，不過都不算嚴重，只要進行清創縫合即可。

整個手術用去了一個多時辰，胡小天縫完最後一針，將手術器械一股腦扔到旁邊的銅盆裡面，利用煮沸後重新烘乾的紗布為老者包紮好傷口。摸了摸老者的頸部，雖然脈搏微弱，可仍然平緩。

整個過程中老者始終在昏迷之中，這也算得上不幸中的大幸，在喪失知覺的情況下進行這種手術，至少免除了他的不少痛苦，也許他再也沒有醒來的機會，胡小天將外袍脫去扔在地上，雖然天氣不熱，他也捂出了一身的大汗。

來到門外，看到慕容飛煙陪著那小姑娘就站在外面，小姑娘手中多了一個藍印花布的包裹，應該是剛剛在他做手術的時候出門找回來的。

那小姑娘關切道：「怎樣了？」

胡小天道：「還算順利，不過能不能醒來就不知道了。」他說的是實情，今天的這個截肢手術他只是按照步驟來完成，做手術之前就沒把握這老者一定能夠醒過來。

小姑娘轉身向房內走去。

慕容飛煙並沒有跟著她進去，望著一臉疲憊的胡小天，輕聲道：「你忙了一晚上，趕緊去休息吧，這裡有我照顧就行。」

在胡小天的記憶中，她還是頭一次主動表現出對自己的關心，不由得笑了起來：「我沒聽錯吧，你居然關心我？」

慕容飛煙道：「你也可以理解為憐憫！」

胡小天搖了搖頭道：「我才不要憐憫！我要關愛，你不是個小氣的人啊，給我一點關愛又有何妨？」這貨說完，大步走向隔壁的院落，慕容飛煙望著他挺拔的背影，因他剛才的那番話俏臉羞得通紅，可過了一會兒她的唇角居然露出了一絲會心的笑意。

胡小天這一覺睡到第二天正午，睜開雙眼，正看到梁大壯瞪大了一雙眼睛望著自己，胡小天被這廝嚇了一跳：「我靠，人嚇人嚇死人，你跑我房間裡幹什麼？」

梁大壯道：「少爺，我在這裡保護你啊！」

胡小天呵呵笑了一聲，冷笑，指望著這廝保護自己，恐怕九條命都丟掉了。

梁大壯知道胡小天冷笑的含義，這一路之上，他的確沒有起到保護這位少爺的作用，遇到危險第一個逃掉的往往就是他自己，這貨有些慚愧地低下頭去。

胡小天舒了個懶腰，聽到外面的風雨聲正疾，起身來到門前拉開了大門，卻見天空雖然已經放亮，可仍然是陰沉沉的，大雨沒完沒了地下著。

梁大壯來到他的身邊，恭敬道：「少爺，今兒的雨好像比昨個下得更大，剛剛慕容捕頭說，咱們暫時在廟裡停留一天，好好休息一下，等明天再做打算！」

胡小天點了點頭，這樣的天氣狀況的確無法繼續趕路，只能暫時留在蘭若寺，等天氣好轉之後再說。他披上蓑衣，戴上斗笠，向偏殿走了過去。

偏殿之中爐火熊熊，胡小天到的時候，李錦昊將剛剛劈好的劈柴往火堆裡送。

那小姑娘坐在火堆旁一動不動，雙眸望著跳動的火苗，不知心中在想些什麼？胡小天知道她年紀雖小，可性情古怪，並不好相處，也懶得去理會她。

老者仍然躺在供桌之上，一動不動，胡小天為他檢查之後方才發現這老者仍然沒死，要說這老太監的生命力還真夠頑強。胡小天掀開覆蓋在他身上的被單看了看，截肢處沒有血水滲出。不免又看了看老者的雙腿之間，忽然想到，這老太監已經不算是第一次做截肢手術了，不過第一次切的是小腿，現在切的是大腿。想到這裡胡小天居然有些想笑，馬上提醒自己要注意醫德，不能把快樂建立在別人的痛苦之上。

那小姑娘托著腮望著火苗，忽然開口道：「他一直都沒有醒來過。」明眸中帶著憂傷和失落，她的表情說明她已經漸漸失去了信心和希望。

胡小天道：「耐心等等吧！」即便是為老者做完了截肢手術，胡小天對他甦醒也沒抱有太大的希望，之所以堅持手術，無非是盡人事聽天命，就算老者能夠甦醒過來，還要面對手術後可能出現的感染和種種意料之外的狀況。

那小姑娘道：「謝謝！」

從昨晚到現在，這還是她第一次向胡小天表達謝意，說完又重新歸於沉默。

胡小天讓李錦昊在這裡陪著，自己離開了偏殿，出門聞到一股誘人的飯菜香味，於是循著這味道找到了蘭若寺的廚房。

廚房內慕容飛煙正在忙碌著，胡佛在一旁拉著風箱，慕容飛煙拿著鐵鏟在大鍋中炒菜，輕煙裊裊中，一張俏臉燦若明霞，有如天上的仙女下凡人間，又是惹人心動的美廚娘。

胡小天依靠在門前笑道：「原來慕容捕頭不但舞刀弄劍是一把好手，炒菜也是相當的厲害。」

慕容飛煙這才意識到他的出現，轉頭朝他笑了笑道：「反正也無法趕路，只能安心在這裡休息一天，剛剛邵一角在附近打了兩隻野雞，我採了些山蘑菇燉在一起，給大夥兒打打牙祭。」

胡小天從昨晚起就沒有吃飯，此時聞到這誘人的香味兒，口水都流了出來：「佛祖面前你們也敢妄動葷腥，罪過，罪過！」

慕容飛煙一邊將燒好的菜盛入盆裡，一邊道：「即然這樣，你可以選擇不吃。」

「那怎麼可以，我不但要吃還得多吃，我佛有云，我不入地獄誰入地獄？我怎麼忍心讓佛祖怪罪你們，要怪罪都怪罪到我一個人身上吧。」

胡小天感覺這輩子都沒吃得那麼滋潤過，慕容飛煙的廚藝不錯固然是一個原因，更重要的是他真餓了，直接蹲在廚房外，將一盤菜，兩大碗米飯吃了個乾乾淨淨。

慕容飛煙給那小姑娘送菜回來的時候，看到胡小天已經將飯菜吃了個乾乾淨淨。忍不住打趣道：「這蘭若寺果然有鬼啊，餓死鬼！」

胡小天呵呵笑了一聲：「人是鐵飯是鋼，一頓不吃餓得慌，沒這頓墊底，我可真要成為餓死鬼了。」

慕容飛煙來到他面前幫忙將碗筷收了。

胡小天道：「你不吃啊？」

慕容飛煙道：「我從不吃葷腥！」

胡小天雖然跟她同行了這麼久，可坐在一起吃飯的機會很少，也沒關注過這方面的事情，仔細想了想，印象中慕容飛煙的確沒有動過葷腥。不吃葷腥，卻主動下廚給自己做了一頓野味大餐，這是不是意味著她開始對自己產生了特別的意思？胡小天心念及此，不由得有些飄飄然。

慕容飛煙回到廚房內，不多時端了一碗白粥出來遞給他，胡小天接過道：「謝謝！」越發感覺慕容飛煙的女性溫柔與日俱增。

「不用客氣！」慕容飛煙在胡小天的對面站了，靠在漆色剝落的廊柱上，望著他道：「那小姑娘應該不是普通人。」

胡小天心想這還用你說，根本就是禿子頭上的蝨子明擺著。他的目光望著從滴水簷上不停滴落的水滴道：「應該是大有來頭，咱們還是別多管閒事，等雨一停，咱們馬上就走。」他心底有種預感，總覺得這一老一小的出現實在是太過詭秘，很可能會帶給他們很大的麻煩。

慕容飛煙道：「你當真忍心丟下他們，那小姑娘不過十一二歲，她爺爺又生死未卜，如果咱們不管他們，將他們留在這荒山野嶺裡，他們要是遇到了什麼麻煩，豈不是叫天天不應叫地地不靈？」

胡小天道：「你想怎樣？那老頭兒十有八九是個太監，小女孩年齡雖然很小，可是心機頗深，到現在連自己的出身來歷，姓甚名誰都不肯吐露一個字，我敢斷定她絕非尋常人家的孩子。他們不知招惹了多麼厲害的對頭，咱們如果多管閒事，指不定會捲入到什麼麻煩之中。」

慕容飛煙在這一點上和胡小天抱有相同的觀點，只是她無法贊同就這樣離去，輕聲歎了口氣道：「無論怎樣，咱們總不能眼睜睜看著他們一老一小自生自滅，不如這樣，等雨停後，咱們帶他們過了蓬陰山，然後給他們雇輛馬車，以後的事情就隨便他們自己了。」

胡小天心中暗忖，慕容飛煙無論外在如何強悍，可終究是個女人，心腸還是柔弱善良，歎了口氣道：「你真的很多事！」

當天傍晚，老者從昏迷中醒來，胡小天聽到消息後慌忙趕到偏殿，卻見那老者仍然躺在供桌上，那小女孩一手幫助他欠起身子，一手端著水碗餵他喝水。

那老者喝了小半碗就已經沒了力氣，重新躺回供桌上。胡小天走了過去，向那老者露出了一絲笑容。

老者還以艱難的一笑，嘶啞著喉嚨道：「你救了我……」他的聲音又尖又細，聽起來有些刺耳，是閹人典型的特徵。胡小天還是頭一次和這種人打交道，在他的印象中，太監的心理往往和正常人不同，生理上的畸形往往造成他們心態上的畸形，跟這種人相處還是要小心為妙。

胡小天道：「你右腿受傷太重，保不住了！」他首先將老者現在的情況告訴了他，因為這次的截肢手術是在老者失去知覺的狀況下完成，並沒有得到他本身的同意，胡小天擔心這老者未必能夠承受得住這個打擊。

老者無力笑了一聲道：「老夫能夠活到現在已經是上天垂憐了，少一條腿又有什麼關係？」他充滿感激地望著胡小天道：「你改變了我的命運，讓我重新感覺到心跳和脈動，我真的仍然活著。」

胡小天指了指他的斷腿道：「我得為你換藥了，順便檢查一下傷口。」他又向那小女孩看了一眼道：「各位最好還是迴避一下吧。」

慕容飛煙帶著那小女孩離去。

胡小天用白紗蒙住嘴巴，取了消毒後的換藥包，然後為老者解開殘肢外面包裹的紗布，老者意志力極強，儘管疼痛徹骨，卻堅持一聲不吭。

傷口的情況很好，滲血也不算太多，胡小天為傷口消毒之後重新進行包紮，紮好之後，拉下口鼻前的白紗道：「情況還算不錯。」

老者道：「老夫安德全！敢問恩公高姓大名？」

胡小天道：「我姓胡！」他並沒有將自己的名字告訴安德全，也特地交代過其他人，務必要保守秘密，不可輕易在這兩人面前洩露身分。端起換好的藥碗準備離去，卻聽那老者道：「恩公請留步！」

胡小天道：「安先生還有什麼事情吩咐？」

安德全道：「恩公應該知曉了我的身分。」他現在赤條條躺在被單下面，自然知道自己身體的隱秘全都被對方看到，自己的太監身分肯定是無法隱瞞了。

胡小天微笑道：「在我眼中只有病人，其他的事情我從不關注。」他是在婉轉地告訴安德全，你放心，你的事情我沒興趣，我也絕不會聲張，其實這荒山野嶺的，就算他想聲張也沒地方說去。

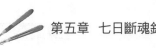

安德全道：「恩公，我和孫女兒從蓬陰山路過，不巧遇到了山賊，我拚盡全力保護我孫女兒，可是畢竟寡不敵眾，最終變成了這個樣子……」

胡小天對他的經歷並不感興趣，也不相信他所說的這個理由。如果不是這一老一小湊巧來到了蘭若寺，他才懶得管這種閒事，向安德全笑了笑道：「安先生，您重傷未癒，不能說太多話，還是安下心來好好休息，有什麼事情，等您身體恢復了之後再說。」

他本想離去，冷不防安德全伸出手來，一把抓住他的手臂。胡小天感覺到如同一道鐵箍纏在手上，似乎骨頭都要被捏碎了，他痛得悶哼一聲，心中詫異到了極點，安德全身受重傷，氣息奄奄卻仍然擁有這樣強大的力量，倘若在他身體無恙的時候，此人的武功又當如何驚人？

安德全握住胡小天的手稍稍鬆開了一些，他的目光從狐疑瞬間恢復到平和，這細微的變化並沒有瞞過胡小天的眼睛，雖然稍縱即逝，但是胡小天仍然從中捕捉到了一絲森然的殺機。

胡小天內心中不由得一凜，這老太監和那小姑娘來得突然，雖然不明他們的身分，可從那小姑娘的氣質談吐上已經能夠看出她的出身必不尋常，老太監身上的多處傷痕也不是因為意外碰撞而引起，其中不少是刀傷和箭傷，可以推算出，兩人在來到蘭若寺之前一定經過了一番亡命搏殺。這老太監在重傷之後都有這樣強大的腕力，可見他的武功極其強大，能將他傷成這副模樣，對手又當如何厲害？這老太監剛剛流露出的殺機又證明他根本沒有任何的感恩之心，如果他懷疑自己抱有惡意，絕對會毫不猶豫地幹掉自己。

胡小天越想越是心驚，表面上卻不露出半點波動，微笑著向安德全靠近了一些，低聲道：「老爺子，你千萬別亂動，萬一觸動了傷口那可就麻煩了，真要是有什麼三長兩短，豈不是害得您孫女擔心？您要是出了什麼事情，讓她一個未成年的女孩子該怎麼辦？」

胡小天這番話軟中帶硬，根本是在提醒安德全不要忘了，他那個未成年的孫女兒還在他們手裡，只要安德全膽敢輕舉妄動，他孫女就會有麻煩。

安德全輕輕點了點頭，手又放鬆了一些，可仍然沒有將胡小天放開，低聲道：「誰敢傷害我孫女，我就讓他後悔來到這個世界上。」

他說這番話的時候，凜冽的殺機再度瀰散而出，胡小天距離他近在咫尺，充分感受到這股霸道的殺氣，不由得打了一個冷顫，心想你孫女？你騙誰呢？明明是個老太監，哪來的後代？你生得出來嗎？臉上笑瞇瞇道：「老爺子，您怎麼激動起來了，你現在身受重傷，一定要保持情緒穩定，不然對您老的身體不利。」

安德全此時臉上笑容完全消失，冷冷望著胡小天，犀利的目光宛如兩把尖刀般一直刺向胡小天的雙目深處，低聲道：「你老老實實告訴我，什麼人派你來的？你究竟抱有什麼目的？」

胡小天道：「老爺子，看來你不但疑心極重，而且還是一位恩將仇報的主兒，我還真的申明一下，第一，我不認識你們，我也沒打算招惹你們，是那小姑娘跑到這邊來求救，我們才把你弄到了這裡。第二，如果我不出手鋸斷你的右腿，就算你生命力超強，現在也只怕把血流盡而死了。第三，如果不是為了給你們幫忙，我們一早就離開了蘭若寺，我才懶得管你們的閒事。」

安德全望著胡小天的目光中仍然充滿狐疑：「你是什麼人？」

胡小天心想老子是你的救命恩人，見過忘恩負義的，還沒見過忘恩負義到這種地步的，你傷還沒好呢，這就想對我不利？這老太監估計失血太多，腦部缺氧導致智商降低了，連投鼠忌器的道理都不懂，忘了你孫女還在我們手中。你敢對老子不利，不怕我拿那小姑娘開刀？

胡小天道：「我是什麼人跟你沒有關係，總而言之，我跟你們毫無瓜葛，既不會對你不利，也不會再幫你。」

胡小天用力一甩，這次仍然沒有將安德全的手腕甩脫。

安德全道：「別看我受了傷，我若是想殺你，仍然不費吹灰之力。」這樣說等於是撕破臉皮了。

胡小天呵呵冷笑道：「殺我？恩將仇報啊，就算你能殺掉我，你難道不要你孫女的性命了？」翻臉就翻臉，胡小天也不是隨隨便便就能被嚇唬住的。

安德全居然放開了胡小天的手腕：「咱們做個交易如何！」

胡小天以為自己聽錯：「什麼？」想不到這老太監轉變如此之快。

安德全道：「幫我將我孫女護送到爕州，送到豐澤街玉錦巷周家。」

胡小天道：「憑什麼？」如果說之前他倒也默許了慕容飛煙的提議，可現在他對安德全忘恩負義的行為充滿了反感，已經打消了幫助他們的念頭。這個世界和過去並沒有太大的分別，好人未必有好報。

安德全從腰間取出一塊羊脂玉的蟠龍玉佩，遞給胡小天，胡小天伸手接過，他雖然不是玉石鑒賞的資深專家，可一打眼就看出這塊玉佩絕非尋常，無論玉質還是雕工都可以稱得上極品。

安德全道：「這塊玉佩價值連城，權當是付給你的傭金。」

胡小天搖了搖頭，將玉佩遞換給他：「單論玉佩的價值，的確算得上酬金豐厚，只是你委託我做的這件事恐怕要冒很大的風險吧，你到底惹了什麼對頭，會弄成現在這副樣子？不是我不想幫你，而是我不想招惹那麼大的麻煩。」

門外響起輕盈的腳步聲，卻是那小姑娘走了進來，她輕聲道：「事實上你已經招惹了麻煩！」

安德全望著那小姑娘，目光中流露出無限欣慰。

那小姑娘一雙明澈的美眸望定了胡小天道：「我們爺孫倆得罪了一幫很厲害的仇家，他們一路追蹤我們，爺爺為了保護我才受到這樣的重傷，仇家被爺爺殺掉了幾個，可是仍然有些人活著，憑他們的本事，很快就會追蹤到這裡。」

胡小天道：「這跟我有毛的干係？我幫你救了人，所有事情到此為止，我們現在就走，大家好聚好散。」他雖然不怕事，可是不想多事，這兩個人跟他素昧平生，沒必要為了他們的事情冒險。

那小姑娘道：「我身上有件重要的東西，剛剛被我扔下了山崖，仇家追殺我的目的，就是為了得到這件東西。」

胡小天道：「我對你的事情沒有任何興趣，拜拜了您吶！」這貨抬腳就準備走。

小姑娘平靜道：「如果仇家找到我，我就會告訴他，我把東西交給了你！西川青雲縣丞胡小天！」

胡小天的身軀頓時僵直在那裡，千叮嚀萬囑咐，一定不要洩露了身分，這他媽誰啊，居然把老子的資料給抖落了出去。

胡小天緩緩回過頭來，這小妮子夠狠，她既然說得出就一定做得到，姑且不論她到底帶了什麼重要東西，單單從安德全的傷勢來看，他們的對頭肯定非常厲害，如果那對頭真的相信了她的話，又知道了自己的身分門牌號碼，豈不是直接要追殺到自己的官邸門口去，胡小天咧嘴一笑，心想老子大不了拍拍屁股不做這個九品官了，想威脅我，門兒都沒有。

那小姑娘卻似看透了他的心思，輕聲道：「你是當朝戶部尚書三品大員胡不為的獨生兒子，你未來岳父是劍南西川節度使李天衡，我的仇家不是普通人物，就算你爹和你岳父聯手，也未必能夠護得住你，你大可一走了之，有沒有想過後果會怎樣？」

胡小天聽到這裡，一股涼氣順著脊椎直衝腦部，背脊上滿是冷汗，這小丫頭才多大啊，居然如此陰險毒辣，這擺明是要拉我上賊船的節奏，分明是想坑死我啊！更讓胡小天惱火的是，不知哪個混蛋居然把自己的資料交代得如此清楚。難道是慕容飛煙？靠！這女人還真是不能信任，關鍵時刻，坑你沒商量。

小姑娘自以為掌控了全域，傲然望著胡小天道：「所以，你最好乖乖合作，護送我和爺爺抵達燮州之後，咱們就各奔東西，以後只當沒有見過。」

胡小天嘿嘿笑了起來。

那小姑娘不知他為何會發笑，冷冷望著他。

胡小天道：「威脅我？小姑娘，你的想法固然不錯，只可惜你機關算盡仍然疏漏了一點。」

小姑娘明眸盯住胡小天，流露出些許的迷惘。

胡小天道：「一個老了，傷得這麼重，一個是未成年的小孩子，我本來抱著憐憫之心伸出援助之手，卻沒有想到你們非但不懂得感恩，居然還要恩將仇報算計於我，你不怕惹惱了我來個殺人滅口？給你們來個人道毀滅，一把火將這裡燒個乾乾淨淨，試問你的那幫仇家連骨頭都找不到，你又如何誣陷於我？他們又怎麼知道你遇到了我？」

小姑娘臉色一變，她雖然心機縝密，可仍然沒有成年，論心機計謀和胡小天這個老妖級別的人物相比仍然差上一籌。

其實胡小天只是出言恐嚇她，並沒有真要殺人滅口的意思，他雖然做事不擇手段，可還沒到濫殺人命的地步。事實上這小姑娘剛剛的那番話已經將胡小天制住，他心中明白這個麻煩怕是要惹定了，幫也得幫，不幫也得幫。

「站住！」那小姑娘厲聲喝道。

胡小天停在那裡緩緩轉過身去，他倒不是聽話，而是感到有些好奇，卻不知這小丫頭還能玩出什麼花樣？只見那小姑娘手中握著一個長方形的黑盒子瞄準了自己，一雙美眸之中殺氣騰騰。從外形上看，那盒子似乎毫無殺傷力，可胡小天明白既然人家能夠掏出來對準自己，就絕不是什麼簡單玩意兒。

這動作這距離，在過去那是只有握著手槍才有的威猛架勢，胡小天不敢大意，瞇起雙眼望著這未成年的小妞兒，咧開嘴笑了笑，一副人畜無傷的表情：「小妹妹，不要調皮好不好，動不動就嚇人是不好的，嚇到了人怎麼辦？就算嚇不倒人，嚇到了花花草草也是不好的。」

小姑娘臉上沒有一絲一毫的笑意，冷冷道：「我可不是嚇你，這盒子叫暴雨梨花針，乃是天下間最厲害的七大暗器之一，任你武功如何高強，在三丈之內絕無倖免的可能，你覺得自己有本事躲得過嗎？」

胡小天知道這小姑娘十有八九不是在危言聳聽，內心雖然緊張，可是臉上的表情卻依然如沐春風道：「小妹妹，我好像沒什麼對不住你的地方吱，你雖然還小，就算不懂知恩圖報，咱麼也不能恩將仇報吧？不如咱們就此別過，你走你的陽關道，我走我的獨木橋，這座蘭若寺也讓給你們養傷了，告辭，告辭！」胡小天轉身想溜，卻聽那小姑娘道：「你敢動一步，我就讓你命喪當場！」

空氣清新潮濕，卻突然泛起了一股血腥的味道，胡小天的每個毛孔都緊張了起來。安德全卻笑瞇瞇望著眼前的局面，彷彿發生的一切都跟他沒關係似的。

慕容飛煙此時從前方的長廊經過，應該是朝後院走去，胡小天向慕容飛煙使了個眼色，只可惜慕容飛煙和他之間並沒有達到心領神會的默契狀態，根本沒有預料到胡小天這邊發生了危險，就這樣在他的眼皮底下經過。

胡小天歎了一口氣終於點了點頭道：「好！合作就合作唄，何必搞得劍拔弩張，你死我活。」他緩緩轉過身去，那小姑娘的手仍然握住那黑盒子指著他的胸口。

胡小天笑道：「我都答應了，你怎麼還不放下這盒子？」緩兵之計，先哄她將什麼暴雨梨花針放下再說。

小姑娘點了點頭，黑盒子稍稍向下垂落了一些，然後摁下扳機，一縷藍色的光芒倏然射了過來，胡小天根本來不及閃避，只覺得左臂如同被蚊子叮了一口。

胡小天痛得哎呦一聲，拉開袖口一看，卻見左臂之上只有一個紅色的小點，那根射來的飛針顯然刺入自己的肌肉裡了。

那小姑娘冷冷道：「這一針叫七日斷魂針，我先留著你這條性命，只要你將我們安全護送到燮州，我自會給你解藥，如果你在途中敢耍什麼花招，那麼七天之後你就會毒發身亡。」

胡小天望著那個小紅點，不由得倒吸了一口冷氣，這小姑娘不過十一二歲年紀，怎麼心腸如此歹毒？難怪都說蝮蛇口中舌，黃蜂尾後針，兩者皆不毒，最毒婦人心，連一個小姑娘都可以狠辣到如此的地步，自己終究還是麻痹大意，白活了兩輩子，居然著了一個黃毛小丫頭的道兒。

小姑娘此時收回了那個黑盒子，臉上的殺意頃刻間消失得無影無蹤，彷彿剛才什麼事情都沒發生過一樣，白嫩無瑕的一雙小手輕輕攏了攏額前的亂髮，舒了口氣道：「現在咱們可以坐下來好好談談了。」掌握了胡小天的生死，自然就掌握了這件事的主動權。

一直躺在供桌上旁觀的安德全臉上流露出極其欣慰的表情，局面終於往他們有利的方向發展，胡小天雖然狡猾，可終究沒能逃出這小丫頭的掌心。

胡小天的目光仍然望著手臂上的那個小紅點：「合作總得有點誠意，你居然用針射我？」手臂內有異物感，那根毒針分明還在自己的體內。

小姑娘道：「七日斷魂針並非是鋼鐵所製，一旦接觸到人的血肉就會被體溫融化，毒素沿著你的血脈運行，七日之內就會遍佈全身，如果不能及時得到解藥，就會腸穿肚爛，口舌生瘡，遍體流膿。」

胡小天怎麼聽都覺得有些熟悉，仔細一想，這話應該是和史學東結拜的時候立下的誓言，看來果然不能隨隨便便發誓，按說自己也沒什麼對不起史學東的地方，也不應該報應到自己的身上。事到如今，只能暫時屈服了，姥姥的，沒想到陰溝裡翻船，居然栽在了一個未成年小女孩的手上。

胡小天笑瞇瞇道：「合作，得，那就合作，送你們去夔州！反正我也得從那邊經過，順路送你們一程倒也無妨，準備什麼時候出發啊？」

安德全道：「越早越好。」

胡小天看了安德全一眼，搖了搖頭道：「你這身子骨只怕不行，雖然從這裡到夔州沒多遠的距離，但是翻山越嶺路途艱險難行。」

「誰說我要走？你們帶她走就行，我留下！」

那小姑娘毅然搖了搖頭道：「要走一起走，我不會一個人離開。」

安德全道：「他說得沒錯，從這裡到夔州，必須要翻過蓬陰山，道路艱險難行，你們帶上我這個累贅，只會拖累大家的行進速度，而且我目前的傷勢並不適合移動，留在這裡或許還有一絲保命的機會。如果跟著你們一路奔波，恐怕這半條命也要折騰沒了。」

那小姑娘抿了抿嘴唇，她雖然年紀很小，可是頭腦清醒理智，明白安德全所說的全都是實情，轉向胡小天道：「給我爺爺留下一些乾糧，再留下一名手下照顧他。」她的話不容置疑，充滿了發號施令的味道。

胡小天真是有些哭笑不得，老子欠你的？居然對我頤指氣使，可剛剛被這小妞射了一針，說什麼七日斷魂針，真要是那麼玄乎就不能不低頭了，胡小天習慣性地擼起袖口，再看那傷口，已經擴展成了一個黃豆大小的紅點兒，周圍還起了一圈紅色的皮疹，他眨了眨眼睛，真正有些害怕了，估計這小妞沒騙自己，倒楣透頂，居然被一小丫頭給陰了。

小姑娘道：「你聽到沒有？」

胡小天忍氣吞聲地點了點頭。

安德全又道：「胡公子，你放心，我們爺孫兩人沒辦法才出此下策，只要你將她平安護送到燮州，她自然會將解藥交給你，你對我們的恩情我們是記得的。」他的語氣頗為友善，可無論這爺孫倆如何表現，在胡小天眼中都是披著羊皮的狼，恩將仇報的角色，自己的這個跟頭栽得真是不輕。

胡小天道：「假如我不能圓滿完成任務呢？」

安德全沒有回答他的問題，只是露出一絲冷笑，意思很明顯，你要是不能完成任務，那就陪著他們一起送死。

胡小天心中這個怒啊，把安德全和小丫頭的祖宗八代問候了一遍，偏偏臉上還裝出接受現實的樣子，歎了口氣道：「你們放心吧，我既然答應了要把她送到燮州，就一定會盡力去做，不過，你們到底是什麼人？可不可以透露一點？」

安德全道：「知道得越少，對你就越有好處。」

胡小天道：「這不公平嘍，你們連我的姓名出身全都調查得清清楚楚，可我卻對你們一無所知，又說合作，一點誠意都沒有。」

小姑娘道：「怪只怪你的手下嘴巴太不嚴實了，我還沒怎麼問，他就把你祖宗八代一股腦都倒出來了。」

胡小天一聽頓時火冒三丈：「哪個？」

小姑娘指了指外面，梁大壯正抱著草料去餵馬。

胡小天爆發出一聲驚天動地的怒吼：「梁大壯！」

梁大壯鼻青臉腫的蹲在水坑旁，現在連他自己都不認得自己的模樣了，剛剛被胡小天胖揍了一頓，怪不得人家，誰讓他嘴欠來著，禁不住兩句好話，把胡小天的那點個人資料全都倒給了那個小丫頭，他哪知道人心如此險惡？一個十來歲的小丫頭居然會有這麼大的機心，坑人沒商量，把自己坑得那個慘啊。剛剛明明說保密的，咋一轉眼就把自己給賣了呢？

胡小天打完梁大壯一頓，心頭的鬱悶也減輕了許多，雨這會兒剛巧小了一些。他讓胡佛幾人去準備，馬上離開蘭若寺。包括慕容飛煙在內的幾人都不清楚剛才到底發生了什麼，誰也不會想到，剛剛在偏殿內，胡小天和老太監小姑娘兩個鬥智鬥勇，向來占盡便宜的胡小天不但全面落入下風，而且連生死都被那小姑娘捏在手裡。

慕容飛煙頗感詫異，畢竟剛才胡小天還怪她多事，想要和這爺孫兩個分道揚鑣，這會兒功夫居然轉性了，不但答應要和這爺孫倆一起同行，還答應要將這小姑娘一路護送到燮州，一臉的大善人模樣，難不成這廝突然就良心發現了？

安德全最終還是留了下來，胡小天遵照那小姑娘的意思，給這位老太監留了一些食物，又要把梁大壯也一併留下來照顧他，這也算是對梁大壯的懲罰。

安德全卻謝絕了胡小天的好意，他悄悄將胡小天叫到自己的身邊，低聲道：「你還是把那胖子帶走得好，我一個人勉強能夠照顧自己，他若是留下，真要是被我的仇家抓住，只怕連你祖宗八代都會交代出來。」

胡小天從心底打了個冷顫，自己居然連這麼重要的事情都給忽略了，今兒這是怎麼了，考慮問題實在是欠妥，剛剛被一個未成年的小丫頭算計，這會兒又差點犯了個大錯誤，把梁大壯留在這裡，等於留下了一個巨大的隱患。胡小天嘴上卻不承認自己有錯，嘿嘿笑道：「您老大可在別人抓住他之前殺人滅口。」

安德全呵呵笑了一聲道：「年輕人，心腸可夠狠的。」

胡小天心想，老子再狠也不及你孫女狠，居然能對救命恩人下此毒手，恩將仇報的小人。他低聲道：「您既然嫌他麻煩，我還是將他帶走。」觀察了安德全的臉色，發現安德全是典型的貧血面貌，不過這會兒他精神狀態還算不錯，心中不禁嘖嘖稱奇，這老太監受了這麼重的傷，昨天還剛剛做完右腿的截肢手術，居然能夠忍受著疼痛談笑風生，這老傢伙的意志力實在是非人級的存在。

安德全又將那玉佩遞給他道：「我沒什麼東西送給你，這玉佩就算是我留給你的紀念，今次一別，恐怕咱們再也沒有相見之日了，我欠你的這份人情十有八九是還不了了。」從這番話就能夠看出，他已經抱定必死之心。

胡小天雖然打心底鄙視他恩將仇報，可聽到安德全這番話，還是動了一些惻隱之心，小聲道：「其實你大可跟我們一起走，憑你頑強的意志，即便旅途辛苦一些，應該也熬得住。」

安德全微笑拍了拍他的肩頭道：「你的好意我心領了，儘快出發吧，記住我的話，途中不可耽擱。」

胡小天抿了抿嘴唇道：「你保重！」

安德全忽然又叫住胡小天道：「你等等！」

胡小天停下腳步，卻見安德全從懷中取出一個黑盒子，他對這黑盒子可謂是記憶深刻，剛剛那小姑娘就是用這東西射了他一針，這貨頗有點驚弓之鳥的意思，嚇得向後接連退了兩步：「你想幹什麼？」

安德全道：「你不用怕，這個留給你防身。」

胡小天這才明白了他的意思，如釋重負地笑了笑道：「也不早說，嚇我一跳！」

安德全將那暴雨梨花針遞給他，壓低聲音道：「看到上面的機關了，摁下之後，就會射出毒針，一次射出一百根，可以連發三次。」

胡小天道：「如何單發？」看到上面只有一個機關，他有些奇怪，剛才那小丫頭射他的時候只是射出一根針。

安德全陰測測笑道：「你的這個遠不及她的精緻。」

胡小天倒也沒說什麼，不要白不要，別看沒辦法單發，能連發三次也算得上威力無窮，收好了暴雨梨花針。安德全和他說話的時候，那小姑娘自始至終都站在一旁，胡小天道：「你們爺倆聊聊，我去看看準備得怎麼樣了！」

外面雨小了許多，已經變成了毛毛細雨，幾名家丁已經準備停當，慕容飛煙正在紮緊蓑衣，看到胡小天走過來，禁不住問道：「怎麼突然改主意了？」

胡小天道：「我這人心善，特喜歡助人為樂！」

慕容飛煙一臉不能置信的看著他。

胡小天知道要說自己幹好事她肯定不相信，於是將手中的那塊玉佩晃了晃道：「給我的辛苦費！」

慕容飛煙這下明白了，極其鄙視地橫了胡小天一眼：「早知你沒那麼好心。」

胡小天心中這個鬱悶，哥這一肚子的委屈應該向誰訴說？想起七日斷魂針的威力，不禁有些膽寒，無論如何都要先過了這關再說。

趁著大雨停歇，一群人離開了蘭若寺繼續前行，因為是山路，所有人都是步行上山，遠山連綿不斷，如同一條蒼龍飛向天邊，群山重疊，層峰累累，又如海濤奔騰，巨浪排空。

天空中的雲層仍然壓得很低，似乎伸手就能夠觸摸得到，每個人都低著頭趕路，沒有人說話，空寂山谷中不時傳來野獸的咆哮，氣氛顯得非常壓抑。

邵一角和李錦昊在隊伍的最前方開路，慕容飛煙和那小姑娘跟在他們身後，再後面是胡小天，負責斷後的是梁大壯和胡佛。素來健談的梁大壯嘴巴終於閉了下來，剛才胡小天在蘭若寺對他的一通痛揍讓這貨多少長了點記性，有些話是不能亂說的，如果不是安德全拒絕了胡小天的好意，那麼此刻梁大壯應該還留在蘭若寺陪著老太監送死呢。

胡小天望著前方，他的目光並沒有停留在慕容飛煙窈窕的身姿上，而是始終盯著那小姑娘稍嫌稚嫩的背影，這倒不是胡小天對她有什麼非分之想，而是恨得牙根癢癢，時不時地摸摸別在腰間的暴雨梨花針，再看看自己手臂上已經有銅錢大小的紅斑，這會兒又癢又痛，看來這七日斷魂針肯定是真的，胡小天暗下狠心，如果自己要是活不成，才不講什麼婦人之仁，一定要拉這小丫頭給自己墊背，你有暴雨梨花針，老子現在也有了，我要是活不成，一定要把你射成馬蜂窩。

前方的道路突然變得狹窄，已經無法容納兩人並肩而行，他們不得不依次通過，下方就是萬丈深淵，低頭望去，雲遮霧罩深不見底。最前方的邵一角心驚膽戰的走著，後方牽著坐騎，馬兒都被蒙上了雙眼，如果讓這些牲畜看到一旁的情景，十有八九會發狂。

慕容飛煙走在隊伍的中間卻越走越慢，眼看那小姑娘已經走到了前方，慕容飛煙被拉開了好大一段距離，胡小天跟了上去，看到她一張俏臉變得蒼白如紙，毫無血色，額頭之上滿是冷汗，緊咬下唇，美眸中充滿了惶恐，胡小天朝一旁望去，馬上明白了，敢情慕容飛煙有畏高症，走到這裡看到一旁的萬丈深淵，嚇得手腳酥軟，剛才強行堅持了一會兒，現在連路都挪不動了。

胡小天湊近她身邊，低聲道：「你畏高？」

慕容飛煙可憐兮兮地點了點頭。

胡小天笑道：「不會啊，過去看你爬高上低的挺麻利的，牆頭屋頂如履平地，怎麼突然就畏高了呢？」

慕容飛煙顫聲道：「那才多高啊，跟……這兒能比嗎？」因為害怕，連聲音都顫抖了起來。

胡小天心中這個樂啊，還以為這妮子天不怕地不怕呢，敢情她也有弱點。多數人的快樂都是建立在他人的痛苦之上，胡小天看到慕容飛煙這個樣子，心中一樂，居然暫時把自己中了七日斷魂針的事兒給忘了。

慕容飛煙看到這貨居然還幸災樂禍，氣得啐道：「你敢笑我，信不信我一腳把你給踹下去……」

胡小天道：「你路都不敢走了，居然還說這種話，丫頭，其實啊，正常人都或多或少有點畏高，心理作用而已，只要克服心理障礙，以後就沒問題了，你別往下看，看左邊。」

慕容飛煙扭過臉去望著一旁的山崖，感覺一隻大手輕輕扶住了自己腰部的右側。不用問除了胡小天沒別人，這廝居然在這種時候還不忘占她便宜。

胡小天道：「慢慢走，我在後面扶著你，不用怕！」

說來奇怪，雖然慕容飛煙認為胡小天有揩油的嫌疑，可是她心底對胡小天的這種行為並沒有表現出太多的反感和抗拒，反而感覺到心底踏實了許多。

山風吹來，雲霧聚攏在他們的周圍，將這條曲折陡峭的山路遮掩得斷斷續續，即便是距離很近，前方同伴的輪廓也變得朦朧。

稀疏的雨點落在慕容飛煙的額上肩上，不停帶給她絲絲點點的沁涼感覺，這種感覺讓她原本不安的內心迅速沉靜了下去。

身後的胡小天忽然抒發了一句感慨：「好想變成雨啊！」

慕容飛煙沒有回頭，吸了一口清新而濕潤的空氣，有些好奇的問道：「為什麼要變成雨？」

胡小天道：「變成雨，就能夠落到你的肩膀上了吧？」

慕容飛煙笑道：「那我豈不是要濕身了！」

胡小天道：「此情此境，你不覺得即便是失身也非常的浪漫嗎？」這貨話裡的失身和慕容飛煙的濕身根本不是一個意思。

慕容飛煙這會兒也悟了過來，俏臉羞得通紅，心中暗罵這廝無恥，又在趁機占自己便宜，如果在平地上，一定要揍他一個滿地找牙，可這會兒是在懸崖峭壁旁，慕容飛煙不敢妄動，咬了咬櫻唇，最好的辦法就是裝傻，裝成什麼都不明白：「什麼叫浪漫？」

胡小天道：「這句來自於我的家鄉話，也叫羅曼蒂克，浪漫是在下雨的時候，有人遞給你一把傘；浪漫是在寒冷的時候，有人擁你在懷裡，浪漫是在你幸福的時候，你愛的人在你身邊……」

慕容飛煙聽著胡小天的這番話，不由得有些陶醉了，她緩緩閉上了眼睛，此時此刻她忽然感覺到了胡小天所說的浪漫的意義。

前方卻忽然傳來一聲冷哼：「花言巧語，這麼拙劣的手法去欺騙慕容姐姐，你到底抱有什麼不可告人的目的。」

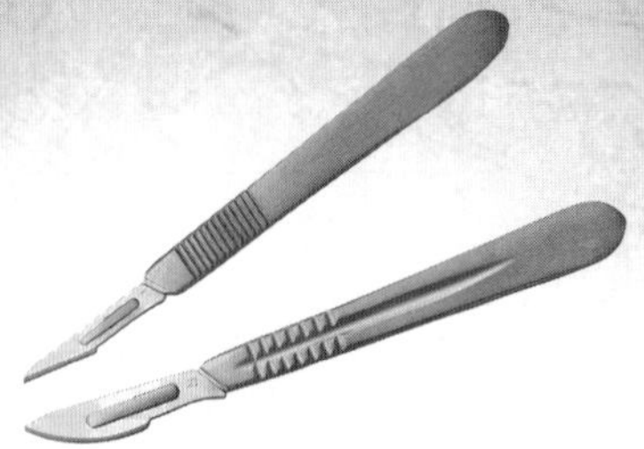

第六章

吊橋驚魂

慕容飛煙不敢向下看，也不敢想，
現實也沒有留給她考慮的時間，坐以待斃還是奮起抗爭？
首先要面對的是自己和同伴的生死，而不是什麼恐高症。
無非就是一死，慕容飛煙想到這裡，芳心一橫，
嬌軀騰空飛起，如同離弦之箭，舉起手中劍射向那灰衣人。

慕容飛煙因那小姑娘的及時提點而醒悟了過來，如同夢醒一般睜大了雙眼，然後呵呵笑了起來：「他這種拙劣的伎倆也只配騙騙未成年的女孩子，什麼鑼賣鐵殼？簡直是酸透了。」

胡小天哭笑不得，前面的那小丫頭耳朵太賊了，老子辛辛苦苦營造的浪漫氛圍被她的一句話全都給抹殺了。胡小天咳嗽了一聲道：「不是鑼賣鐵殼，是羅曼蒂克。我說小妹妹，你還沒到青春期，等你長大了，就會明白一個出色的女人絕對是要懂得情調的。」

小姑娘在慕容飛煙前方哼了一聲：「有什麼了不起？男人沒一個好東西！」這話激起了公憤，連四名家丁也感覺這小妮子實在是太過武斷了，一棒子打死一船人。公子不是好人，可他們這幫家丁也是窮人無產階級，自認為不是壞人啊。

胡小天暗自好笑，十一二歲的小姑娘居然說出這種話，搞得好像自己感情經歷多豐富似的。

梁大壯在後面道：「也不是所有男人都不好，我們家少爺就是一個極品完美男人。」這貨在蘭若寺把胡小天的身分洩露出去，一直內心有愧，遇到溜鬚拍馬的機會馬上義無反顧地衝了上去。

胡小天暗罵這貨拍馬屁都沒技巧，什麼極品完美男人，是哥聽錯了嗎？怎麼感覺一股濃濃的嘲諷味道？這廝是在說反話嗎？

慕容飛煙格格笑了起來，在她的理解這肯定是反話。

那小姑娘道：「越完美的人死得就越早，你沒聽過好人不長壽，禍害活千年！」

梁大壯義憤填膺道：「怎麼說話呢？居然詛咒我家少爺，你有沒有良心？如果不是我家少爺，你們爺孫倆早就被狼給吃了。」

連慕容飛煙也感覺這小姑娘嘴巴太毒，說話太過分了，胡小天雖然平時無賴了一些，嘴賤了一些，可他這一路之上並沒有什麼惡行，尤其是對這小姑娘和她爺爺，算得上是他們的救命恩人了，這小妮子不知知恩圖報，反而說話如此刻薄，的確有恩將仇報的嫌疑。這個年紀的小姑娘慕容飛煙也見過不少，可眼前這種類型的還是頭一次見到，這小妮子從頭到腳都透著一股詭異的味道。

胡小天倒沒覺得小妮子的這句話有什麼不對，因為這小妮子做事比說話要毒多了，在蘭若寺已經狠狠射了他一針，七日斷魂針，太毒了！

走過了這段狹窄的山路，眾人在前方平坦的路段休息。胡小天趁著眾人沒注意擼起袖管觀察了一下被毒針射過的地方，已經擴展到一枚袁大頭那般大小了，照這種擴展速度，用不了多久自己整條胳膊都得變成紅色，他悄悄用手指摁壓了一下傷口，肌膚已經麻木了，有毒，絕對有毒，神經都被麻痹了。獨自一人找了一棵歪脖子松樹坐下，遠遠望著那小妮子，看到她正站在崖邊向蘭若寺的方向眺望，這山裡雲遮霧罩的，不時還夾雜著零星小雨，根本是看不到什麼的，不過從她的表現來看，應該是對老太監安德全還是非常關心的，還算是有些良心。

想起安德全，胡小天不得不承認那的確是個奇人，在缺醫少藥的前提下居然撐過了截肢手術，這絕不僅僅依靠意志能夠做到的，想起之前幾次的手術經歷，胡小天發現這個世界的人對於疼痛的耐受性似乎更強一些，抗感染的能力也更為優秀，可能和這一世界並沒有大規模的工業化，環境沒有遭到太多的破壞，抗生素沒有被濫用有著一定的關係，當然生理結構或許也和過去的認知有所不同，只是在幾次手術進行中看到的解剖結構，又沒有任何的分別，細緻到血管神經的走行都沒有超出自己過去對醫學知識的掌控範疇。

慕容飛煙來到胡小天的身邊將水囊遞給他，隨著旅程的進行，兩人之間的關係也從對立漸漸緩解，現在慕容飛煙已經完全放下了對他的敵意。

胡小天接過水壺喝了一口。

慕容飛煙道：「等過了蓬陰山，我護送她前往燮州，你們直接去青雲縣上任，省得耽擱了。」

胡小天卻搖了搖頭，目光盯著遠處的那小姑娘，看到她並沒有關注自己這邊，方才擼起袖管，將左臂出示給慕容飛煙。慕容飛煙看到他手臂上的那一大塊紅斑，不由得驚呼了一聲。

胡小天用目光暗示她不要聲張，壓低聲音道：「那小妮子用毒針射我，按照她的說法，我只能活七天，如果七天內不能將她送到目的地，我只有死路一條了。」

慕容飛煙倒吸了一口冷氣，俏臉之上不由自主流露出關切之色，隨即又變得義憤填膺，她怒道：「我去找她……」胡小天及時將她一把拉住，壓低聲音道：「這件事你只當沒有發生過，她對我們沒有一絲一毫的信任，我這條命捏在她的手裡，她以此作為對自身安全的保障。」

慕容飛煙道：「她怎麼可以這樣做？根本就是恩將仇報！」

胡小天道：「我倒不擔心她恩將仇報，我真正擔心的是，不知他們招惹了怎樣厲害的對頭。」此時那小姑娘朝這邊看來，胡小天慌忙停住說話。

慕容飛煙低聲道：「你打算怎麼做？」

胡小天等那小姑娘目光投向別處，方才道：「只能先將她送往燮州了，希望咱們這一路平安無事。」

慕容飛煙咬了咬櫻唇道：「你放心吧，她若是敢害你，我絕饒不了她。」

胡小天忽然笑了起來，這廝的笑容陽光燦爛非常有感染力，慕容飛煙面對他的笑臉感覺有些不好意思，啐道：「這種時候你居然還笑得出來？」

胡小天道：「笑也是一輩子，哭也是一輩子，所以我決定笑面人生！」

簡單樸素的一句話卻讓慕容飛煙心中一動，身中奇毒居然還能保持這樣的樂觀，這該是怎樣強大的心態，胡小天究竟是個怎樣的人？

山雨欲來風滿樓！山谷中瀰漫的雲霧短時間內就被山風吹散，延綿不絕的群山終於顯出了它本來的輪廓，天色卻變得越發暗淡起來，天空中佈滿了鉛灰色的雲層，罩在他們的頭頂，壓得每個人的心頭都沉甸甸的。

一道吊橋橫跨在兩峰之間，這是穿越蓬陰山唯一的通路，山風催動，吊橋在虛空中搖動，銹蝕的鐵索摩擦出刺耳的聲音，這尖銳的聲音一直傳遞到人的心底深處，讓人不寒而慄。

所有人在吊橋的東端駐足，慕容飛煙一張俏臉變得蒼白如紙，別說是走過去，單單是看到眼前的情景已經讓她頭暈目眩。吊橋下方就是萬丈深淵，如果不慎跌下去，必然是粉身碎骨。

幾名家丁的臉色也不好看，早知道這條通路如此艱險，還不如當初選擇從蓬陰山周邊繞行，即便多走幾日的路途，也好過這般驚心動魄。隨行的那些馬匹忍過了之前驚險的山路，在吊橋前方再也不敢前行了，有幾匹馬已經發出了驚恐的嘶鳴。胡佛過去伸手撫摸馬兒的鬃毛，以這樣的動作讓牠們安定下來。等那些馬兒情緒平復之後，胡佛來到胡小天身邊，低聲道：「少爺，這些馬過不去的！」

胡小天點了點頭，這吊橋人走上去都晃晃悠悠的，更不用說馬匹了，而且吊橋的下方是用木板串接而成，每塊木板之間還有尺許的縫隙，如果強行讓這些馬匹過橋，那些馬兒十有八九會受驚，如果馬蹄陷入縫隙之中，後果不堪設想。最理智的做法就是將馬兒留下，可是這荒山野嶺的，如果將這些馬匹丟在這裡，肯定會成為虎狼的腹中餐。雖然只是一些牲畜，可畢竟一路騎乘過來也有了些感情。

胡小天當機立斷道：「胡佛，李錦昊，你們兩個帶著馬匹回去吧！」他原本就打算讓這幫家丁將自己送抵青雲之後返回京城，現在已經到了西川境內，他們也算完成了多半使命。之所以選擇他們兩個，是因為胡佛年齡最大，而李錦昊家裡的孩子尚在襁褓之中，在幾人之中，他的牽掛最多，胡小天做事考慮還是非常周到的。

胡佛道：「少爺，老爺讓我們將您護送到青雲的。」心中卻因為胡小天的這個決定而感到驚喜萬分。

胡小天擺了擺手道：「不需要，有慕容捕頭同行，什麼情況都能應付，你們跟著也幫不上什麼忙。」他說的倒是實情。

梁大壯和邵一角心中這個羨慕啊，為啥不讓他們也一起走了呢？這顫巍巍的鐵索橋他們可真是不想過。胡小天倒不是看中他們兩人的能力，只是隨行的行李不少，如果讓這幾名家丁全都走了，自己豈不是要親力親為？梁大壯和邵一角全都是身高體壯，蠻力還是有一些的，接下來的路途中還需要他們兩人出點苦力。

幾人將行李從馬背上卸了下來，儘量精簡，仍然打了兩個大包，這兩個大包裹自然責無旁貸地落在了梁大壯和邵一角身上，慕容飛煙的東西本來就不多，她也懶得交給別人，只是她的那匹黑色駿馬跟隨她已經有了兩年，建立了很深的感情，離別之際，自然有些感傷。

那小姑娘手中挽著一個小小的藍色印花包裹，站在吊橋邊，靜靜望著對面的山峰，似乎他們的事情跟她毫無關係。

胡佛和李錦昊兩人將行李安排好之後，胡小天讓他們即刻回頭下山，這天色越來越暗，只怕又要下雨了，山路難行，他們又牽著這麼多的馬匹，歸路之艱險比起他們也差不了許多。

等到他們離去之後，胡小天笑道：「開弓沒有回頭箭，想做官啊，必須要走這條鐵索橋，誰先來？」

邵一角道：「我先過去！」關鍵時刻他還是表現出了一些勇氣。

邵一角背著行李小心走上了吊橋，踩在木板之上，發出吱吱嘎嘎的聲響，剛開始還好，走到吊橋中途的時候，吊橋搖晃的幅度就變得越來越大了，慕容飛煙看到如此場景，嚇得緊緊閉上了美眸，胡小天一直留意著她的狀況，微笑道：「沒事兒，我跟你一起過去！」

慕容飛煙道：「我還是回去吧，這橋恐怕我是沒本事過去了。」

胡小天道：「你要是回去了，誰來保護我的安全？」

慕容飛煙睜開美眸，拿捏出一副莫名其妙的樣子：「你的死活跟我有關係嗎？」

邵一角就快抵達對側的時候，梁大壯也開始走上吊橋，這貨身高體胖，再加上身上背負的包袱，等於正常兩個人的份量，一走上吊橋就開始晃晃悠悠，他這一路走過去顯得頗為狼狽，往往走上幾步，就要停下來，等到吊橋晃動平歇之後，才敢繼續邁步，花去的時間足足是邵一角的一倍。

此時陰沉沉的天空被閃電撕裂出一道扭曲的裂縫，黃豆大小的雨滴隨著悶雷倏然而至。胡小天大聲道：「快走，不能耽擱了，待會兒雨就下大了！」

那小姑娘已經先行走上吊橋，她年齡雖小，可是膽色過人，步履輕盈很快就走到了中間位置。

胡小天看到慕容飛煙仍然站在那裡無動於衷，無奈只能走過去低聲道：「飛煙，咱們一起過去，我扶著你！」

慕容飛煙用力咬了咬嘴唇，把芳心一橫：「你在前面走！」

胡小天真是有些哭笑不得，想不到一直比男人還要強悍的慕容飛煙居然畏高成了這個樣子，他走上吊橋，慕容飛煙戰戰兢兢跟了過去，跟著胡小天的腳步，他走一步，她在後面跟一步，方才走出兩丈的距離，這暴雨就如同瓢潑一般落了下來，風勢也變大了許多，鼓蕩著吊橋左右搖擺，慕容飛煙死死抓住兩旁的鐵索，感覺雙腿發軟，連步子都邁不動了。

胡小天舉目望去，看到那小丫頭已經走過了四分之三的距離，轉身再看慕容飛煙，劃過天際的一道閃電將她的俏臉映照得雪樣蒼白，美眸之中盡是惶恐無助的光芒，雙手緊緊抓住吊橋鐵索，嬌軀瑟瑟發抖。

胡小天知道慕容飛煙的這個心理疾病一時半會兒是無法克服的，他搖了搖頭，伸出手去，握住慕容飛煙的手，低聲道：「慢慢來，一步步走過來，盯著下面的木板，千萬不要踩空。」

慕容飛煙看了看他堅毅的目光，又看了看腳下，終於鼓足勇氣，向前邁出了一步。

胡小天笑道：「沒事，你看完全沒事！」他將慕容飛煙的一隻手放在自己的肩膀上，帶著慕容飛煙慢慢向前方走去。雨越下越大，打得他們睜不開眼睛，胡小天依稀看到前方那個瘦小而模糊的身影仍然在風雨中努力前行。

吊橋晃動的幅度忽然增大了許多，風比起剛才卻並沒有強烈多少，胡小天有些詫異地回過頭去，卻見一道灰色的身影出現在他們的身後，因為雨下得太大，他看不清對方的面容，以為是胡佛和李錦昊兩人去而復返，大聲道：「胡佛，是你們嗎？」

那身影頂著風雨走上了吊橋，一道炫目的電光閃過天際，投射到灰色身影的身上，他右手中如一泓秋水般冰涼的刀鋒將電光反射出去，炫目的電光和森寒的刀光交織，灼痛了胡小天的眼睛，他下意識地閉上了雙目，然後又迅速睜開了雙目，內心的驚恐在瞬間隨著他的神經擴展到了他的全身：「小心！」

慕容飛煙也意識到了危險的迫近，她瞪圓了美眸，驀然回過身去。

那灰色的身影已經奔上了吊橋，右腳踏在木板之上，利用木板的反彈之力，身體向上騰空而起，瞬間跨越五丈的距離，手中的那柄長刀斬斷滂沱而下的暴雨，直奔慕容飛煙的頭頂而來。

慕容飛煙厲喝道：「快走！」在這一瞬間她忘記了恐懼，危機到來之時，會讓人的精力集中於眼前的事情，因為這突然出現的敵人，突然發起的攻擊，慕容飛煙突然之間就忘記了恐高，她的嬌軀在半尺寬的木板上旋轉，右手從腰間抽出了長劍，橫亙在自己的頭頂前方，擋住那灰衣人凝聚全力的一刀，鏘！刀劍相交，迸射出千萬點火星，兩股無形的潛力在刀劍的交匯點撞擊在一起，強大的氣流以他們的身體為中心，排浪般向周圍衝去，夾帶著雨點四散而飛，慕容飛煙散亂的秀髮被這股勁風吹得向後飛起，腳下的木板因為承受不住這強大的衝擊力而喀嚓一聲斷裂開來，她及時後退了一步，站在後方的木板上，單手握住鐵索，嬌軀隨著吊橋不停蕩動。

灰衣人一擊不中，身軀向後一個翻轉穩穩落在木板之上，灰色長袍被勁風鼓蕩，呼的一聲向後飛起，緊貼在他的身上，他的身軀瘦削乾枯，就連臉部也是皮包骨頭，乍看起來就像是一具人形骷髏。

吊橋晃動最為厲害的還是中部，胡小天嚇得趕緊抓住兩旁鐵索，那小姑娘已經就快走到對面，可突然間一道黑影迎面撲來，卻是一隻黑色鷹隼，震動一雙黑漆漆的翅膀，金黃色的利爪照著那小姑娘的面門抓了過去。

小姑娘反應也是極為迅速，手中黑盒子揚了起來，瞄準那鷹隼摁下機關，咻！咻！咻！尖嘯之聲不絕於耳，百餘根鋼針一股腦射了出去，有數根鋼針命中了鷹隼，可惜並不致命，那鷹隼發出一聲悲鳴，仍然亡命向那小姑娘撲來，小姑娘摁下機關，又是一排鋼針射出。

鷹隼側身試圖躲過暴雨梨花針的射擊，可這暗器設計之精巧又豈是牠能夠躲過的，又有無數鋼針射在牠的身上，鷹隼悲鳴一聲筆直墜落下去。

小姑娘明顯加快了步伐，又一道黑影衝破雨霧從後方衝向她。等她意識到的時候，這隻鷹隼距離她已經不到三尺，倉促之間轉身舉起針筒，最後一排鋼針射出，雖然成功命中了這隻從身後偷襲的鷹隼，卻沒有阻止牠的進擊，銳利的鷹爪抓住小姑娘的肩頭，將她的肩頭衣裳撕裂一大塊，利爪撕破了她嬌嫩的皮肉，留下五道觸目驚心的血痕。

受傷的鷹隼努力升高，振翅盤旋，然後繼續向那小姑娘俯衝而去，這次的目標是她的眼睛。那小姑娘的美眸中流露出惶恐和無助的目光，她手中的暴雨梨花針已經射完，面對這隻窮凶極惡的鷹隼，她不知自己該如何應對。

眼看那鷹隼就要撲到自己身上，突然牠的身軀停滯在半空中，一雙翅膀停頓了一下，然後用力撲稜開來，卻是胡小天及時出現，揚起手中的匕首狠狠插入那鷹隼的背部，羽毛亂飛，翅膀激起的雨水拍打在兩人身上，胡小天用力一甩手臂，將那隻鷹隼的屍體摔下了萬丈深淵。

灰衣人向吊橋跨出了一步，手中長刀劃出一道燦爛美麗的弧線，噌！劈斬在吊橋右方的吊索上，吊索應聲而斷，吊橋向一側傾斜。

慕容飛煙用力咬住櫻唇，她一手緊握鐵索，看到傾斜的吊橋，聽到身後驚恐的呼叫聲，再看那灰衣人揚起長刀已經瞄準了吊橋的另外一條吊索，四根吊索構成了這道吊橋的支撐，如果全都被他斬斷，仍在吊橋上面的三人只有死路一條。

慕容飛煙望著灰衣人，他們之間有六丈左右的距離，換成平時她可以輕易跨越，但是現在……

慕容飛煙不敢向下看，也不敢想，現實也沒有留給她任何考慮的時間，坐以待斃還是奮起抗爭？這場危機在某種程度上等同於給慕容飛煙下了一劑猛藥，她現在首先要面對的是自己和同伴的生死，而不是什麼恐高症。無非就是一死，慕容飛煙想到這裡，芳心一橫，發出一聲嬌叱，足尖在吊橋上一頓，嬌軀騰空飛起，如同離弦之箭，舉起手中劍射向那灰衣人。

灰衣人陰冷的雙眼流露出錯愕之色，他應該是沒有想到慕容飛煙居然擁有如此強大的戰鬥力，只能停下劈砍吊橋的吊索，揮動手中長刀再次和慕容飛煙戰到一處。

緊靠三條鐵索維繫的吊橋出現了傾斜，胡小天緊抓鐵索，大呼道：「快走！」

小姑娘被剛才的鷹隼嚇得不輕，聽到胡小天的大吼聲方才如夢初醒，趕緊抓著吊索搖搖晃晃向對側跑去。

咻！一支羽箭破空襲來，瞄準的正是那小姑娘的胸口，小姑娘看到寒光襲來下意識地蹲了下去，羽箭貼著她的頭頂飛了過去，一箭剛過，第二箭又射了過來，小姑娘倉惶之中向後方退去，一不小心踩在木板的空隙之間，驚呼一聲，身體墜落下去，她尚未成年，身體畢竟太過瘦弱，眼看就要從空隙中滑落，胡小天看到情況不妙，騰空撲了過去，一把抓住她的手臂。

胡小天這番奮不顧身的捨命相救可不是什麼見義勇為，更沒有什麼英雄救美的心思，他恨不能將這小妮子碎屍萬段，可現在性命就被這小妮子捏在手裡。如果這小妮子死了，等於他也要陪葬。搶救這小妮子的生命等於挽救自己的性命。

胡小天剛剛將這小妮子抓住，一支羽箭就射在他身邊的木板上，咄的一聲，深深釘在木板之中，箭尾的白羽在眼前不住顫抖。

梁大壯和邵一角兩人被這突然出現的狀況嚇懵了，邵一角率先清醒過來，他看到那羽箭來自右側的山林，大聲道：「大壯，你留下接應！」當務之急必須要剷除潛伏在山林中的弓箭手。

慕容飛煙和灰衣人以快打快，兩人在吊橋的入口輾轉騰挪，刀來劍往，轉瞬之間已經交換了十多招，慕容飛煙劍勢凌厲逼迫得灰衣人不得不向後退卻，灰衣人連續擋住慕容飛煙的兩記殺招，悶哼一聲，右臂一抖，長刀劃出一道寒芒直刺慕容飛煙的咽喉。

慕容飛煙從那縷寒光的位置和角度，已經判斷出對方出刀的速度，潛運內力，橫跨一步，身體迅速向右移出兩尺，橫劍側劈，慕容飛煙側移的幅度雖然不大，卻剛巧躲過對方的攻擊，長刀貼身擦過，被慕容飛煙手中劍劈中，偏向一邊。灰衣人手腕一沉，長刀瞬間幻化出漫天刀影。

慕容飛煙眼前盡是寒芒，一縷縷霸道的刀氣，在空中激蕩，帶起一陣陣的狂飆，吹得慕容飛煙全身的衣衫向後飄飛，呼呼作響。灰衣人如同一頭出擊的猛獸，右腳向前方跨出一步，身體隨即一個有力的前衝，漫天刀影，倏然間合攏成為一道寒光，當空刺來，長刀未至，一股驚人的勁力已經破空襲來。

慕容飛煙詫異於這灰衣人如此瘦削的體格居然可以迸發出如此強大的力量，此人的內力和刀法完全已經可以躋身一流高手之列。

慕容飛煙沒有選擇後退，她雖然沒有回頭，但是從後方響起的陣陣驚呼已經可以想像得到後方的驚險狀況，兩強相遇，唯勇者勝！挺動手中的長劍，鏘的一聲彈射而出，筆直刺向對方的刀鋒。

兩人的目光透過層層的雨幕，於虛空之中率先相遇，灰衣人的瞳孔明顯收縮了一下，他從沒有想到一個年輕的女子在這種生死相搏的關頭居然可以表現出這樣的沉穩和冷靜。

劍鋒與刀尖撞擊在一起，發出一種沉悶的嗡嗡聲，與此同時，一道閃電撕天裂地，一直擊向深不見底的萬丈深淵，閃電過處，一棵生長在懸崖上的松樹被劈了個正著，松樹瞬間燃燒了起來，悶雷在他們身邊響起。慕容飛煙手腕擰動，劍身和劍柄突然分離，劍身脫離劍柄如同離弦之箭貼著對方的刀身射向那灰衣人的胸口。

灰衣人怎麼都沒有想到慕容飛煙的長劍之中暗藏機關，瞳孔因為恐懼而驟然擴散，在如此近距離的前提下他根本躲閃不及，長劍噗地刺入了他的胸口，灰衣人手中長刀緩緩落在地上。慕容飛煙向前一步，劍柄和劍身重新合二為一，手腕一擰，就勢向前方猛然一刺，雪亮的劍身洞穿了灰衣人的身體，劍鋒從他的後背暴露出來，慕容飛煙抽出長劍，一腳將灰衣人的屍身踢飛，灰衣人的屍體在斜坡上滾動了兩下，墜落到山崖下方。

雷電引起的山火在短時間內就蔓延開來，烈火熊熊，濃煙滾滾眼看就要波及到這座懸空的吊橋出口。也正是因為濃煙和烈火的掩護，潛伏在叢林中的弓箭手暫時無法瞄準目標。胡小天趁著這難得的機會抓住那小丫頭的手腕，將她重新拉回到吊橋上。

胡小天指了指被濃煙封鎖的吊橋出口，向那小丫頭大吼道：「快跑過去！」

那小丫頭仍然驚魂未定，並沒有聽清胡小天說什麼，胡小天怒道：「笨蛋，讓你快跑啊！」

那小丫頭這才回過神來，一言不發，抓著鐵索小心走了過去。胡小天氣喘吁吁地回過身去，看到慕容飛煙正沿著傾斜的吊橋步履艱難攀援而來，吊橋的四根吊索被斬斷了一根，比起剛才要困難了許多，慕容飛煙經歷這場生死搏殺，居然克服了對高度的畏懼，看來人只有到了生死關頭才能實現自我突破。

胡小天向她伸出手去，慕容飛煙也伸出柔荑，兩人的指尖終於觸在了一起。咻！一支燃燒的火箭穿越雨霧射向吊橋，咄的一聲釘在吊橋木板之上，胡小天倒吸了一口冷氣，對方這是要趕盡殺絕的節奏。

慕容飛煙驚呼道：「快走！」

兩人一前一後向吊橋的出口跑去，還好那支火箭射在吊橋上並沒有燃燒起來就被雨水澆滅。吊橋出口處已經完全被濃煙封閉，胡小天和慕容飛煙沿著鐵索，屏住呼吸走過這段，饒是如此也被熏得涕淚之下。

終於有驚無險地渡過了這座吊橋，此時閃電引起的山火也已經蔓延到了吊橋上，吊橋燃燒了起來，越來越小的雨勢無法將山火撲滅，很快濃煙就在他們的周圍蔓延開來。慕容飛煙最後一個通過吊橋之後，揮劍將幾條吊索斬斷，已經開始燃燒的吊橋伴隨著吊索的斷裂向對面的山崖蕩去，撞擊在崖壁之上，四散分裂，慕容飛煙之所以這樣做也是不得已而為之，斬斷吊橋才能確保後方不會有追兵追趕上來。

胡小天用濕布蒙住口鼻，看到梁大壯和那小丫頭兩人都藏在大樹後方等著，邵一角卻不知所蹤，問過之後方才知道邵一角前往樹林之中尋找敵方弓箭手去了。

幾人正在擔心的時候，看到邵一角從樹林中走出，剛剛走出了樹林就一頭栽倒在了地上，他的後心上深深插入了兩支羽箭。

胡小天慌忙將他拖了過來，依靠樹幹作為掩護，摸了摸邵一角的頸動脈，發現他已經氣絕身亡了。

慕容飛煙伸手探了探邵一角的鼻息，搖了搖頭，黯然道：「敵人在暗，我們在明處，深入密林實屬不智。」邵一角雖然是尚書府中數得著的好手，可並沒有太多的實戰經驗，和真正的高手還有很大差距，冒險進入密林尋找潛伏在林中的射手，歸根結底還是為了牽制弓箭手的注意力，如果不是他，或許胡小天和慕容飛煙兩人無法順利通過吊橋。

胡小天雖然對邵一角並沒有太深的感情，有時候還嫌棄這幾個傢伙膽小無用，可真正看到一路走來的跟班死在自己面前，內心還是深感觸動，他握緊雙拳，抬起頭，目光冷冷落在那小丫頭的臉上。

那小姑娘臉色蒼白，卻沒有流露出一絲一毫的惶恐和傷感，目光竟懶得朝地上的屍體看上一眼。

看到同伴身故，梁大壯眼睛都紅了，他指著那小姑娘道：「都是為了你！如果不是因為你，邵大哥就不會白白送死！」

那小姑娘既沒反駁也沒承認，只是默默拎起自己的藍印花布包袱，咬了咬嘴唇，向前方的道路走去。走了幾步她停下腳步道：「你們是想留在這裡等死嗎？」

胡小天沒有搭理她，向梁大壯道：「大壯，找個土坑，咱們把一角埋了！」

小姑娘回過身，怔怔望著他們幾個。

慕容飛煙找了一處窪地，胡小天和梁大壯一起將邵一角的屍體放了下去，然後用石塊將他的屍體掩蓋起來，避免被野獸吃掉，目前他們能做的只有這些。

慕容飛煙始終警惕著周圍的動靜，應該還有箭手潛藏在密林深處，也許此時正觀察著他們的一舉一動。正在尋找著刺殺他們的機會，慕容飛煙的目光落在遠方的小姑娘身上，那小姑娘蹲在路邊不知在做些什麼。慕容飛煙忽然感到一陣後悔，也許她真的錯了，如果當初聽胡小天的話不去插手這爺孫倆的事情，他們就不會有那麼多的麻煩，邵一角也不會枉死在這荒山野嶺。

山火帶來的濃煙越來越大，胡小天和梁大壯也完成了他們的工作，胡小天擰開酒囊，在邵一角的墓前灑了一圈，低聲道：「一角，保重，等我們安定下來，我會讓人過來乞骸骨，護送你返回家鄉。」

梁大壯跪在邵一角墓前，不知該說些什麼，孩子一樣大哭起來，胡小天拍了拍他寬厚的肩膀道：「走了！」

慕容飛煙也向墳墓鞠躬致敬，最後一個走過來的是那位小姑娘，她將剛剛採擷到的一束野花輕輕放在邵一角的墓前，背著眾人，用微乎其微的聲音道：「對不起……」

下山的路途順暢了許多，雨停了，雲消散了許多，可是因為邵一角被殺所帶來的陰霾卻籠罩在他們的心頭，短時間內是無法消散的。

胡小天和梁大壯對那小姑娘都相當冷漠，即便是慕容飛煙也對這冷血的小丫頭生出不小的反感，其實這種反感的產生是從知道她下手對付胡小天就已經開始了。

夜幕降臨的時候，他們終於翻過了這座蓬陰山，說來奇怪，這一路之上，那名隱藏在暗處的箭手並沒有對他們發起攻擊。

當晚他們在半山腰紮營，慕容飛煙小心選了一片亂石叢，紮營的地方位於幾塊千鈞巨岩之間，站在巨岩之上可以將周圍的景物看得清清楚楚，在亂石叢中休息是為了避免弓箭手的射擊。

梁大壯點燃一堆篝火，開始準備晚飯，那小姑娘似乎覺察到其餘幾人對她的冷落，也不湊過去，一個人找了個避風的角落坐了，抱著自己的藍印包裹靜靜望著黑天鵝絨般的夜空，不知她在想些什麼。

慕容飛煙騰空飛掠到其中一塊巨岩之上，站在上面警惕望著周圍的動靜，沒多久就聽到身後窸窸窣窣的聲音，她轉身望去，卻見胡小天手腳並用，費了九牛二虎之力方才從下面爬上來。慕容飛煙看到他笨拙的樣子，不禁有些想笑，主動伸出手去，將胡小天拽了上來。

胡小天走了一天的山路，早已是筋疲力盡，攀上這塊巨岩已經感覺到體力透支了，雖然這廝也非常要強，可不得不承認自己的體質和慕容捕頭是無法相提並論的，一屁股就勢坐在那巨岩之上，雙手撐在兩旁，呼哧呼哧喘了一會兒，氣息方才平緩下來：「累死我了！」

慕容飛煙瞥了他一眼道：「你這種富家公子哥兒，養尊處優慣了，根本吃不得一點苦。」話雖這麼說，可是這一路走來，她已經發現胡小天絕非一個嬌生慣養的公子哥兒，更不是她過去眼中的一無是處，慢慢發現這廝的身上還是有著不少的閃光點的。

兩人一個站著一個坐著，目光卻投向同一方夜空。夜色蒼茫，峭壁懸崖已經看不清楚，只看到黑魆魆的峰巒輪廓，孤星在犬齒一樣的山巔上閃爍，一彎薄冰一樣的月亮無聲無息地從遠方的山巒下緩緩升起，如此寂靜，夜色彷彿從樹梢間的蛛網下悄然滑落，悄然就主宰了這個世界。

慕容飛煙望著夜空中星月交輝的美麗景象，抬起她曲線柔美的下頷，在月光中留下一個絕美的剪影，月光籠罩在她的嬌軀上，彷彿為她籠上了一層神秘而聖潔的光暈。

胡小天被她此刻表現出的美所驚豔，目不轉睛地望著她。而慕容飛煙的目光只是盯著那一輪冉冉升起的新月，夢囈般柔聲道：「在你的家鄉，有沒有見過這麼美麗的月色？」

「我的家鄉？」如果不是慕容飛煙的提問，胡小天幾乎已經忘記了自己原來所生存的世界。他的回憶並不快樂，他搖了搖頭：「景色並不重要，心情才重要！」

慕容飛煙回過頭去，有些詫異地看著他。

「要不怎麼會有觸景生情這句話？」

慕容飛煙並沒有被他的這句話所觸動，視線重新回到那新月之上，輕聲道：「這是我這一生看到最美的月亮。」

胡小天呵呵笑了一聲，然後說了一句在慕容飛煙聽來極其恬不知恥的話：「那是因為有我在你的身邊。」

慕容飛煙道：「原本的詩情畫意絕佳心情，因為你的存在的確是大打折扣了。」

胡小天發現慕容飛煙居然也學會了調侃，這對一直不苟言笑的她來說的確是一個巨大的變化。

慕容飛煙也意識到自己的變化，她也明白這是被胡小天感染的緣故，胡小天的確有這種能力，一路之上他的樂觀和幽默在不知不覺中就會感染到很多人，包括自己在內。

慕容飛煙在他的身邊坐下，懷中抱著長劍，此時仍然沒有放下警惕，輕聲道：「今晚咱們輪番值守，我擔心那個箭手還會去而復返。」

胡小天點了點頭，歎了口氣道：「這麼美的月色本該是吟詩作賦的大好時候，又談起這些傢伙真是掃興。」

慕容飛煙想起在天街他隨口作詩的驚豔，忽然建議道：「你既然詩興大發，不如現場再作一首。」

胡小天笑瞇瞇望著慕容飛煙吹彈得破的俏臉：「怎麼？考驗我？」心中卻暗道，何止詩興大發，我還獸性大發呢。

慕容飛煙道：「難道你只會那一首？是啊，一路走來好像沒聽到你作詩啊？老實交代，你那首詩到底是從何處剽竊而來？」她可沒有冤枉這廝，胡小天哪會做詩，根本就是剽竊啊，只是剽竊得不留痕跡，較為高明而已。

胡小天道：「真想考我，那就命題吧！」這廝信心滿滿，熟讀唐詩三百首，不會作來也會謅，就憑我這個超級學霸，豈會被你給難住？

慕容飛煙向遠處望了望，胡小天以為她會指向月亮，已經開始腦補床前明月光了。可慕容飛煙伸出手指了指遠處的大山：「就以大山為題吧！你要是作得好，我替你值夜，你要是作得不好，你替我值夜如何？」

胡小天先是點了點頭，然後皺了皺眉頭，一副苦思冥想的樣子。

慕容飛煙以為將他難住了，不禁笑道：「這麼簡單都想不出來，你認輸吧！」

胡小天起身走了兩步，然後道：「有了，我這首詩絕對會好到冒泡！」

「就會吹牛！」

胡小天道：「可我要是說出來，就算是千古絕唱，你為了不替我值夜也會違心地說我的詩不好。」

慕容飛煙道：「我可不會那樣，你完全可以放一百個心。」

胡小天道：「我要是誦出這首詩，能夠博得你開懷一笑，就算我贏了，你意下如何？」

慕容飛煙暗忖，一首詩居然要博我開懷一笑，以為自己真是詩仙啊？真要是你能用一首詩引我發笑，也算你有真才實學，我寧願替你值夜，當下點了點頭道：

「成！就這麼定了！」

胡小天在巨岩上站定，搖頭晃腦道：「遠看大山黑乎乎，上頭細來下頭粗。有朝一日倒過來，下頭細來上頭粗！」

慕容飛煙聽到這裡，哪還忍得住，格格笑了起來，嘴上啐道：「廢話連篇，庸俗不堪，你這也叫詩……呵呵……」

胡小天笑瞇瞇望著她道：「認真你就輸了！」

下方傳來梁大壯附和的聲音：「絕句啊，字字珠璣，千古絕句啊，遠看大山黑乎乎，上頭細來下頭粗。有朝一日倒過來，下頭細來上頭粗！少爺大才，少爺大才啊！」拍馬屁從來不分場合。

剽竊，依然剽竊，剽竊也有高下之分，想要成功博得美人一笑，不僅僅以才情動人可以達到目的，突出奇兵，不走尋常路才能達到奇效。

慕容飛煙絕不肯承認胡小天所作的是一首好詩，她甚至認為這根本連詩都算不上，可她終究還是沒忍住，被胡小天的這首詩給逗樂了，真是沒忍住，因為有言在先，所以敗得徹徹底底，就算心裡再不服氣，嘴上也得認輸。

晚飯過後，眾人早早的休息，如果一切順利，明天就能走出蓬陰山的範圍，重新回到平路之上，他們的旅程已經接近尾聲，也會順利得多。

梁大壯第一個負責值夜，慕容飛煙前往周圍巡視。

胡小天和小姑娘兩人隔著篝火對坐著，胡小天的目光望著那小姑娘，小姑娘的目光卻望著篝火，兩人誰都沒有說話，只聽到樹枝在火光中燃燒不停發出的劈啪聲。

小姑娘似乎有些倦了，打了個哈欠，靠在岩石上閉上了雙眸。她感覺胡小天的目光仍然在看著自己，終於忍不住又睜開了雙眼，有些憤怒地和胡小天對視著：「你是不是把手下人的死歸咎到我的身上？」

胡小天漠然望著她，沒有說是也沒有說不是。

小姑娘怒道：「是，我的確拖累了你們，可是我會補償你們，包括你的那個手下，我以後一定會補償他，讓他死得其所。」她雖然性情冷漠，可終究年紀還小，還是沒能夠沉得住氣。

胡小天道：「在你心中，是不是以為自己的性命要比我比他們要高貴得多？」

小姑娘愣了一下，她的表情已經暴露了她的心思。

胡小天道：「你不懂，其實每個人生來就是平等的，沒有誰比誰更高貴，也沒有誰命中註定要卑賤一生，只是有人運氣好，恰巧生在富貴王侯之家。」

這番淺顯的道理在過去是放之四海皆準的真理，而現在卻在多數人的眼中顯得如此不可思議甚至驚世駭俗，胡小天也絕非是刻意唱什麼高調，而是觸景生情有感而發，他為邵一角的死深感不值，如果不是湊巧遇到了這小姑娘，如果不是他們心懷善念出手相助，他們本該好好的前往青雲縣上任，而不是陪著她身涉險境。

小姑娘沒有反駁抿了抿嘴唇，嘴上雖然沒說什麼，可心中卻根本不認同胡小天的這番話，在她看來，人生來就有高低貴賤之分，一個布衣百姓的性命怎麼可能和自己相提並論，她在心中是感激邵一角的，也的確有那麼一點點的愧疚，但是她並不認為邵一角因為自己而送命是白白犧牲，相反，她認為這種犧牲是值得的。

胡小天道：「知不知道我開始的時候為什麼要拒絕你？」他抬起頭，目光投向夜空中的群星：「不是因為我怕死，而是我不想為了兩個不相干的人讓我的朋友我的手下去冒險，我知道你們的身分非同一般，但是那和我有個狗屁干係？為了保住你一個人的性命，犧牲一群人。」他緩緩搖了搖頭道：「不值得！」

小姑娘用力咬住嘴唇，她的目光中卻不再有憤怒，表情顯得委屈而難過。

胡小天道：「無論你承認與否，他都是為你而死，你至少要給他起碼的尊重，你至少要記住他的名字！」他說完這番話就站起身走向遠處，找到一個遠離這小姑娘的角落，裹上毛毯，似乎進入了夢鄉。

小姑娘望著胡小天，依然咬著嘴唇，胡小天的這番話顯然傷害到了她的自尊，她站起身，向相反的方向走去，走得如此急促，似乎想要遠遠躲開胡小天，躲開那堆篝火。當巨石的陰影籠罩她嬌小體魄，小姑娘顯得越發弱小無助，可她的目光卻堅定如初。無論在任何時候，她的手中始終不忘挽著她的那個藍印花布的包裹。

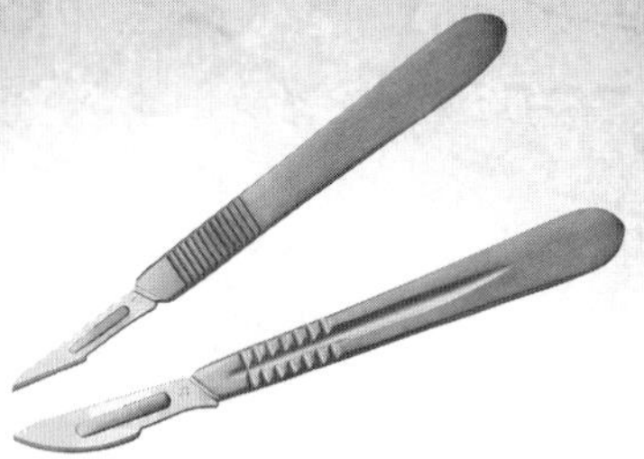

第七章

馭獸師

慕容飛煙手握長劍，月光下一張俏臉變得異常慘白，
壓低聲音，透露出深深的恐懼：「快跑，退回去！」
一聲淒厲的嚎叫從樹林中響起，月光下，
數十頭惡狼如疾風般衝出了密林，爭先恐後地向他們衝來。

走了兩步，迎面卻被巡視回來的慕容飛煙擋住，小姑娘抬起頭，遭遇到慕容飛煙警惕的目光，她已經敏銳覺察到慕容飛煙態度上的變化，從開始對她的同情和憐憫已經變成了警惕和戒心，甚至還夾雜著一些反感。

「這麼晚了到哪裡去？」

「我只是有些氣悶想出去走走。」

慕容飛煙搖了搖頭，否決了她的這個念頭：「荒山野嶺有不少野獸出沒，最好還是不要四處走動，累了一天，早些睡吧。」

小姑娘道：「你怪不怪我？」

慕容飛煙被她突如其來的一問弄得有些愣住了，她淡然笑道：「大家萍水相逢，風雨同路已經是一種緣分，有些事上天已經註定，該發生的始終都會發生，又有什麼可以怪罪的？」

小姑娘道：「我知道你們所有人都在怪我，都認為是我害死了那個人……」

慕容飛煙道：「沒有人怪你，是你自己的良心過意不去。去睡吧，明天醒來後或許會是一個晴天。」

小姑娘望著慕容飛煙，緊緊咬著自己的嘴唇，因為若非如此，她的眼淚早已流了下來。

午夜時分，慕容飛煙和梁大壯換了班，因為胡小天的那首詩成功惹她發笑，所以慕容飛煙要替他值守，從午夜到天明都是她一個人來值夜了。願賭服輸，慕容飛煙向來一諾千金，從來都不幹出爾反爾的事情。

梁大壯早已睏得不行，雖然強打精神，可仍然中途瞌睡了好幾次，不過這段時間好在也沒有人發動偷襲，這貨甚至認為他們有些警惕過度了。

慕容飛煙坐在那塊千鈞巨岩之上，一手拄著長劍，明月高懸在夜空之上，群星在她的身邊頑皮地眨動著眼睛，天空中的烏雲已經徹底散去，看來明天真的會是一個晴朗的好天氣，四周寂靜無聲，並沒有異常的動靜，希望這會是一個平靜的夜晚。垂下目光望著巨石陣中的同伴，卻發現本該屬於胡小天的位置空無一人，慕容飛煙頓時警覺了起來，站起身來，卻見胡小天不知何時已經起身，來到了巨石下，已經開始徒手攀岩。

慕容飛煙雙手交叉抱在懷中，饒有趣味地望著胡小天，雖然他的動作在她的眼中仍然笨拙了一些，不過這廝的攀爬能力還算不錯，沒有她的幫助一樣成功爬到了巨岩的上面。

胡小天一上來就四仰八叉地躺在巨岩上，長舒了一口氣道：「累死我了。」

慕容飛煙道：「那還不老老實實地休息，大半夜的折騰什麼？」心中卻有些警惕，這廝接近自己該不是有什麼圖謀吧？雖然這一路走來，她對胡小天的印象已經改變了許多，可是仍然無法將這廝定義為一個徹頭徹尾的好人，或許只是因為在特定的階段，在他們眼前的危機面前，他們不得不放下芥蒂，前所未有地團結在了一起，這貨也暫時藏起了他的狼尾巴，裝得像個好人，天知道渡過這場危機之後，這廝會不會故態復萌。

胡小天拍了拍身邊的空處：「躺下說話！」

慕容飛煙瞪了他一眼，這廝真是越來越過分了，居然要自己躺在他身邊說話，怎麼可能，人家還是雲英未嫁的黃花大閨女呢。慕容飛煙沒有搭理他，仍然抱著劍站在那裡俯視著胡小天。站在同一陣線，絕不是躺在一起的理由，慕容飛煙一向是個有原則的人。

胡小天將雙手枕在腦後，舒舒服服地仰視慕容飛煙，不得不承認，慕容飛煙是個三百六十度無死角的大美女，要說缺點，輪廓和脾氣欠缺柔和，男人氣太重，缺少女性特有的溫柔，不過這應該算不上缺點，在這一時代，擁有這種中性美的女人實在是少之又少，性格美女啊，難能可貴。

雖然夜色蒼茫，可慕容飛煙仍然能夠感覺到這廝目光的灼熱，於是在胡小天的身邊坐了下來，冷冷道：「你剛才說了什麼，搞得她好不委屈，幾乎要離隊出走？」

胡小天笑道：「沒說什麼，就是讓她明白，其實她和別人沒什麼不同。」

慕容飛煙道：「她真要走了，你豈不是死定了？」想起胡小天被種下了七日斷魂針，她又有些同情。

胡小天瞇起雙目，似乎被明亮的月光刺痛了眼睛：「生死有命，富貴在天，有些事是不能強求的，她走了，我也許會死，她留下我們可能都要死，如果能用我個人的犧牲換取大傢伙的平安，我會毫不猶豫。」一番話說得慷慨激昂，只有胡小天自己才知道自己有多麼虛偽，好死不如賴活著，只要還有一線希望，哥也會死皮賴臉地活下去。

慕容飛煙歎了一口氣，咬了咬嘴唇，鼓足勇氣道：「我錯怪你了，也許一開始我就應該聽你的話。」

胡小天道：「知錯能改善莫大焉，只要你以後聽我的話就行。」

「憑什麼？」慕容飛煙頓時瞪圓了雙眼。

胡小天正要說話，卻被慕容飛煙一把捂住了嘴巴，然後她的嬌軀也低伏了下來，豎起右手的食指在櫻唇前做了一個噤聲的手勢。

月光下出現了一個遊弋的黑影，一隻黑鷹翱翔在夜空之中，舒展的雙翅遮住了那片新月。胡小天和慕容飛煙全都仰首望著那隻黑鷹，牠應該在尋找著什麼，掠過他們的上方，漸行漸遠。

當黑鷹在兩人的視野中成為一個小小的黑點，胡小天長舒了一口氣道：「過路的呆鳥，沒關係的。」他的話並沒有說完太久，那黑鷹又折返而來，重新回到他們的上方開始盤旋。犀利的鷹眼在月光下閃爍著陰冷的寒芒，穿透夜色尋找著目標，那堆燃燒的篝火終於沒能逃脫牠的視線。

一聲雕鳴響徹在靜夜之中，在山谷中久久迴盪，慕容飛煙聞之色變，低聲道：「不好，我們被發現了！」

胡小天道：「走！」他的話音剛落，慕容飛煙已經起身從巨岩之上一躍而下。胡小天可沒她這種本事，只能小心翼翼地沿著原路攀爬下去。

等他的雙腳重新回到地面上，慕容飛煙已經叫醒了梁大壯和小姑娘，低聲道：「走！必須馬上離開這裡！」他們迅速收好了行李，各自抽出武器，離開了這片巨石陣向山下進發。一邊走，一邊向上望去，那黑鷹始終盤旋在他們的頭頂，已經鎖定了他們的位置。

在黑暗中行走本來就不是一件容易的事情，更何況是在這陡峭的半山坡，走了沒幾步就聽到小姑娘發出一聲尖叫，卻是她的腳不小心踩到了岩石縫隙之中，被狹窄的縫隙嵌在其中，胡小天和梁大壯兩人合力將石頭搬開，她的腳踝雖然沒有骨折，可是仍然不幸被扭傷了，行走受到影響，這小妮子也頗為要強，強忍著疼痛走了兩步，終於撐不下去，坐在地上，一時間再也站不來。胡小天有些無奈地搖了搖頭，將肩頭的行囊交給了梁大壯，來到小姑娘面前躬下身去：「我背你！」

「不用……」這小姑娘嘴上說著不用，可雙手卻已經攀上了胡小天的脖子，胡小天心中暗歎，還能再虛偽點嗎？遇上這小妮子真是晦氣到了極點，不但損失了一名手下，而且還要因為她出生入死，擔驚受怕。掃把星，十足的掃把星。

慕容飛煙忽然伸手止住他們繼續前行，兩旁的密林之中見到幾十隻綠幽幽的光芒在飄動，形如鬼火，胡小天從未見過如此詭異的景象，眨了眨雙眼，低聲道：「是什麼？」

慕容飛煙手握長劍，月光下一張俏臉變得異常慘白，她壓低聲音，聲音中透露出深深的恐懼：「快跑，退回去！」

一聲淒厲的嚎叫從樹林中響起，月光下，數十頭惡狼宛如疾風般衝出了密林，爭先恐後地向他們衝來。

梁大壯嚇得叫了聲媽呀，根本就顧不上慕容飛煙說什麼，甩開兩隻大腳丫子居然向山下跑去，跑了兩步馬上就意識到包袱嚴重拖慢了他的行進速度，直接將包裹朝山下丟去，梁大壯此時想的是保命，連主人都丟到了一邊，哪裡還顧得上什麼行李包裹。這廝心中一橫，也抱著腦袋蜷曲起身體，沿著斜坡肉球一樣滾了下去。換成平時他是沒那麼大勇氣的，可左右都是死，與其被這群惡狼給咬死分食，還不如摔死。

胡小天這會兒連罵這廝的心情都沒有了，雙手握著一根水火棍，背著那小姑娘轉身向他們剛剛休息的巨石叢跑去，他的第一反應就是爬到巨石上或許能夠逃脫群狼的圍攻。

慕容飛煙緊跟在他身後，一頭青狼已經率先來到，距離他們還有兩丈左右的時候，後腿明顯一個下蹲的動作，然後騰空躍起，張開血盆大口，兩排白森森的牙齒衝著慕容飛煙面部咬去。慕容飛煙手中長劍一揮，正砍在這青狼的頸部，噗！青狼的頭部齊根斷裂，火熱的鮮血從斷裂的腔子中噴射出來。

慕容飛煙手中的動作絲毫沒有停頓，反手一戳，一頭從後方偷襲的青狼被刺了個正著，劍鋒透體而入，抽出長劍，那頭青狼發出一聲嗚嗚躺倒在地上。

兩頭青狼一左一右向胡小天追蹤而至，慕容飛煙跟上去左右劈砍，將青狼擊退，護著胡小天他們向亂石堆撤退。胡小天手中的水火棍也沒閑著，上下揮舞，逼退惡狼的圍追堵截。還好他們距離那亂石堆並不太遠，回到剛才歇息的地方，胡小天先將那小姑娘推上巨岩，然後自己也爬了上去，慕容飛煙連續斬殺了三頭青狼，也退回到巨岩之上。只有梁大壯在遭遇狼群的時候沒有返回，而是直接滾向了山下，不知現在是死是活。

退回到亂石堆也是他們無可奈何的選擇，狼群雖然兇惡，但是牠們不擅攀爬，只有退到高處才能暫時躲過狼群的圍攻。

短時間內已經有近三十頭惡狼尾隨來到亂石堆中，圍繞著胡小天他們藏身的巨岩團團亂轉，有惡狼直立起身體，前爪搭在岩石之上，尖銳的前爪摩擦著石壁發出刺耳的聲響。狼嚎聲此起彼伏，淒厲之極。

惡狼越聚越多，胡小天和慕容飛煙兩人望著下方潮水般湧動的狼群，兩人心中都是不寒而慄，那小姑娘又冷又怕，雙手緊緊抱住自己的肩頭，用力咬住嘴唇，強行忍住尖叫的衝動。

胡小天道：「怎麼會突然來了這麼多的惡狼？」

慕容飛煙搖了搖頭，惡狼仍然在不斷前來，粗略計算周圍應該已經有了六七十頭，牠們不停發出嚎叫，呼喚著同伴的到來。

那小姑娘忽然道：「馭獸師！這些狼是被人驅策的。」

胡小天和慕容飛煙同時轉過身去，慕容飛煙道：「你怎麼知道？」問完之後馬上就想到，這小姑娘肯定在此前已經遭遇過這樣的凶險場面，所以她才會得出這樣的結論。這小妮子還真是一個大麻煩啊，自從遇到了她，他們就開始厄運不斷，現在把狼都招來了。

那小姑娘並沒有解釋，只是低聲道：「馭獸師用特殊的方法控制和驅策這些野獸，想要脫離眼前的困境，就必須要儘快找到藏在附近的馭獸師將之剷除，不然的話，這些野獸只會越聚越多，而且不達目的，絕不會撤退離去。」

慕容飛煙點了點頭，她對此也有所耳聞，只是在此前並沒有和馭獸師這一神秘團體有過接觸，傾耳聽去，在此起彼伏的狼嚎中，她似乎聽到一個聲音有所不同，那聲音尖細綿長，夾雜在狼嚎聲中。聲音應該是從他們的西南方向傳來，慕容飛煙握緊長劍，向胡小天道：「你們待在這裡等我，我去去就來！」

胡小天道：「飛煙，我看還是留下來更安全，等到天亮日出，這些惡狼自會退散。」

小姑娘道：「你想得簡單了，只要馭獸師繼續發號施令，惡狼會越聚越多，而且很可能還會有其他的野獸。」

胡小天望著這看似單純的小丫頭，心中真是鬱悶到了極點，這小妮子究竟是何許人也？怎麼會驚動這麼多的厲害人物對她圍追堵截，目光又落在她手中的藍印花包裹上，難道她的身上真有什麼重要的物事？

小姑娘看到胡小天的目光，頓時生出警惕，將手中的藍印花包裹用力抱在懷中，身軀扭到一邊。這間接證明了胡小天的推想，不過胡小天對她包裹中的寶貝並沒有什麼企圖，當務之急保命要緊，即便是她帶著價值連城的寶貝，和生命相比也是不值一提。

慕容飛煙準備停當，正要離去，卻聽胡小天道：「飛煙，你一定要平安回來！」轉過身去，看到胡小天雙目中滿滿的關懷和牽掛，沒來由心中感到一暖，她向胡小天露出一個足以融化冰雪的明媚笑容道：「胡大人，咱們還沒有上任呢。」

說完這句話，足尖在巨岩之上輕輕一點，嬌軀已經飛掠而起，她在飛起之前已經找好下一個落點，跳出群狼環伺的包圍圈外，在稍矮的一塊岩石上稍作停頓，隨即又騰躍到另外一塊岩石上。

眼看慕容飛煙越走越遠，成功脫離了惡狼的包圍，胡小天心底鬆了一口氣。

下方狼群已經聚集了大約百來頭，一個個嘶吼嚎叫，圍繞這塊巨岩團團亂轉。胡小天雖然心理素質超強，這會兒也不禁膽戰心驚，可以說他們三人突圍的全部希望都寄託在慕容飛煙身上，倘若慕容飛煙能夠找到那馭獸師，或許還能退去這群惡狼，如果慕容飛煙有個三長兩短，那就意味著他們全軍覆沒。換句話來說，他們兩人的命運已經完全要仰仗慕容飛煙此去的成敗了。

那群惡狼圍困了半天，始終無法攀上巨岩，狼性狡詐，居然想出了一個主意，幾頭狼向巨岩靠近，馬上又有幾頭狼爬到牠們的背上，疊羅漢一樣緊貼著巨岩堆高起來，試圖通過這樣的方式爬上巨岩的頂部。

那小姑娘率先發現了這一狀況，連忙拉了拉胡小天的衣襟，胡小天抄起手中的水火棍照著最上方的那頭狼狠狠砸了下去，手起棍落，血花四濺，那頭青狼被胡小天砸得暈頭轉向，從同伴的身上滑落下去。這邊剛剛擊退了一頭，另外一頭又奮不顧身地攀爬了上來。

胡小天不敢有絲毫懈怠，揮動手中水火棍一通亂砸，避免這些惡狼利用疊羅漢的方法攀爬到巨岩之上。

小姑娘也湊了過來，揚起手中的黑盒子瞄準下方的惡狼，就是一輪射擊，暴雨梨花針可真不是蓋的，一輪射罷，頓時有七八頭惡狼中招，慘叫著倒了下去，已經疊起的陣型頓時崩潰，狼性極其殘忍，看到同伴奄奄一息非但沒有表現出任何的同情，反而衝上去爭相分食，現場血肉橫飛，狼嚎陣陣，血腥的景象讓人作嘔。

那小姑娘捂住口鼻，將面孔扭到一旁嘔吐起來。

胡小天雖然也感到有些噁心，可仍然不敢掉以輕心，舉著那根水火棍嚴陣以待，生恐有惡狼趁機攀爬上來。

此時空中傳來聲聲雕鳴，幾十隻黑鷹展翅飛來，盤旋在他們頭頂上方，胡小天抬頭一看，乖乖了不得，這次感情是陸空聯合作戰，剛才是陣地戰，這會兒改成發動空襲了。

幾十隻黑鷹幾乎在同時向下俯衝而來，胡小天這個鬱悶啊，馭獸師，敢情這個世界有這麼拉風的職業存在，連臉都沒露，就已經發動了如此規模龐大的禽獸軍團，自己今天要是敗下陣來，豈不是禽獸不如？想到這四個字，不由得想到之前他說過的笑話，可這會兒是無論如何都笑不出來了。他轉向那小姑娘，看到小姑娘的臉上流露出深深的恐懼，她手中的暴雨梨花針瞄準空中施射，可畢竟裡面的鋼針有限，三輪之後已經變成了一個毫無用處的針盒，

生死存亡之際，兩人已經完全放下彼此的戒心，胡小天掏出安德全送給他的暴

雨梨花針遞了過去，那小姑娘接過針盒，正準備射擊，胡小天道：「留點子彈，不到最後不要使用！」他雙手舉起水火棍，照著一隻飛撲下來的黑鷹砸去，一棍砸在那黑鷹的翅膀之上，羽毛亂飛，黑鷹哀鳴著螺旋般墜落下去，還沒有落在地上，就被騰空躍起的青狼一口叼在嘴中，馬上就有數頭惡狼圍攏上去搶奪獵物，在幾頭惡狼的爭奪下轉瞬間就被撕成碎片。

胡小天護著那小姑娘將水火棍揮舞得風雨不透，暫時阻擋住從天空中俯衝下來的黑鷹進擊，可是隨著時間的推移，他的體力在不斷下降，雙臂變得痠麻，這根水火棍也變得沉重了許多，胡小天逼退了兩隻黑鷹的進擊，目光投向遠方的山林，心中又是焦急又是擔心，卻不知慕容飛煙此時的情況如何？

慕容飛煙進入叢林之前，右肩已經被狼爪抓傷，好不容易擺脫惡狼的包圍圈，進入叢林之中，轉過俏臉看了看自己的右肩，卻見肩頭的衣襟已經被狼爪撕開，肩頭留下四道觸目驚心的血痕，她咬了咬櫻唇，反手點中自己胸口的穴道，延緩傷口出血，活動了一下手臂，確信沒有傷到筋脈和骨骼，回頭望去，卻見月光之下，夜空中數十隻飛鷹在巨石上盤旋，雖然隔開了一段距離，她也能夠猜想到胡小天兩人此時的凶險狀況。

慕容飛煙強行抑制住殺回去幫忙的衝動，凝神靜氣，傾耳聽去，在她右前方的密林之中仍然斷斷續續傳來嚎叫之聲，乍聽起來這聲音似乎屬於某種野獸，可仔細分辨這聲音應該是人類發出。

慕容飛煙辨明聲音的位置，騰空飛上樹梢，在樹枝之間騰挪跳躍，悄然向聲音發出的位置接近。

聲音變得越來越清晰，慕容飛煙借著樹冠的掩護，向前方望去。卻見距離自己二十丈左右的地方，一名灰衣男子雙腿盤膝坐在那裡，長髮披肩，臉上帶著一張青銅面具，在月光下反射著深沉的金屬反光，面具醜怪而猙獰，手中捏著一根竹棍，有節奏地敲擊著地面，嘴裡念念有詞，發出種種奇怪的聲音，時而如野獸嘶吼，時而如禽鳥哀鳴，模仿得維妙維肖。

慕容飛煙斷定，此人一定是驅策那群野獸攻擊的馭獸師無疑，她沿著樹冠攀援，悄悄靠近那馭獸師，將彼此間的距離縮小到十丈以內，對方仍然沒有覺察，慕容飛煙深吸了一口氣，從樹枝之上騰躍而起，右手將長劍直刺前方，嬌軀在虛空中螺旋飛轉，以驚人的速度剎那間就將彼此的距離縮短到一丈。

慕容飛煙衝出樹冠之時，馭獸師就已經察覺，他抬起頭來，面具孔洞中，一雙冰冷的眼睛充滿殺機，喉頭發出古怪的咿呀之聲。

咻！左側的樹冠內，一道炫目的銀色光芒射向慕容飛煙。

慕容飛煙百密一疏，她並沒有注意到周圍還藏著一位箭手，羽箭蓄滿力量，追風逐電般射向慕容飛煙的嬌軀，她不得不放棄這必殺一擊，手中長劍回撥，拍擊在箭桿之上，箭桿並非常見的木桿，而是精鋼鍛造而成，兩者相碰，發出啪的一聲脆響，伴隨著兩股氣流衝撞的爆裂聲。

與此同時那馭獸師一言不發，身體從地上倏然彈起，雙爪向慕容飛煙下身抓去。這一爪無聲無色，歹毒之極。

慕容飛煙雙腳仍未落地，右腳閃電般踢出，後發先至，一下就踢中了馭獸師的手腕，馭獸師獰笑一聲，左手腕反轉疾壓慕容飛煙的足踝。

慕容飛煙縮回雙足，嬌軀一個後空翻，落向身後的草地，馭獸師赤手空拳，雙手如同鳥爪，右手食指和中指直插慕容飛煙的雙眸，右腳跟上向慕容飛煙小腹踢去，他出手無一不是殺招，招招陰狠歹毒。右手攻擊慕容飛煙的雙眼其實只是虛招，意在干擾她的注意力，而右腳無聲無息的狠踢才是致命殺招。

慕容飛煙向後一仰躲過馭獸師的右手，馭獸師大喜，以為這下右腳必然得逞，卻沒料到，慕容飛煙陡然將手中劍向下一戳，一劍正中馭獸師的右腿，原本慕容飛煙的這一劍力量並不算大，但是馭獸師卻用盡了全力。兩者相對運動，無異於力量相加，噗的一聲，長劍直接將這廝的小腿洞穿。馭獸師反應也是相當及時，負痛發出一聲慘叫，猛然收回鮮血淋漓的右腿。

慕容飛煙豈會放過這千載良機，長劍順勢砍在那馭獸師的雙腿之間，劍光閃處，馭獸師自雙腿被從中劈開，鮮血狂噴，當場斃命。

樹冠深處又是接連兩箭射出，慕容飛煙連續撥打，感覺這兩箭的力量比起剛才已經有所減弱，通常會有兩種可能，一是對方氣力開始衰竭，還有一種可能是對方看到馭獸師被殺，已經開始逃離，羽箭的威力隨著距離的增加而減弱。

慕容飛煙看到遠方樹冠枝葉搖動，斷定對方已經開始逃離，怒道：「哪裡走？」她躍上樹冠，看到一個黑影正從前方枝頭飛起，然後身體在半空中一個轉身，連續射出三箭。

慕容飛煙利用樹枝的遮擋躲過對方的射擊，咄咄咄三聲悶響，羽箭依次釘入樹枝之中。利用慕容飛煙躲閃的時機，對方又拉開了一段距離，眼看就要進入前方竹海。

慕容飛煙下定決心，決不讓此人從眼前逃走。雙足在樹枝之上重重一頓，那樹枝在她的全力一踏之下彎曲如弓，然後憑藉著超強的韌性向上反彈而起，慕容飛煙借著樹枝的反彈之力，嬌軀向上騰飛出足有三丈，升高到最高點的時候，雙臂舒展，如同鳥兒張開的雙翼，向前方滑行而去。

那黑衣箭手看到慕容飛煙如影相隨，始終無法擺脫她的追蹤，只能暫時放棄繼續逃離的想法，反手從後背箭囊中抽出三支羽箭，扣在弓弦之上，雙膀用力，弓如滿月，滿弓之後迅速鬆開弓弦，三支羽箭分從不同的角度射向慕容飛煙。

面對三支不同角度飛來的羽箭，慕容飛煙並沒有揮劍撥打，而是如同斷線的風箏一樣直墜而下，三支羽箭從她的頭頂掠過。

慕容飛煙手中長劍脫手飛出，宛如風車一般在空中旋轉，冰冷劍刃直奔黑衣箭手而去。

那黑衣箭手箭囊中的羽箭已經射完，面對慕容飛煙擲來的長劍唯有用長弓抵擋，揚起手中角弓擋住，長劍撞擊在弓身之上，弓身喀嚓一聲從中折斷，長劍去勢不歇，細窄的劍鋒刺入黑衣箭手的胸口，那黑衣箭手有些不能置信地望著胸前的劍柄，身體直墜而下，落在山岩之上，發出清晰的骨骼斷裂聲。

慕容飛煙落地之後，快步趕了上去，抓住長劍的手柄，生恐那黑衣箭手未死，又將劍身向下送了一寸，看到那黑衣箭手再無動靜，方才將長劍拔了出來，在他身上擦淨血跡，轉身向亂石堆匆忙趕去。

胡小天和那小姑娘苦苦支撐，兩人的身上早已佈滿血跡，他們的周圍到處都是黑鷹飄飛的黑色羽毛，巨岩之上橫七豎八地躺著十多隻黑鷹的屍體，這些多數都是被暴雨梨花針射殺，可同伴的死亡並沒有嚇退黑鷹軍團的進攻，牠們仍然在不惜代價地亡命進擊。

下方的惡狼很快就將同伴的屍體分食一空，再次展開新一輪兇猛的進攻，胡小天連番苦戰，身體已經達到了承受的極限，奮起全身的力量揮舞手中的水火棍，照著一頭成功攀上巨岩的青狼頭部就是狠狠一棍，那青狼向右側疾閃，水火棍砸了個空，正落在巨岩之上，咔嚓一聲，水火棍從中折斷，震得胡小天虎口劇痛。

那頭青狼躲過胡小天的全力一擊，旋即凶猛撲了上去，胡小天手中只剩下不到二尺長的半截斷棍，倉促之中只能將水火棍的殘端指向青狼，這個下意識的動作也只是做做樣子罷了，根本不可能對那青狼造成致命傷害。

胡小天的雙目和惡狼幽藺色的雙瞳對視著，整個腦海陷入一片空白，耳邊只聽到自己心跳的聲音，難道他真的要命喪於此？

生死攸關之時，又是那小姑娘舉起手中的暴雨梨花針，瞄準青狼的頭顱一股腦射了出去，不知是因為緊張還是因為不清楚這一輪射擊能否將青狼斃命，所以乾脆連續按動了三下，將暴雨梨花針射了個乾乾淨淨。

青狼在嗚咽聲中摔倒在地上，胡小天還沒有回過神來，一隻黑鷹又照著他的面門飛撲而來，銳利的雙爪直取他的雙眼。

小姑娘驚聲道：「小心！」

如夢初醒的胡小天揚起手中的半截木棍脫手飛出，狠狠向黑鷹砸去，黑鷹舒展雙翅在空中劃出一道弧線，幾乎貼著巨岩的邊緣飛行，成功躲過那半截木棍，可是螳螂捕蟬黃雀在後，一頭灰狼從巨岩下方踩著同伴的身體突然竄起，準確無誤地咬住黑鷹的頸部，隨之又有三頭惡狼先後成功攀上了巨岩。

那小姑娘手中的暴雨梨花針已經射完，胡小天的那根水火棍也徹底失去，兩人手中各握著一把匕首，望著一頭頭陸續攀上巨岩的惡狼，數十隻黑鷹雖然暫時停下攻擊，但是仍然盤旋在他們的頭頂不願離去。

胡小天有記憶以來還從未經歷過如此凶險的場面，他心中暗歎，老子千辛萬苦來到這裡，為的是前往青雲縣當個九品官，卻想不到最終是給惡狼送肉來了。

耳邊響起那小姑娘的聲音道：「是我拖累了你，對不起！」

胡小天詫異地轉過臉去，卻見那小姑娘臉色蒼白，一雙明眸望定了自己，這倒不是因為胡小天生得如何英俊，而是因為她不敢看兇惡的狼群。

死到臨頭，胡小天反倒沒那麼害怕了，這廝笑道：「我犯不著跟一個小丫頭一般見識，不過能死在一起也算有緣。」

小姑娘將一個瓷瓶遞給胡小天。

胡小天詫異道：「什麼？」

「解藥！」

胡小天真是哭笑不得了，這當口兒居然想起來給自己解藥，有分別嗎？自己吃也得死，不吃也得死，七日斷魂針！希望老子的肉都是有毒的，讓這幫惡狼吃了把牠們全都毒死。

惡狼步步緊逼，胡小天將小姑娘護在自己的身後，雖然必死無疑，生死關頭不妨表現出自己的大度和無畏，這也算得上是胡小天身上可圈可點的優良品質。

小姑娘倒是倔強：「不用你護著，我不怕死！」

胡小天道：「好死不如賴活著，我中了你的七日斷魂針，肉是有毒的，讓牠們先吃我，如果能夠連牠們一併毒死，你或許還有一線生機。」話說得感人，可胡小天心中明白這種情況根本不可能發生，他們兩人都難免要成為惡狼的腹中餐。已經有七頭惡狼成功爬上巨岩，牠們並不急於進攻，而是圍攏成一個圈子，慢慢向中間靠攏，在群狼看來，兩人早已成為腹中之物。

胡小天歎了口氣道：「來不及了！」他的目光仍然向遠方眺望。

小姑娘冷冷道：「你還在指望她來救我們？」她搖了搖頭道：「大難臨頭各自飛，她早已走了！」

胡小天笑了笑，這小姑娘年紀雖然不大，可是戒心極重，對人缺乏基本的信任，他相信慕容飛煙絕不會棄他而去，可今天只怕是來不及了。

胡小天握緊手中的匕首準備亡命一搏，低聲道：「你叫什麼？是什麼人？」臨死之前他還是想弄個明白，自己到底為誰而死，總得弄個清楚。

「我叫七七！」

胡小天咀嚼著這有點怪怪的名字，即便是在最後關頭，這小妮子仍然對他充滿了戒心，吝惜到不願說出她的姓氏，七七究竟是個代號還是她的排行？胡小天無意刨根問底，因為他沒有時間去想去問，揚起手中的匕首主動向一頭青狼撲去，此時心中只想著幹掉一個就賺上一個。

那頭青狼卻沒有迎著胡小天衝過去，而是突然轉身，其餘幾頭青狼也是如此。胡小天心中大感驚奇，敢情我還這麼威猛霸氣，居然能嚇退這群惡狼？馬上這貨就明白到底發生了什麼事情，卻是慕容飛煙及時殺到，她手中長劍紛飛殺出一條血路，任何動物對於危險都是有預感的，七頭攀上巨岩的惡狼第一時間意識到慕容飛煙才是最有威脅的殺手，於是轉而對付慕容飛煙。

慕容飛煙手起劍落轉瞬之間已經殺掉了兩頭青狼，這些惡狼不再像剛才那般凶殘頑強，看到同伴被殺，居然感到害怕，爭先恐後地騰躍下去。

率先散去的是空中盤旋的黑鷹，沒過多久，狼群也漸漸退去，馭獸師所驅策的本不屬於同一個狼群，在撤退的途中，兩個狼群之間又發生了凶猛廝殺，一時間慘叫聲、嘶吼聲、咆哮聲此起彼伏，現場血腥至極，慘不忍睹。

等到狼群散盡，黎明在不知不覺中已經到來。三人都是渾身浴血，疲憊不堪，胡小天率先坐在地上，自己的這條命還真夠硬，最後關頭本來已經抱定必死之心，想不到又撿了回來，欠慕容飛煙一個大大的人情，無以為報，唯有以身相許了，卻不知慕容飛煙需不需要自己肉償一下？

慕容飛煙也疲憊到了極點，懶得說話，坐在巨石邊緣，目光仍然警惕觀察著四周的動靜，害怕狼群捲土重來。

東方終現出一片柔和的淺紫色和魚肚白，青白色的曙光和淡淡的晨霧交融在一起，點染著山山水水，夜色悄然消融於清新的晨光中。

天空中仍然有一隻黑鷹在盤旋，卻始終不敢落下，當朝陽金色的光芒衝破晨靄的剎那，黑鷹終於徹底放棄了發動攻擊的打算，迎著朝陽的方向越飛越遠，在天際處成為一個孤獨的小點。

望著那黑點終於消失在自己的視野中，胡小天長舒了一口氣，慕容飛煙雖然沒有說話，可是她臉上同樣呈現出如釋重負的表情。七七靠在慕容飛煙的肩頭不知何時已經睡去，她的睡姿安祥而靜謐，雖然小臉上稚氣未脫，可是從她的眉眼之上並不難判斷出她未來驚人的美貌。

真正讓胡小天感歎的並不是她的美貌，而是她超人一等的冷靜和智慧，不知這個小女孩長大成人之後會成為怎樣的禍水，胡小天想到了禍國殃民四個字，唇角不經意露出一絲無奈的笑容，然後又配合著這個笑容緩緩搖了搖頭。

慕容飛煙似乎明白了胡小天的意思，小聲道：「她畢竟還只是一個孩子。」其實說這句話的時候連她自己都不願相信，雖然七七只是一個孩子，可她的身上並沒有普通孩子的單純。慕容飛煙補充道：「讓她多休息一會兒。」

胡小天卻伸出手去，輕輕拍了拍七七瘦弱的肩膀：「天亮了，我們該啟程了！」不是因為胡小天狠心，也絕非因他殘忍，他們必須要儘快離開這片險惡之地，離開蓬陰山。

七七崴到了右腳腳踝，雖然沒有傷到骨頭，可仍然無法走路，因為他們的馬匹都讓胡佛帶了回去，作為目前團隊中唯一的男性，胡小天必須要承擔背負七七的重任，雖然他心中並不情願，可這個世界上有很多事都是必須違心去做的。

幫助一個孤苦伶仃的小姑娘原本也算不上什麼，可胡小天這次是被逼無奈，七七陰險毒辣，利用七日斷魂針狠狠扎了他一下，要脅他護送自己前往燮州，這不是逼他做以德報怨的事情。

胡小天的左臂如今已經紅到了臂彎，七七在生死關頭提起要把解藥給他，可胡小天當時認為必死無疑，居然很拉風的一口拒絕了，現在危機過去，這小妮子卻突然不提解藥的事情了，更離譜的是，她心安理得地趴在胡小天的背上居然睡著了。

胡小天現在頗有些追悔莫及，早知如此，應該儘早將解藥從她的手裡接過來。

慕容飛煙看了一眼熟睡的七七，向胡小天道：「你的手怎麼樣了？」

胡小天道：「又痠又麻，看來距離毒發已經越來越近了。」這句話他分明在說給七七聽。

慕容飛煙愁上眉頭，心中暗自盤算，應該想個辦法讓七七主動將解藥拿出來。

此時七七剛巧睜開雙眸，歎了口氣道：「那昨晚我給你解藥時，你還不要？」

胡小天這會兒可顧不上什麼面子了：「此一時彼一時，昨晚不要不代表現在不要，送佛送到西天，你放心，我既然答應要把你送到燮州，就一定會送到地方，不會半途扔下你不管。」話說得冠冕堂皇，可仔細一琢磨就能夠察覺到這廝服了軟。

慕容飛煙也道：「這一點我可以幫他作證。」

七七看了看胡小天又看了看慕容飛煙，突然又歎了口氣道：「慕容姐姐，就算我信不過他，也一定信得過你，可這七日斷魂針的解藥並不在我的手上啊。」

胡小天心中暗罵這妮子睜著眼睛說瞎話，恨不能將她從自己的身上掀翻下去。

七七眨了眨眼睛，一臉單純善良，涉世不深的模樣：「幸虧你昨晚沒有相信我，我給你的瓷瓶中的確是毒藥，而且劇毒無比，你如果真的將那瓶藥給吃了，我就把你的屍體給推下去，那群狼只要吃了你的肉，肯定會全部被毒死，我就有了脫困的機會。」

胡小天聽到這裡倒吸了一口冷氣，小小年紀，心腸怎地如此歹毒？還好老子機警，不然真是被你害死了都不知道。可轉念一想，這七七說不定是從自己的那番話中得到了啟示，現在危機過去，她又不想給自己解藥，所以才這樣說。性命握在人家手中，只能暫時忍氣吞聲，正所謂忍字頭上一把刀，任他怒火心中燒。算了，老子不跟你這黃毛小丫頭一般計較。

胡小天能忍，慕容飛煙卻再也按捺不住，一直以來雖然她贊同將七七送往燮州，但是她並不贊同七七和安德全所採用的手段，怎麼說胡小天都救他們於危難之中，可是他們非但不知道感恩，反而恩將仇報，慕容飛煙道：「下了蓬陰山距離燮州已經不遠，咱們依照約定將你送到地方，相信你也會信守承諾。」她說這番話的時候不苟言笑，目光冷漠非常，任何人都能夠看得出她完全站在胡小天的立場上。

以七七的頭腦當然能夠體會到慕容飛煙這番話暗藏的機鋒，她的唇角露出一抹無邪的笑容：「慕容姐姐，您何必生氣，我既然答應過就一定會做到。」

慕容飛煙道：「做到最好！」她暗地裡已經下定了決心，若是七七這小丫頭膽敢使詐，自己絕對不會輕饒了她。

當天未時，三人順利下了蓬陰山，幾乎同時回頭向蓬陰山的方向看了一眼，想起昨晚的凶險場面，心中全都慶幸萬分。

慕容飛煙指了指前方：「再往前走就是官道了。」

胡小天點了點頭。

七七道：「胡大哥，您累不累，我感覺腳已經不疼了，不如您放我下來歇一歇。」自從有了獸群逃生的患難經歷，她表面上對胡小天的態度明顯禮貌了許多。

胡小天心中暗道，你當我想背你啊？他矮下身將七七放下，接過慕容飛煙遞來的水囊灌了幾口，七七則嘗試著在一旁小心走了兩步，感覺足踝已經不像之前那樣疼痛，應該可以緩慢前行。

慕容飛煙道：「等到了前面集市，我們雇輛車。」說到這裡，她忽然想到了一個極其麻煩的問題，所有行李細軟都被梁大壯背著，這廝在遭遇狼群之初就逃了個無影無蹤，此時還不知道是不是已經成為了那群惡狼腹中的美餐？他們哪還有錢？

胡小天也同樣考慮到了這個問題，何止行李盤纏，連他前往青雲縣上任的官印和文書也都在梁大壯那裡，找不回這些東西，又怎能證明自己的身分？

七七道：「你們的行李好像都丟了，哪還有錢雇車？不過，我還有些盤纏！」她拍了拍她的藍色印花包裹，這包裹她始終隨身攜帶，即便是遭遇連番追殺，也沒有捨棄。

胡小天倒是也有東西隨身攜帶，說起來讓人慚愧，乃是史學東送給他的採花圖和春宮圖。倒不是因為這東西重要，而是因為這幅圖實在是有些不堪，真要是讓別人看了去，豈不是壞了他剛剛營造起來的那麼點光輝形象。

七七所謂的盤纏實在不多，勉強夠得上他們的一日三餐，至於買馬雇車之類的念頭就只能成為奢望了。

慕容飛煙從來都不是一個嬌生慣養的富家千金，苦日子她過得慣，至於七七，雖然心機頗深，可這小妮子居然也捱得住苦。至於胡小天他也不是一個養尊處優錦衣玉食的富家公子，成為尚書公子滿打滿算也不過才剛剛半年，這貨什麼日子都過得慣。

離開蓬陰山距離夔州還有三日路程，本來胡小天擔心途中還會遭遇阻殺，這一路之上他們都表現得無比謹慎，還好路上平平安安，沒有人再來尋仇，看來他們已經成功擺脫了追殺七七的那幫刺客。離開了荒郊野嶺，在官道之上車來人往，自然也就沒有了野獸圍攻之憂，因為手中沒有了官印和文件，自然沒有了去驛站白吃白住的資格，利用七七手中不多的盤纏，他們風餐露宿，風雨兼程來到了夔州。

夔州是西川第二大城，在規模上僅次於西州，但是夔州的名氣卻超出西州許多，自古以來夔州都為西南重鎮，七國時代曾經是大蜀國都，境內有一座盤龍山脈從東北到西南走向穿過夔州東部，這道山脈也成為夔州平原和山區的分界，盤龍山脈以東，大片平原河流縱橫，土地肥沃，民生富庶，而盤龍山脈以西卻是山川縱橫，丘陵起伏，老百姓的生活要困苦許多。

胡小天要前往上任的青雲縣就屬於夔州治下，是存在於山窩窩中的一個小縣城，據說又是夔州乃至整個西川最為貧瘠的一塊地方。

夔州城牆稱不上高闊，大概是經歷的年月久遠，又疏於維修的緣故，城牆上長滿了荒草，牆磚被風雨侵蝕的斑駁凸凹，充滿了歲月的滄桑質感。

守門的士兵正站在午後的陽光下午，用懶洋洋的目光打量著過路的行人，因為天氣過於悶熱，站在城牆陰影處的他們懶得挪動自己的腳步。

因為盤龍山脈這道天然屏障，戰火很少波及到燮州城，說起來這邊已經有近五十年沒有戰事了，也難怪門前的守軍疏懶。

胡小天三人都是風塵僕僕，換成過去肯定要屬於被安檢重點照顧的對象，可現在他們居然就大搖大擺堂而皇之地走進了燮州城。守門士兵只是用目光漠然掃視了他們一下，幾乎未做任何停留就已經溜向別處，長久的和平已經讓守衛們失去了起碼的警惕。

順利進入了燮州城，找到豐澤街玉錦巷周家自然算不上什麼難事，胡小天找了個路人詢問，這一問之下方才知道，豐澤街玉錦巷周家居然大大的有名，周家主人曾經是當朝一品大員、官拜大康右丞相，太子太師、翰林學士奉旨、同平章事、上柱國的周睿淵。三年前因為太子龍燁霖被廢而受到了牽累，被當今皇上削職為民，回到老家頤養天年。說起來周睿淵被免官的時候，胡不為還狠狠落井下石了一把。

胡小天暗歎這世界也真是奇妙，自己老爹之所以會趁火打劫，還是因為自己的緣故，當初自己曾經和周家女兒訂下了娃娃親，後來周睿淵因為得悉自己是個傻子，於是又悔了這門親事，老爹引以為深仇大恨。

胡小天對周家卻沒有那麼深的仇恨，畢竟現在的自己和過去完全不同，換成誰也不肯將自己女兒嫁給一個又聾又啞的傻子。

按照路人的指引，他們找到了周府，和胡小天想像中不同，這裡也就是普普通通的一個院落，青磚灰瓦，黑色大門，門前連個石獅子都沒有，和周圍的住戶對比也顯不出太大的不同。

以胡小天的想法，瘦死的駱駝比馬大，周睿淵即便是已經被削職為民，可畢竟過去曾經是當朝一品大員，總不會住在這麼普通的民宅裡。除非這貨經歷挫折之後，決定小隱於市，暫時收斂起野心和政治抱負當一個普通小市民。

三人站在這普通得不能再普通的門前，猶豫了一會兒，胡小天方才叩響了房門，門外連個把門的家丁都沒有，一品大員混成這樣，也算得上寒酸了，七七這小丫頭不知和周家又有什麼淵源，為何要費盡辛苦過來投奔他們家？

聯想起安德全這個老太監，胡小天越發肯定七七和皇族有著密切的聯繫，雖然他心中好奇，卻沒有刨根問底的打算，這一路上因為七七而遭遇的種種追殺，已經證明在這小妮子的周圍一定存在著一個驚天動地的陰謀，胡小天可不想主動招惹麻煩。政治不是一般人能夠玩得起來的，太累，胡小天前世今生對政治都缺少興趣。

在門前等了好半天，方才看到有人過來開門，開門的是個中年啞巴，看到胡小天他們三個沒一個認識的，伸手描畫了半天。胡小天雖然曾經是個醫學博士，可他不懂啞語，慕容飛煙和七七兩人也是同樣如此，三人無不目瞪口呆，慕容飛煙有些錯愕地向七七道：「難道咱們找錯了地方？」

七七咬了咬嘴唇，看來她對眼前的局面也有些不知所措。

就在幾人迷惑之際，忽聽院內一個溫柔的聲音道：「阿福，家裡是不是來客人了？」

那啞巴一邊點頭一邊回過身去，幾人從門口向裡面望去，卻見一位布衣荊釵的中年美婦緩步走了過來，她四十多歲年紀，面目慈和，樣貌端莊，只是兩鬢已經生出不少的白髮，雖然她穿著普通，但是從她的舉止氣度來看，她絕非尋常民婦。

啞巴讓到一邊，那中年美婦來到門前，向三人打量了一眼，微笑道：「不知三位有何見教？」她從未見過三人中的任何一個，所以才有此問。

胡小天清了清嗓子，頗為恭敬地做了一揖：「夫人……」

那中年美婦聽他這樣稱呼自己，馬上出言更正道：「這位公子，我雖然年紀不輕，可是從未嫁人。」

胡小天頓時尷尬了，敢情眼前這位是個大齡未婚女青年，自己看走眼了，稱呼人家夫人無意中將她給得罪了。趕緊賠罪道：「小姐……晚輩一時不察，冒昧了，冒昧了！」

中年美婦看到他尷尬的樣子，不由得笑了起來，她笑起來的時候一張面孔顯得極為生動，眼波流轉，光彩照人，不難推測得到，她在年輕的時候一定美麗絕倫，如今雖然韶華老去，可風韻還是存在那麼一些的。她輕聲道：「你也不用叫我小姐，以我的年紀應該可以稱得上你的長輩了，你大可稱我一聲姑姑，卻不知你們幾位來我們家，到底為了什麼事情？」

胡小天和慕容飛煙同時將目光投向了七七，他們本來以為將七七送到這裡，一切事情都順利解決了，可沒想到來到這裡，人家根本就不認識七七。

看七七的表情神態，應該是也不認得眼前這兩位，她眨了眨眼睛道：「敢問這裡是周太師的家嗎？」

那中年美婦搖了搖頭道：「這裡沒有周太師！諸位還是請回吧。」說到這裡，她臉上的表情變得有些冷淡。

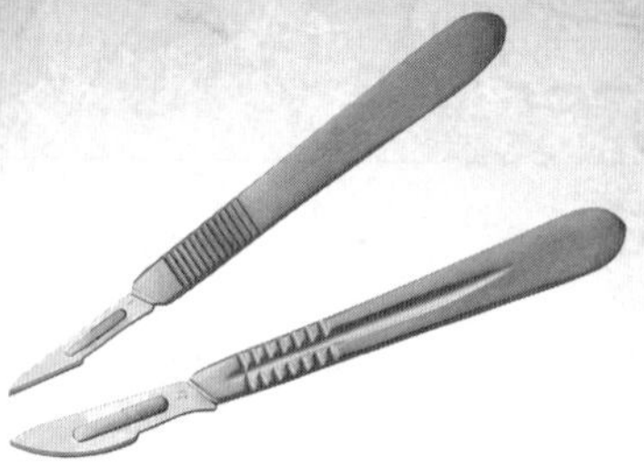

第八章

官印的用途

香琴拿起官印蘸上印泥，在欠條上蓋了上去。
胡小天看到眼前情景真是哭笑不得，
想不到自己的官印第一次派上用場居然是寫欠條，
而且還是在一座妓院之中，
至於自己所欠的這位債主，到現在都沒有真正露面。

胡小天心想，這裡的確沒有周太師，周睿淵已經被皇上給免職了，現在就是一個布衣老百姓，哪還有什麼官職，他趕緊道：「姑姑……請問周睿淵周先生是不是住在這裡？」禮數上做得周到，總會讓人產生好感。

中年美婦重新將目光投向胡小天，原本慈和的目光此時變得警惕十足。

胡小天道：「我們受人之托特地將七七姑娘送到府上。」說話的時候他不由得向七七望去，真是讓他鬱悶，已經到達了目的地，這陰險狡詐的小丫頭怎麼又一言不發了？

七七道：「把玉佩給我？」

胡小天微微一怔，這才想起臨別之時，安德全曾經給過他一個蟠龍玉佩，難道那玉佩是信物？胡小天這才從腰間將玉佩掏了出來，攤開左手將玉佩出示給那中年美婦看。

中年美婦看了一眼玉佩，自然留意到胡小天那隻已經如同紅燒豬蹄一般顏色的左手，秀眉微顰，伸出纖纖素手將玉佩很小心的撚了起來，反覆看了看，點了點頭道：「這玉佩的確是我兄長之物。」

胡小天現在已經完全明白了，玉佩是周睿淵的，眼前這位是周睿淵的妹妹，安德全這個老太監真是夠陰險，說是送給自己玉佩，搞了半天也是拐著彎兒算計自己，跟這種人必須要玩陰險，只可惜自己心腸還不夠狠，最終棋差一招，最終被這一老一小所害，不幸中了他們的七日斷魂針，否則又怎會如此被動，費盡辛苦地護送她來到燮州城，險些將自己的性命送掉。

中年美婦來到七七面前，伸出手去握住她的小手道：「這一路之上想必你受了不少的磨難，隨我來吧。」

七七雙眸之中流露出些許的猶豫，她生性多疑，雖然憑藉蟠龍玉佩取得了這中年美婦的信任，可是她並不能僅僅憑著對方的一句話就完全相信她。

那中年美婦看出了她的遲疑，附在她耳旁小聲說了句什麼，胡小天和慕容飛煙看到中年美婦嘴唇輕動，但是聽不清她到底在說什麼，慕容飛煙內心一驚，以她的耳力不可能在這麼短的距離內聽不清對方說什麼，除非對方用了傳音入密的功夫。由此可以推斷出這中年美婦武功一流，或許還在自己之上。

從中年美婦說完這句話之後，七七臉上的疑竇瞬間褪去，握住她的手，跟隨她離去，居然連聲招呼都不願跟胡小天和慕容飛煙打。

胡小天當然不能就這麼任她一走了之，解藥還沒給自己呢。於是跟著她們一起進入了院落，一股濃烈的花香撲鼻而來，眼前顯出一片五彩繽紛的天地，滿樹盛開的紫丁香，穿成長串的黃銀翹，披散著枝條的夾竹桃，還有牆角下背陰處碧玉簪的大葉子，這小小的院落被妝點得異常雅致。

胡小天對這陰險狡詐的小妮子沒有半分留戀之意，可他不敢忘解藥還在七七手裡，正準備說話，慕容飛煙已經先於他發聲：「七七，你好像忘了一件事。」

七七此時方才停下腳步，中年美婦和她幾乎在同時轉身，目光落在慕容飛煙的右手上，看到慕容飛煙右手已經抬起，有意無意地搭在劍柄上。

中年美婦的目光變得有些迷惑，胡小天三人之間的關係還真是錯綜複雜。如果說他們是朋友，可這兩人看著七七的目光分明充滿警惕和敵意，如果說他們不是朋友，可他們又費盡辛苦將她送到了這裡，其中必有玄機。

七七甜甜一笑：「也不早說，我險些忘了！」她轉身回到胡小天面前，將那瓷瓶塞到了他的手裡，頑皮地向他眨了眨眼睛。

胡小天已經認出這玉瓶仍然是之前拿給他的那個，心裡多少有些沒底，這丫頭該不會再幹出恩將仇報的事情來吧。

七七從他的表情已經看出他的遲疑，小聲道：「還是毒藥！」說話的時候，目光下意識地向慕容飛煙望去，卻見慕容飛煙美眸之中暗藏殺機，饒是她膽大，心中也不禁打了個寒戰，從慕容飛煙的目光中她能夠斷定，如果自己膽敢在這件事上動手腳，慕容飛煙對她絕不會留有半點情面。

七七白了胡小天一眼道：「膽小如鼠！」

胡小天笑瞇瞇道：「膽小點能活得更長久一些。」他當下再不遲疑，從瓷瓶中倒出一顆殷紅色的藥丸，毫不猶豫地塞到自己嘴裡。藥丸入口奇臭無比，胡小天險些沒嘔出來，可生怕吐了解藥，連性命都丟掉了，慌忙掩住嘴巴，逼著自己將這顆臭烘烘的藥丸咽了進去。

七七道：「服藥後一個時辰，你體內的毒素就會肅清，現在沒事了，我可以走了？」

胡小天沒說話，慕容飛煙卻依然堅持道：「不可以，一個時辰之內，我們都不會離開。」

七七一雙明眸望著慕容飛煙，知道她對自己並不信任。中年美婦也看出了其中的端倪，輕聲道：「不如兩位都請裡面坐。」

胡小天倒是爽快，擺了擺手道：「不用，我們就在院子裡坐一會兒。」他雖然醫術精深，可是對七日斷魂針的藥理也並不明白，不敢輕舉妄動，來到院內的石桌旁坐下，閉目養神，靜等藥效發作。

慕容飛煙冷冷望著七七，提防這小妮子趁機逃走。遠處站著的啞巴看到慕容飛煙緊握長劍，緩步向這邊走來，慕容飛煙從一進門的時候就特地留意過這個啞巴，看到這啞巴雙目流露精芒，氣息沉穩如山，絕對是一流高手，即便是眼前的這位中年美婦，雖然溫文爾雅，待人親切，但是她的氣息輕柔綿長，應該在內功上有著相當的修為。這周家看起來只是普普通通的院落，可其中卻臥虎藏龍，小覷不得。

正是這個原因，慕容飛煙才表現得格外警惕。

中年美婦用目光制止住啞巴繼續前來，她溫婉笑道：「不知這位姑娘尊姓大名？」

慕容飛煙並無隱瞞的必要，畢竟七七已經知道了她的名字，淡然道：「慕容飛煙！」她的精神不敢有絲毫放鬆，畢竟眼前的局面關係到胡小天的生死。

中年美婦笑道：「慕容飛煙！我聽說京城有位女神捕也叫這個名字。」

七七一旁道：「周姑姑好眼力，我這位慕容姐姐就是名滿京師的女神捕！」剛才和中年美婦還並不認識，這會兒居然親切叫起了姑姑。點明了慕容飛煙的身分之後，又把胡小天給出賣了：「他叫胡小天，是戶部尚書胡不為胡大人家的公子。」

胡小天心中暗罵，這小妮子純粹是故意拉仇恨，明知道我爹當初狠參了周睿淵一本，還故意把我給暴露出來，這不是害我嗎？之前老子跟你千叮嚀萬囑咐，來到燮州千萬不能洩露我的身分，你當初也答應的好好的，怎麼一來到燮州就變卦，這女人無論大小，別指望她們說實話，真是相信不得。

果不其然，那中年美婦聽到胡小天的名字，一雙美眸露出驚奇的光芒，驚聲道：「胡小天？你是戶部尚書胡大人家的公子？」

事到如今也由不得胡小天不承認，想當初老爹專門交代他到了西川要低調行事，儘量不要讓別人知道他的身分，這才剛剛到了燮州地界，就已經完全暴露，要怪只能怪梁大壯那個王八蛋，這廝的一張破嘴到處亂說，不然七七何以會把自己的資料調查得如此清楚？

胡小天點了點頭道：「晚輩正是胡小天，來到西川途徑燮州，聽聞周伯伯在此，所以特地過來拜會。」他也是信口胡說，如果知道周睿淵在燮州，他繞著走都來不及呢。

那中年美婦微笑道：「我兄長和你父親同朝為官，素來交好，雖然我兄長已經辭官歸鄉，可這三年來他對胡大人這位昔日好友一直都是念念不忘！」

念念不忘必有迴響，周家的迴響想必就是報復。胡小天心中暗自琢磨，這周睿淵的妹子也非同尋常，以她所處的位置不可能不知道周睿淵和自己老爹之間的舊怨，面對自己這位仇人之子，能將一番話說得如此委婉，深藏鋒芒於其中也真是不容易。這種女人外柔內剛，看似溫柔如水，往往都是鐵石心腸，胡小天暗自警覺，雖然周睿淵已經被貶為庶民，可畢竟西川是他的老家，周家該不會記恨著自己老爹當初落井下石的所為，趁著自己來到這邊故意報復自己呢？

胡小天笑道：「我也常聽家父提起周伯伯的事情，他還常說若非陰差陽錯，我們兩家早已成了一家人呢。」胡小天絕非善類，你跟我暗藏機鋒，我就來個笑裡藏刀，搞清楚，不是我們胡家對不起你們周家，是你們周家對不起我們胡家在先。

中年美婦微笑點了點頭，當初的確是周家退親在先，可那時都說胡不為的兒子是個又聾又啞的傻子，眼前的胡小天不但巧舌如簧，且從頭到腳都透著精明，哪有半點的傻氣？中年美婦道：「賢侄，我大哥去北川遊歷，近日內不會回來了。」

胡小天歎了口氣，顯得頗為惋惜道：「真是不巧。」

中年美婦笑道：「只要你在西川，大家總有相見之日，你說是不是？」

胡小天點了點頭，這會兒功夫他左手的膚色已經恢復了正常，他並沒有感覺到任何的不適，呼吸，脈搏的頻率也完全正常，七七交給他的解藥應該沒有動手腳。胡小天暗忖，這周家也非久留之地，以免夜長夢多，起身道別道：「周姑姑，我還有要事在身，先走了！」

中年美婦也沒有挽留，胡小天臨行之前又停下腳步道：「那蟠龍玉佩乃是一位老先生送給我的禮物，勞煩周姑姑交還給我。」胡小天不是個視財如命的人，可並不代表他視錢財如糞土，是我的東西當然老子要帶走。再者說，從夔州到青雲縣還有一段路途，他和慕容飛煙兩人兜裡連一個銅板都沒有，總不能餓著肚子走過去，那蟠龍玉佩是老太監安德全送給他的禮物，關鍵之時還能夠拿去當鋪換點銀子。

中年美婦朝七七看了一眼，七七點了點頭，這小妮子總算幹了件公道事。有了她的證明，中年美婦並沒有在玉佩上製造文章，將玉佩很爽快地交還給胡小天。

胡小天也沒多說話，他犯不著跟這些人扯上關係，尤其是七七那個小丫頭，背景絕對非同一般，儘早撇清干係，走得越遠越好。

七七這會兒居然表現出幾分留戀：「胡大哥、慕容姐姐，以後我會想你們的！」

慕容飛煙笑了笑，胡小天卻是頭也不回地離去。

來到門外，胡小天取出水囊，灌了幾口水，把嘴巴反反覆覆漱了一遍，直到將水囊中的水耗了個乾乾淨淨，這才擦了擦嘴唇，長舒了一口氣道：「好臭！要是能買到一盒口香糖就好了。」

「口香糖？」慕容飛煙聽得雲裡霧裡，胡小天的嘴裡永遠不乏新鮮詞彙。

胡小天知道自己無意中又說走了嘴，他笑著解釋道：「就是芝麻糖！」

慕容飛煙恍然大悟：「街角就有啊，剛才我看到了。」

胡小天搖了搖頭，攤開雙手道：「只可惜咱們兩人加起來也沒有一個銅板。」

慕容飛煙聽他這樣說也不禁有些發愁了，黯然道：「這次真是遇到麻煩了，盤纏丟了事小，可官印和文件全都丟了，就算到了青雲縣，又如何取信於人？」

慕容飛煙所說的的確是個問題，可事已至此，只能接受現實。胡小天笑道：「車到山前必有路，船到橋頭自然直，屁大的九品芝麻官，就算是不幹也算不上什麼損失。」

慕容飛煙道：「不幹就是抗旨，既然蒙受皇恩，我們所做的一切就得對得起當今皇上，我看還是先去燮州府，將咱們遇到的事情說個清楚，看看如何解決。」

胡小天原本是想先去當鋪將那枚蟠龍玉佩當了，換些銀子作為盤纏，可聽慕容飛煙這麼一說，的確有些道理，如今都慘到這份上了，就沒必要繼續隱瞞自己的身分，官印和文件全都丟了，搞不好就是個打道回府的結局，他倒沒擔心朝廷降罪，畢竟有老爹在身後撐著，應該不會有什麼大事。

兩人打聽到燮州府的所在一路而來，可畢竟人生地疏，兜了幾個圈子居然走到了燮州最有名的花街，時近黃昏，這條花街之上處處門前點亮了紅燈，處處可聞女子嬌柔嫵媚的聲音，一輛輛裝飾華美的車馬從他們的身邊駛過。

胡小天感覺燮州也是個富饒繁華之地，左顧右盼看了個目不暇接，時不時可以看到站在門前的風塵女子朝他招手示意，做出種種嫵媚的神情，胡小天還是頭一次看到這樣規模的場面，樂得合不攏嘴。

慕容飛煙見慣場面，當然知道他們走到了何處，皺了皺眉頭，低聲催促道：「快走！」看到胡小天寡言廉恥的笑容，就知道這廝腦子裡一定沒想什麼好事。

胡小天笑道：「你擔心我進去？放心，我就算是有那個賊膽，也沒有哪個賊錢。」

慕容飛煙道：「你想幹什麼是你自己的事情，我才懶得管你。」此時前方忽然看到人群聚集，間或傳來怒斥慘叫之聲，兩人從一旁繞過，畢竟這裡是燮州，他們自己也是一身的麻煩，哪還有心情管這種閒事。

可就在他們從人群旁走過的時候，聽到一人淒厲叫道：「你們居然打我，知不知道我家老爺是當朝……哎呦……戶部……哎呦喂……」

慕容飛煙和胡小天對望了一眼，兩人同時流露出驚喜之色，這聲音不是別人，正是梁大壯所發，他們怎麼都不會想到梁大壯居然會流落到這裡，而且落到了一個被群毆的場面。

胡小天和慕容飛煙兩人慌忙分開人群擠了進去，慕容飛煙武功擺在那裡，自然要比胡小天動作更快，接連推開兩人，正看到一名壯漢，手握一根兒臂粗細的木棍照著地上的一名鼻青臉腫的胖子砸去，慕容飛煙眼疾手快，一個箭步衝了上去，探出右手穩穩抓住棍梢，怒斥道：「住手！」

那名壯漢雙膀用力想將木棍從她的手中奪出，卻感到那棍子如同在對方手裡生了根一般，這貨幾乎將吃奶的力氣都用盡了，可棍子就是紋絲不動，憋得面紅脖子粗，額頭青筋根根綻露，慕容飛煙冷哼一聲，突然一鬆手，那壯漢因為用力過猛，蹬蹬蹬向後接連倒退，一屁股坐倒在地面上，惹得圍觀百姓齊聲哄笑。

這會兒功夫胡小天將被揍得如同豬頭阿三的梁大壯從地上扶了起來，如果不聽這廝的聲音，單憑現在的樣貌，可能連他親爹也不會認出他來。

梁大壯哭喪著臉，當他看清是胡小天出現在自己面前的時候，委屈得眼淚都落下來了：「少爺……他……他們打我……」

從一旁大門內又有五名壯漢衝了出來，一個個手握棍棒兇神惡煞一般，身後還尾隨著一個濃妝豔抹花枝招展，豔俗到了極點的肥胖婦人，那婦人撚著手絹，粗短的食指指著梁大壯，揑著嗓子道：「給老娘狠狠地打，不打聽打聽我環彩閣是什麼地方？居然敢白吃白喝，還想白玩我的姑娘，老娘今兒一定要將你扒皮抽筋，切掉你的子孫根！」

別看梁大壯生得又高又壯，可這廝的膽子還不如一顆芥子大，看到從環彩閣內又湧出了這麼多人，嚇得抓著胡小天的手臂，躲在他的身後，哀求道：「少爺，是他們硬拉我進去，我哪知道會遇到這種事。」

胡小天瞪了這廝一眼，這會兒懂得裝無辜了，從蓬陰山到燮州只怕老子的銀兩都被你這個奴才敗得乾乾淨淨了。眼前的形勢下沒工夫跟梁大壯算帳，還是等事情過去後再說。

梁大壯又道：「少爺，行李全都被他們搶去了，官印和文書全都在裡面。」

胡小天點了點頭，笑瞇瞇道：「這位大嬸，看您長得閉月羞花，沉魚落雁，應該也是個胸懷坦蕩，宅心仁厚之人，怎麼說出來的話卻如此狠毒呢？」

慕容飛煙來到胡小天身邊，低聲道：「少跟她廢話，她不是好人。」她已經看出這幫人是環彩閣的鴇母和護院。

慕容飛煙看得出，胡小天當然也看得出，可眼前的情況還是有些複雜，真正要大打出手，這邊有慕容飛煙應該是勝券在握，不過當務之急是要找回自己的官印和文書。

那鴇母一雙小眼睛在胡小天的臉上瞄了瞄，她這種角色最擅長的就是識人觀相，從對方的樣貌氣質，舉止談吐就能夠掂量出對方兜裡到底有多少銀兩，至於梁大壯，那是她的手下看走眼了和她無關。

鴇母格格笑了起來，聲音如同老母雞抱窩，胡小天不禁暗歎，環彩閣在史學東送給自己的那張地圖上可是大大的有名，可從這位鴇母，也就是媽媽桑的形象看來，不過如此！這樣的媽媽桑手下又怎麼可能有頂級的貨色？看來外界傳言未必都是真的，又或者史學東故意坑害自己，誤導自己？等老子有朝一日返回京城再找你算帳。

鴇母仍然捏著嗓子道：「這位公子一看就是風流人物，英俊瀟灑，高大威猛，玉樹臨風，氣度不凡，比起那個猥瑣下流的死胖子真是一個天上一個地下。」

胡小天微笑道：「大嬸真是有眼光，您口中的這個死胖子是我的隨從，敢問他究竟做了什麼錯事，讓你們群起而攻之，將他暴打得如同豬頭一般？」

鴇母格格笑了起來，手中的手絹還嫵媚地向前招展了一下，她不做這動作還好，這動作一亮相，差點沒讓圍觀眾人把隔夜飯給吐出來：「公子，您一口一個大嬸，真是讓奴家汗顏，其實人家今年才二十七歲，我叫香琴，你若是覺得跟我投緣，就叫我一聲琴姐吧。」

胡小天哈哈笑道：「妙極妙極，我剛剛叫您大嬸只是尊稱，其實這世上又有哪位大嬸能夠長得像琴姐這般豐滿，這般富態，珠圓玉潤這四個字對你實在是再適合不過。」

香琴胖胖的兩隻手居然有些忸怩地絞著手帕，然後極其誇張地捂在自己更為誇張的胸口，嬌滴滴道：「這位公子可真會說話，說得人家小心心噗通噗通地跳個不停，敢問公子高姓大名？」

胡小天微笑道：「琴姐真是冰雪聰明，在下就叫高明，居然一下就被你猜到了。」

「是嗎？」香琴驚詫萬分，然後和胡小天一起笑了起來，兩人在哪兒談得熱火朝天，全然當周圍人都不存在。兩邊的人馬都有些發懵，不知這兩位葫蘆裡賣的是什麼藥，連周圍看熱鬧的百姓也覺得索然無味，本以為就要上演一場火星撞地球的血腥搏殺，可突然雙方來了個化干戈為玉帛，眼看就開始和談了。

香琴道：「我說高公子，我跟你真是投緣，按理說吧，打狗還得看主人，我們把他打成這個樣子原是我們不對。」

胡小天笑道：「不知者不罪，再說剛才咱倆還不認識，琴姐，其實解決問題的方法有很多種，咱們沒必要玩暴力，您說對不對？」

香琴笑道：「高公子……」

「叫我高兄弟就行！」

香琴笑得小眼睛完全瞇成了一條細縫：「高兄弟，其實我最討厭的也是打打殺殺，人家一個女流之輩最討厭的就是舞刀弄槍，可你這條狗啊，真是太過份了。」

梁大壯耷拉著腦袋，聳著肩膀，不是沒意見，是不敢有絲毫意見。

胡小天道：「琴姐，他雖然是我的隨從，可他也是人，是人都會做錯事，都會有自尊，還請琴姐留些情面，他有什麼做錯的地方，我來擔待。」

香琴笑得越發開心，胖胖的左手向後方一揚，馬上有一名護院將木棍塞了過去，香琴怪眼一翻：「我呸！你腦袋裡面裝的全都是屎啊？老娘要的是小九九！」

馬上又有一人遞過她的小九九，何謂小九九，卻是一個算盤，香琴算盤在手，劈哩啪啦地打了起來：「在我這裡吃了一頓飯，六涼八熱，四道甜品，兩道羹湯，五十八兩銀子，開了一壺三十年的女兒紅，六十八兩，兩壺上好的明前龍井，三十三兩，四位姑娘左右相陪，全都是我環彩閣一等一的美女，每人二百兩還算是友情價，算上剛才打壞我的桌椅板凳，姑且算你六十兩紋銀，加在一起一共是一千零一十九兩。」

別看她的手指粗短，可撥動起算盤來還真是不含糊，劈哩啪啦，手指靈動如風。香琴算完，一雙小眼睛望向胡小天，重新又瞇成了兩條細縫：「今天高兄弟親自前來，咱倆又如此投緣，這個面子我不可能不給，這十九兩銀子我就不要了，整整一千兩，給了這筆錢，之前這胖子的事情一筆勾消！」

胡小天心中暗罵，你不如去搶錢，當老子好欺負啊？坑外地人啊？二百兩銀子一個？胡小天向梁大壯望去，這廝還真是了得啊，居然一下叫了四個。

梁大壯苦著臉道：「少……少爺……我啥都沒幹……就是摸了兩下手……」

門前傳來數聲怒喝：「何止，你還親了人家臉蛋……」

胡小天循聲望去，四名濃妝豔抹的女子站在門前，一個個長得跟豬八戒他二姨似的，梁大壯這口味可真夠重的，面對這樣的貨色，怎麼忍心下得去嘴？

慕容飛煙冷哼一聲，雖然她站在胡小天的立場上，可她一樣看不起梁大壯的所為，認為這種人不值得同情，送了一句話：「上樑不正下樑歪！」等於將胡小天一併罵了進去。

香琴的耳力極其靈敏，居然將慕容飛煙的這句話聽得清清楚楚，依然拿捏出嫵媚妖嬈的笑意：「妹妹的這句話我可不贊同，我這位高兄弟何等人物，豈能和這死胖子相提並論？」

胡小天笑道：「對極，姓梁家的事情干我屁事。一千兩說多不多，說少也不少，琴姐，錢的事情咱們先放一放，卻不知我的行李現在何處？」

香琴眨了眨眼睛：「行李？哪來的行李？這死胖子身上一個子兒沒有，空著兩手來，空著兩隻手又想溜，哪有什麼行李？」

梁大壯道：「我明明帶了包裹進來，是被你們強搶了過去。」

香琴格格笑道：「死胖子，強搶？搶劫可是重罪，話可不能亂說，我們環彩閣自從開業以來一直奉公守法循規蹈矩，違法的事情我們從來都沒有做過，否則又怎麼可能經營三十年直至今日長盛不衰？你也不打聽打聽，環彩閣每天收入的銀兩都在萬兩以上，就算是價值連城的珠寶放在我們姑娘面前，她們一樣不為所動，區區一個包裹，誰會放在眼裡？」

梁大壯說不過她，眼巴巴望著胡小天道：「少爺，那包裹真讓他們搶走了！」

胡小天正想說話，一旁的慕容飛煙已經不耐煩了，柳眉倒豎道：「開設妓院，有傷風化，故意敲詐，仗勢欺人，罪加一等，識相的馬上將東西交出來，否則……」

「否則怎樣？」

「否則我馬上拉你去見官！」

香琴呵呵笑了起來，神情不屑之極，抖動了一下手中的算盤道：「見官就見官，在燮州治下，我倒要看看誰敢找我們環彩閣的晦氣？」

胡小天本不想事情鬧僵，依照他的主意，還是先將官印和文書哄回來，然後再想應付之策，可慕容飛煙是個眼裡揉不得沙子的性子，這會兒早已按捺不住，終於還是發作起來。胡小天笑道：「有話好好說，大家還是不要傷了和氣。」

慕容飛煙冷冷道：「跟這種風塵下賤之人談和氣，沒得辱沒了身分！」

香琴聽她這樣說頓時勃然大怒，臉上笑容頃刻間消失得乾乾淨淨，一雙小眼睛露出凶巴巴的光芒：「賤人！你罵誰？」說話間已經向前跨出一步，揚起右拳照著慕容飛煙當胸打去。

這一拳聲勢駭人，目標雖然不是胡小天，可是剛猛的拳風卻將胡小天刮得睜不開眼，人不可貌相，看香琴白白胖胖、市儈氣十足的樣子，怎麼都不會將她和一個武功高手聯繫起來。

慕容飛煙雙眸一凜，她也是一拳迎擊而出，蓬的一聲，雙拳撞擊在一起，兩人的身軀同時都是一震，表面看上去兩人旗鼓相當，可在事實上香琴利用前衝的勢頭，而且她的體重又遠勝慕容飛煙，在占盡先機的前提下，仍然沒能將慕容飛煙一拳擊退，足見慕容飛煙的武功比她還是要高出一籌。

慕容飛煙左手抽出長劍，鏘的一聲直奔香琴咽喉而去，她看出環彩閣的這群打手全都聽從香琴的號令，想要掌控眼前的局面，就必須要先將香琴制住。

別看香琴身材臃腫肥胖，可動作卻是極其靈活，身軀後仰，左手算盤向上飛磕，砸在劍身之上，那算盤雖然不大，但卻是精鋼鑄成，份量極重，砸在輕盈的劍身之上，立刻將劍身砸得偏向一邊。

慕容飛煙順勢收力，劍走輕靈，在虛空中劃出一道弧線，緊接著刺向香琴的右肋。

此時環彩閣內突然傳來一個嬌柔婉轉的聲音道：「貴客登門，豈可兵戈相見？香琴，不得無禮！」

香琴迅速後撤了兩步，停下反擊的動作，手中算盤嘩啦一抖，藏在身後，臉上瞬間又變得笑容可掬：「只是開開玩笑罷了！」

慕容飛煙還劍入鞘，她可不認為香琴在開玩笑，剛才的幾次攻擊明顯傾盡全力，這環彩閣想必不簡單，香琴也絕非是尋常的鴇母，真要是硬碰硬地打起來，自己在百招之內也難以保證一定可以取勝。

胡小天此時的目光卻望著環彩閣的樓上，卻見三層的位置，一位紅衣少女亭亭玉立站在那裡，輕紗覆面，眉若春山，明眸妖嬈，一雙妙目隔空望著胡小天。雖然相隔甚遠，可仍然能夠感覺到她目光的柔媚，有如春水無聲流入胡小天的心田。

胡小天極具君子風範地報以微笑，雖然他不知這女郎究竟是誰，但是從香琴對她的買帳程度來看，在環彩閣的地位應該非同一般。

紅衣女郎並沒有做太久停留，眼波在胡小天的臉上浮光掠影般掃過，然後轉身離去。

沒多久，一個青衣小婢出來，附在香琴的耳邊說了句什麼，香琴點了點頭，向胡小天道：「高老弟，我家小姐說了，東西可以還給你們，但是所欠的銀兩一分都不能少。」

慕容飛煙怒道：「想要訛詐嗎？」

香琴道：「訛詐也罷，明搶也罷，卻不知這件事張揚出去，對你們有什麼好處？」她目光轉向胡小天，意味深長道：「你說是不是？胡大人！」

胡小天聽她這樣說，心中已經明白了，人家肯定已經看到自己的官印文書，將自己的身分弄得清清楚楚，真要是事情鬧大了，別的不說，自己好歹是朝廷命官，手下人來這種風月場所白吃白喝白玩，自己肯定脫不開干係，想到這裡，胡小天哈哈大笑道：「琴姐，我手頭可沒帶那麼多銀子。」

香琴道：「我們家小姐說了，相信你不會賴帳，立個字據，寫個欠條，等你手頭方便的時候歸還就是。」

胡小天一聽這條件倒也不算過分，於是點了點頭道：「好，就這麼辦。」

香琴讓手下那幫護院將圍觀的百姓驅散，又引著胡小天一行來到環彩閣的大堂內，早有人準備好了筆墨紙硯，之前梁大壯被他們搶走的包裹也在那裡。

胡小天首先確定了官印和文書全都在包裹內，頓時放心下來，雖然盤纏和乾糧都被梁大壯給遺失了，可最重要的東西還在，讓胡小天驚喜的是，易元堂當家李逸風送給他的那套手術器械居然還在。

胡小天提筆在手，醞釀了一會兒。香琴一旁催促道：「你就寫今欠環彩閣夕顏姑娘紋銀一千兩，三年之內連本帶利一併歸還。」

胡小天聽到夕顏兩個字心中一動，腦海中頓時浮現出剛剛那個驚鴻一瞥的紅衣女郎，想必夕顏就是她的名字。胡小天點了點頭，要說胡小天的硬筆書法還是相當不錯的，可毛筆就遜色了許多，看到胡小天的毛筆書法，別人倒還沒有什麼，慕容飛煙不禁有些失望，還以為他真是琴棋書畫無所不通呢，看他的書法連普通都稱不上，簡直是有些蹩腳了。

胡小天用毛筆寫字也是趕鴨子上架，誰讓他手頭木炭棒都用完了。這邊寫完，落款猶豫是寫上高明還是胡小天的時候，香琴已經讓人取出了官印，看來是要在落款處蓋上大印的意思。既然身分都已經暴露，何必弄虛作假遺笑大方呢？想到這裡，於是胡小天就利利索索把自己的名字簽了上去，不就是個欠條嗎？又不是賣身契，簽了又不會死人。一千兩，三年內歸還算不上難事，不過胡小天還是看了看利息，不高啊，年利三分而已。

香琴拿起官印蘸上印泥，果然端端正正在欠條上蓋了上去。

胡小天看到眼前情景真是有些哭笑不得，想不到自己的官印第一次派上用場居然是寫欠條，而且是在一座妓院之中，至於自己所欠的這位債主，到現在都沒有真正露面。

香琴接過欠條，仔仔細細看了看，然後才喜孜孜道：「還算你懂事。」

胡小天笑瞇瞇道：「琴姐，等我手頭寬裕，馬上差人把錢給你送過來。」一千兩銀子對胡小天來說算不上什麼，可現在手頭上是真沒有。

香琴這會兒表現得倒是頗為慷慨，搖了搖頭道：「不急，不急，反正我們也不急著用，什麼時候想要，什麼時候過去青雲縣找你拿。」她眼波兒突又一轉，埋怨道：「你這人真是不老實，這會兒不叫高明了？」

胡小天嘿嘿乾笑了兩聲，一時間摸不清這幫人的目的。只是眼前的狀況下，鬧大了對自己絕沒有好處，還是先將官印和文書拿到手中，其他的事情以後再說。

胡小天得了行李之後，自然不願再做逗留，以免夜長夢多，馬上起身告辭，香琴這邊也沒有挽留他的意思。

胡小天一行匆匆離開了環彩閣，剛剛走出大門沒多久，卻聽身後有人叫道：「胡兄弟請留步！」

胡小天三人齊齊轉過身去，卻見香琴又趕了過來，慕容飛煙以為她後悔變卦，充滿警惕地握住劍柄，嚴陣以待。

胡小天這貨生就的笑面虎，笑瞇瞇道：「琴姐找我還有什麼吩咐？」

香琴格格笑道：「衝著你叫我一聲姐姐，我自然得送你點東西，此去青雲山高水長，我剛剛檢查過你們的行李，其中連半個銅板都沒有了，我看你們三人也是身無長物，既然去青雲上任，總不能一路討飯過去，我這裡有五十兩紋銀，你且拿去做個盤纏。」她將手中一個小小的包裹遞了過來。

胡小天真是有些摸不這頭腦了，剛才非得逼著自己寫下一千兩的欠條，這會兒又慷慨解囊，樂善好施，難不成這位胖姐姐當真看上了自己？

慕容飛煙望著胡小天，換成是她是一定會拒絕的，九品也是官，也要懂得顏面和氣節，怎麼可以接受一個妓院女子的施捨呢？

胡小天的身上顯然不具備慕容飛煙所期待的氣節，這貨居然嬉皮笑臉的坦然受之，胡小天有自己的人生哲學，無論任何時代，沒有人會跟錢過不去，一文錢難死英雄漢，無錢寸步難行。又不是什麼關乎原則大義的問題，更何況已經簽了一千兩的欠條，多欠五十又有何妨？正所謂虱多不癢債多不愁，別說你送來五十兩，送一千兩我都敢接。

當然胡小天也不相信香琴的動機會如此單純，他笑道：「琴姐，要不要我回去再寫一個欠條？」

香琴搖了搖頭道：「不用，對你我信得過。」說這話的時候，她的目光中卻沒有半點兒誠懇，那表情分明是在說信你才怪。

胡小天接了銀子，唱了一諾，望著香琴走入了環彩閣，這才和慕容飛煙他們一起離去。

針對胡小天受人恩惠之事，慕容飛煙自然又跟他做了一番激烈辯駁，但是她也不得不承認一個事實，如果沒有這五十兩，他們只能去當鋪了。有了這五十兩，至少他們可以好好地飽餐一頓，找一家乾淨而舒適的客棧美美地睡上一覺，養精蓄銳，再次出發。

從燮州到青雲縣又花費了四天的時間，這其間翻山涉水，非常辛苦，可苦雖然苦了一些，畢竟沒遇到什麼風險，有了香琴送來的五十兩紋銀作為保障，自然不會為吃飯住宿發愁。

翻過最後一座山，青雲縣的城郭已然在望，梁大壯臉上的傷痕多半已經痊癒，這些天來，這廝老實了許多，知道自己理虧，給胡小天惹了不少的麻煩，時刻準備著迎接胡小天的一通暴風驟雨般的痛揍，可這頓揍始終沒有落在頭上，胡小天並沒有追究這件事，彷彿什麼都沒發生一樣。可越是如此，梁大壯的心裡越是沒底，總覺得頭頂懸著一個大鐵錘，不知什麼時候就會落下來。這種滋味比挨揍還要難受，梁大壯終究還是忍不住了，小心翼翼地來到胡小天身邊。

胡小天坐在那裡正在檢查自己的脈搏，通過這些天的觀察，他已經確信七七的確將七日斷魂針的解藥給了他，體內的餘毒應該完全肅清。再說從中毒之後已經過去了七日，自己全無異狀，看來自己的運氣還算不錯，終究渡過了一劫。

梁大壯殷勤將水囊遞給胡小天：「少爺，您喝水！」

胡小天擺了擺手，瞇起雙目望著橫亙在前方的大河，慕容飛煙已經沿著大河順水而下，前往尋找可以渡河的船隻。

梁大壯有些不安地咳嗽了一聲道：「少爺，我對不住您。」

胡小天的目光終於向他掃了一眼，漫不經心道：「好端端的，怎麼突然說起這些？」

梁大壯道：「那日在蓬陰山，遭遇狼群，我亂了方寸，我不該捨下少爺，一個人逃走。」

胡小天道：「你留下又有什麼用處？最後的結果也只不過是多一個人餵了惡狼。」

梁大壯被他說得滿臉通紅：「少爺，您當真不怪我？」

「你能活下來就證明你的生命力足夠頑強，老天爺也沒有做好收了你的準備，老天都不收你，我為何要怪你？」

「呃……這……」

胡小天道：「我只是奇怪，當時你怎麼從狼群中逃出來的？」

梁大壯有些不好意思道：「我當時看到狼群來了，嚇得魂飛魄散，將手裡的兩個大包裹扔了出去，然後我就抱著腦袋沿著山坡滾了下去，當時只想著就算是摔死也比餵了狼好。天可憐見，我一路翻滾下去，中途暈厥了過去，等我清醒過來，發現自己已經到了山腳下，離我不遠的地方就有一個包裹，我撿了包裹，再找另外一個，無論如何都找不到了。本想回頭去救少爺，可聽到山上鬼哭狼嚎，我……」說到這裡梁大壯撲通一聲就跪了下來，揚起雙手左右開弓狠抽了自己幾個巴掌，泣不成聲道：「少爺，您責罰我吧，就算打死奴才，奴才也不會說一個不字。」

胡小天拍了拍他肉乎乎的肩膀道：「我又沒怪你，打死你幹什麼？你能夠完完整整地逃出來，還找回了我的官印和文書，這分明是大功一件，我獎勵你都來不及，又怎麼會怪你？」

梁大壯將信將疑，自從蓬陰山脫困之後，他都覺得自己犯了大錯，內心忐忑不安，惶恐而不可終日，之所以一路來到燮州，是因為心底還抱有一線希望，盼望著胡小天能夠脫險，倘若胡小天死了，他也是斷斷不敢再回京城去了，從此隱姓埋名流落天下，只希望不被胡不為找到的好，不然胡不為一定會殺他給胡小天陪葬。所以說，胡小天能夠逃過一劫，等於梁大壯也逃過了一場大難，他雖然不安，可心底深處還是欣喜萬分。

梁大壯含淚道：「少爺，我梁大壯指天發誓，以後我為少爺上刀山下火海絕不會皺一下眉頭，用我一生來守護少爺平安無事。」

胡小天知道這廝雖然說得煽情，也只不過是嘴上功夫，再加上幾次危險關頭捨棄自己而去，真正遇到了事情，這貨一樣還會逃走，不過胡小天對這些事看得很淡，沒有人不怕死，包括他自己在內，梁大壯只不過是個家丁罷了，不是每個人都能當英雄的。

胡小天拍了拍他的肩頭道：「起來吧，大老爺們，哭哭啼啼的跟個娘們似的，以後跟在我身邊踏踏實實做事，本少爺虧待不了你。」

梁大壯含淚點頭，只覺得少爺的心胸比起過去似乎寬廣了許多。

慕容飛煙找了半天都沒有找到橋樑，想不到青雲縣已然在望的時候居然還會遇到麻煩，正在躊躇之時，看到一位白髮蒼蒼的漁翁一邊哼著歌子，一邊從下游溯流而上。慕容飛煙欣喜萬分，遠遠向那漁翁招了招手，呼喊道：「老人家，可否載我們渡河？」

胡小天和梁大壯聽到動靜，也起身走了過去。

那老者鬚髮皆白，臉色卻是非常紅潤，頗有點鶴髮童顏仙風道骨的味道，老者搖櫓來到近前，揚聲道：「幾位客官要往哪兒去？」

胡小天笑道：「老人家，我們想要去青雲縣城，眼看就要到了，卻想不到被這條大河攔住了去路，找了半天也沒有找到橋樑。」

老者道：「橋樑原是有一座的，往上走五里，有座青雲橋。」

聽說上游五里有橋，胡小天連忙稱謝，畢竟五里路途也算不上遠，走過去從橋上經行要比坐船要穩妥，更何況這老者所划的一葉扁舟，未必能夠禁得住他們三人的份量。

幾人正準備向上游行進，卻聽那老者又道：「可惜上個月底連降暴雨，山洪暴發，將橋樑給衝斷了，真想過河，就要沿著通濟河一直向下，走七十里地，那裡還有一座永濟橋。」

胡小天一聽臉上的笑容頓時僵在那裡，有沒有搞錯，這位老爺子不是故意在玩自己吧，橋斷了還說個毛，下游有橋，要走七十里，豈不是要多耽擱一天的時間！

慕容飛煙一旁笑道：「老爺子，您能渡我們過河嗎？價錢方面好商量。」

漁翁搖了搖頭：「老夫打魚為生，又不以渡人為生。」

梁大壯道：「老爺子，您知道我們家少爺是誰……」話沒說完，就被胡小天一個凌厲的眼神制止。

漁翁笑道：「什麼人還不是一樣？天子也罷，走卒也罷，在老夫看來全都是過客，咱們今天遇上，也許今生再無相見之日，老夫留著力氣享受自己不多的時光，何必多管你們的閒事。」

胡小天聽這漁翁談吐不俗，應該不是普通的鄉野村夫，他笑道：「老爺子，你怎麼才能破例渡我們一回？」

漁翁撫了撫鬚，微笑望著胡小天道：「看你穿得也像是一個讀書人，不知腹中到底有多少墨水？」

胡小天道：「老先生是要考我了？」他對漁翁的稱呼從老人家變成了老先生，在內心中也變得謹慎而尊重，隱隱覺得這漁翁絕非等閒之輩，出現在這裡或許也不是偶然。

漁翁道：「這世上多的是欺世盜名之輩，老夫有個上聯，你若是對得出，我馬上渡你過河。」

胡小天爽快答道：「老先生請出上聯。」對聯是他的強項，他在前世研究了不少的古今名聯，所以才有了後來在煙水閣筆會的技驚四座。

漁翁道：「南橋頭二渡如梭，橫織江中錦繡！」他說完輕輕撚動鬍鬚，笑容之中充滿得色，這個上聯曾經難住了不少的文人墨客，今天拿來考校胡小天也算得上是有所準備。老漁翁哪知道胡小天研究的古今楹聯無數，聽到上聯，這廝已經成竹在胸。

胡小天舉目望向西岸邊的高塔，笑道：「晚輩斗膽一對，西岸尾一塔似筆，直寫天上文章！」

老漁翁聽完他的下聯，一連叫了三個好字，他這上聯充滿了萬丈豪情，胡小天的下聯氣魄萬千，對得工整對得巧妙，這年輕人真是大才啊！

梁大壯雖然不懂什麼對聯，可是聽到老漁翁連聲叫好，就知道少爺已經贏了，樂得連連鼓掌。慕容飛煙對於胡小天的對聯本事已經領教了不止一次，可今次聽他對完這幅對聯，心中居然產生了與有榮焉的驕傲感覺，大概是立場使然，現在她和胡小天已經毫無疑問地處在了同一陣營。

老漁翁邀請三人上船，梁大壯跟著上去之後，船身明顯向下一沉，這廝心驚膽戰道：「這船太小，只怕禁不起咱們這麼多人的重量。」

老漁翁不屑道：「我這船兒雖小，卻載得起星辰日月，區區一個家丁我還載不起嗎？」

梁大壯聽他小看自己，本想出言反駁幾句，可看到胡小天對這位老漁翁表現得頗為尊重，於是也不敢胡亂說話。

小船在通濟河中緩緩而行，老漁翁因為年紀大了，一舉一動都頗為緩慢，胡小天主動起身幫他搖櫓，他過去雖然接觸過公園遊船之內的東東，可是在水流湍急的大河之中蕩舟還沒有過經驗。老漁翁將櫓交給他之後，他雖然花費了很大的力氣，小船就是在河水中打轉，非但沒有前進反而後退了不少。

老漁翁笑瞇瞇接過船櫓：「以為我老了，嫌棄我沒力氣，划船太慢，可我來搖櫓，這船至少前進，在你手裡卻是欲速而不達。」

胡小天聽出他話裡有話，笑道：「我可不是嫌您划得太慢，只是不想您太累，所以幫忙分擔一下。」

老漁翁道：「划船有如人生，要分清順流逆流，要確定自己前往的方向，只有掌握了這兩點，才能自如行進。」

胡小天沉默下去，望著混濁的河水若有所思，漁翁的話雖然簡單樸實，可是其中卻蘊含著深刻的道理。

慕容飛煙也已經看出這老漁翁絕不是普通的老百姓，此人的見解和學識都非尋常，她輕聲道：「老人家，這裡剛剛爆發過山洪？」

老漁翁點了點頭道：「每年都要鬧那麼幾次，今年還不算厲害，只是那座有兩百年歷史的青雲橋被洪水衝塌了，過去但凡過來青雲縣的人，都要往橋上走一走，圖個吉利，討個口彩，叫做平步青雲，今次你們是沒有機會了。」

梁大壯道：「一時半會兒我們又不走，那橋早晚還得修好，所以我們家少爺是註定要往青雲橋上走一走的。」

胡小天不禁又瞪了這廝一眼，多嘴，還是多嘴！

老漁翁笑道：「有機會自然是要走一走的，這青雲縣除了這道橋，也沒什麼值得一說的地方。」

胡小天道：「老先生，我聽說青雲縣是西川最窮的一處所在，不知這傳言是不是真的？」

「青雲縣地處西川最西端，周邊都是大山，交通往來不便，而且這周圍山中各族混雜，馬匪眾多，經常下山搶劫，攪得民不聊生，窮也是必然的。可窮未必是壞事，有道是窮則變，變則通，這世上的任何事情都不能只看表面。」

胡小天點了點頭，這位老漁翁的話充滿了樸素辯證唯物主義的道理。

老漁翁道：「公子儀表堂堂，風度翩翩，才學出眾，不知此次前來青雲是為了探親訪友，還是為了遊歷探險？」

胡小天微笑搖頭道：「兩者皆不是，我只是一個過客！」這個詞是剛剛老漁翁所說。

老漁翁聽他這樣說不由得哈哈大笑起來：「過客，呵呵，不錯，這世上又有誰不是一個過客呢？」不知不覺間，小船已經搖到對岸，胡小天率先跳上岸去，拖住纜繩，幫助慕容飛煙、梁大壯依次上岸。又讓慕容飛煙拿出五兩銀子，表達謝意。

那老漁翁眼皮都不翻，從船上拿起竹篙在岸上一撐，小船倏然已經蕩向河心，轉瞬之間，老者瘦削的身影已經朦朧在煙波浩渺的水面，一路順水而去，他的聲音隨風送來：「西岸尾一塔似筆，直寫天上文章。老夫倒要看看，公子的一支筆如何寫得天上文章……」

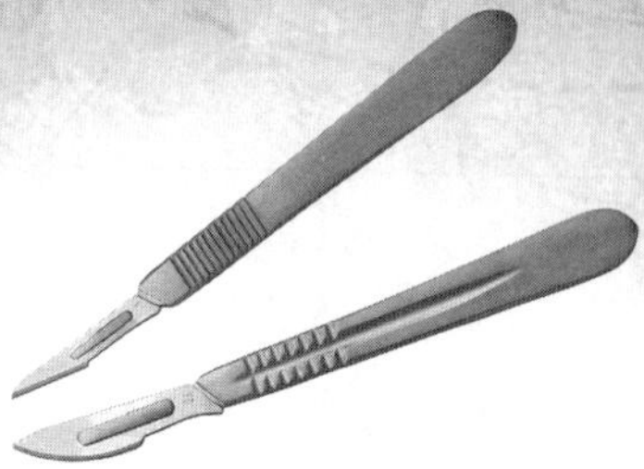

第九章

搶 婚

胡小天有些錯愕，心想這麼明目張膽搶親的還是頭一次見到，
這應該是人家的民族風俗，很多民族都有搶親的習俗。
胡小天正準備跟慕容飛煙說一聲，讓到一旁看熱鬧，
可一轉身卻發現慕容飛煙已經不見了。

胡小天望著那葉輕舟消失在視線之中，方才繼續他的路程。青雲縣城牆低矮破敗，此時雖是正午，可城門前仍然車馬稀疏，守門的兩個老兵正在那邊嘮著家常，對於過往行人甚至懶得看上一眼，比起燮州城的守衛還要懈怠，這樣的士氣和軍容遍佈著大康的每一個角落，大康王朝在歷經五百餘年的輝煌歷史之後，也如同史上所有王朝一樣日漸衰微。

進入城內，周圍行經的路人大都衣衫破舊，房屋低矮破敗，狹窄的街道上洋溢著一種蕭條頹廢的基調。

三人都是第一次來到這裡，所以對周圍的環境頗感驚奇，一個個左顧右盼。梁大壯咽了口唾沫道：「這裡比不上京城，甚至還比不上燮州。」

胡小天心想你這不是廢話嘛！青雲只是一個小縣城，怎麼可以拿大康帝都，西川名城和她相提並論？

梁大壯道：「這青雲縣城內，連一棟像樣的房屋都沒有，真是一窮二白。」

胡小天心中也是這般感慨，老爹夠狠，把自己外放到這個鳥不拉屎，雞不下蛋的窮鄉僻壤，更鬱悶的是，來到青雲縣，自己還不是一把手，只是一個縣丞，自己頭頂還有知縣。放眼望去，滿目淒涼，這鳥地方只怕是沒有任何油水可撈了。可既來之則安之，只能走一步算一步了。

拐過前方，突然現出一片高門大宅，因為這片建築出現的實在是太過突然，所以對他們每個人的視覺衝擊力都是極強，朱漆大門，鎏金門釘，門前兩尊威武雄壯的石獅子，比起胡家在京城尚書府的還要大一些，整個建築比起胡家也要更加氣派一些。

倘若這片建築出現在京城並不稀奇，畢竟京城乃臥虎藏龍之地，王公貴冑數之不盡，可這裡是在西南邊陲小城青雲，這樣的一片院落就顯得格外醒目刺眼起來。

胡小天盯住大門上的橫匾望去，黑底金字，上書「萬府」兩個金燦燦的大字，胡小天產生的第一感覺就是土豪，凡事皆不能貌相，沒想到這破破爛爛的青雲縣城，還隱藏著這樣的大戶人家。

門前的兩名家丁也是體態魁梧，膀闊腰圓，衣衫鮮亮。黑色武生服，腰紮兩寸寬的大紅絲絛束帶，黑色薄底靴，黑色八角家丁小帽，因為本身就站在台階之上，看人的眼光都是俯視。或許是因為胡小天他們朝大門口多看了幾眼，兩人頓時感到不爽了，齊刷刷瞪圓了一雙牛蛋眼，凶巴巴道：「看什麼看？有什麼好看？」

胡小天初到青雲沒必要跟萬府家丁計較，慕容飛煙也本著多一事不如少一事的想法準備離去，梁大壯卻不服氣，這兩人是家丁，他也是家丁，要說地位，他認為自己這個尚書府的家丁要秒殺眼前這兩位，不就是個鄉紳的看門狗，居然也敢威風八面，霸氣側漏。梁大壯冷笑道：「臭拽什麼？不就是個看門的？」

兩名萬府家丁一聽，不由得勃然大怒：「趕緊滾開，不然我放狗咬你！」

梁大壯還想說什麼，可胡小天招呼他道：「走了走了，你走南闖北，什麼樣的豪宅沒見過？別弄得跟個鄉下人似的。」

梁大壯吞了口唾沫，雖然心有不甘，但是仍然不敢違逆少爺的命令，他不明白胡小天為何突然變得如此低調，在京城他是戶部尚書胡不為的公子，是胡家大少爺，來青雲縣是為了做官，是朝廷任命的青雲縣丞，是這方土地之上的父母官，怎麼能夠忍受這萬府的家丁對他呼來喝去？

此時府邸內隱約傳來犬吠之聲，胡小天和慕容飛煙已經先行離去，梁大壯轉身看了看，萬府門前的兩名家丁叉著腰挺著胸，一副傲慢無禮的樣子，梁大壯心中暗罵，同為家丁，老子也是家丁界的貴族，土包子的看門狗，以為主人有倆錢了不起啊，以後最好別犯在老子手裡。

胡小天也不是喜歡忍氣吞聲的主兒，看萬府這兩名家丁如此囂張，心中也是有些火大，不過談到涵養，他比起梁大壯不知要深多少倍，說白了就是藏得更深，君子報仇十年不晚，老子今兒初來乍到，對青雲縣的情況還不熟悉，我何等身分，犯不著跟兩名家丁一般計較，可等過了這兩天……嘿嘿……

胡小天想到得意之處，唇角不經意露出陰險的笑意，卻想不到這稍縱即逝的陰險笑容被慕容飛煙捕捉到。慕容飛煙道：「是不是想著君子報仇十年不晚，等到自己紮穩腳跟再來個秋後算帳？」

胡小天不由得哈哈大笑，他盯住慕容飛煙清澈如水的星眸道：「飛煙，我發現你真是越來越瞭解我了，在你面前人家有種赤裸裸的感覺呢。」

「對你這種人根本不需要特別瞭解，江山易改稟性難移！」

胡小天極盡陰險地笑道：「所以，我還是給你提個醒，千萬不要得罪我這種人，不然我會讓你……」

「你敢怎樣？」慕容飛煙鳳目圓睜，一副要跟他刀槍相見的模樣。

胡小天忽然又換了個臉色：「那是對別人，咱倆不一樣，同生死共患難，在我心中早已將你當成了我的紅顏知己。」

「呵！」慕容飛煙分明在冷笑，雖然心中因這句話感到些許的羞澀，她發現和胡小天在一起久了，連自己都變得會做戲了，表面一套，心裡又是另外一套。

青雲縣衙位於青雲縣東大街，坐北朝南，屬於縣城的中心區域，中等規制，占地約有十畝，沿著中軸和東西兩付線共計建有二十七間房，雖然房間在同級縣衙中算不上多，可大堂、二堂、三堂、獄房、廚房、縣令宅，馬房、大仙祠堂一樣不少，在縣令宅和三堂之間還有一個占地半畝的後花園，對衙門來說是後花園，對縣令來說就是前花園，正所謂資源分享，整座縣衙也稱得上一應俱全，只是多年沒有修葺顯得陳舊殘破。

東大街北有一座四柱三門廡殿式的木牌樓建築，面闊四丈，明間的通天柱和次間的邊柱各有兩根斜柱支撐，根部以抱柱石固定，明次間上部均為四昂九踩斗拱，明間的匾額，面南書「青天朗朗」四個大字，北面書「傳化」二字，每逢初一十五，縣令都會在這裡宣講聖諭，教化百姓，牌坊也因此而得名，被稱為傳化坊。

傳化坊南側於須彌座之上立有照壁，長七丈高兩丈，面北的一面繪有一異獸，狀似麒麟。胡小天盯住那怪獸看了半天，搖頭晃腦道：「這麒麟畫得不錯！」

慕容飛煙有些怪異地看了他一眼道：「這可不是麒麟，這叫貪。你看牠四蹄似牛，頭上長角，身上有鱗，尾巴翹得很高，嘴巴張得很大，兩眼突出，好像要吞食前方海平面升起的旭日。傳說，貪的腳下身邊都有無窮無盡的財富，可是牠的內心仍然無法滿足，有一天牠到海邊喝水，望見太陽的影子在大海中飄浮，以為就是太陽，結果跳入大海，想要將其吞入口中，被洶湧的海浪吞沒淹死。衙門將貪畫在照壁上，主要是告誡官員要克己奉公，清正廉潔，不要貪贓枉法，否則將會像貪一樣自取滅亡。」

慕容飛煙的這番話顯得意味深長，借著答疑解惑之機有敲打胡小天之嫌。不知為何，她始終覺得胡小天不會是一個清官。

胡小天經她提醒想起了這個典故，點了點頭道：「正所謂人心不足蛇吞象，貪心不足吞太陽，做人不可太貪！」

心中卻是不以為然，這世上當官的，又有哪個不貪？貪也要分境界。

教化坊的高大巍峨，映襯著正北的縣衙大門有些低矮，青雲縣衙大門面闊三間，中為通道，兩邊建有衙門常有的八字牆，常言道：衙門口八字開，有理無錢莫進來，正是由此而來。大門兩側有一對威嚴的石獅，大門東側放置一面大鼓，是供給告狀人擊鼓鳴冤的地方。

衙門口有兩名守門的衙役，他們穿著青色交領布衣，窄袖長袍，下打密褶，腰間繫著紅布織帶，衣服都是半新不舊。因為是初夏午後，豔陽高照，兩人都被曬得滿臉通紅汗流浹背，手裡各拄著一根水火棍，這兩人屬於縣衙的門面，必須要注重形象，無論門前如何冷落，都必須要規規矩矩地站在那裡，這絕對是個苦差，通常將之稱為門子，也是三班衙役中地位最低的存在。

這倆衙役本以為胡小天三人是過來擊鼓告狀的，馬上提起了點精神，話說從早晨到現在還沒有一個人主動登門呢。可他們馬上發現有些不對頭，這三人並沒有擊鼓，而是直接朝著大門走了過來。

站在右側的李二叫道：「哎，哎！說你呢！幹嘛這是？要告狀也得先擊鼓，老爺在休息呢！」

胡小天微笑道：「我不告狀！」

「不告狀你來這裡幹什麼？睜大你的雙眼看一看，這裡是青雲縣衙，你以為官府是什麼人都能來的地方？」

兩名衙內操起手中的水火棍交叉擋住了中間的通路，站在台階上居高臨下地望著胡小天三人。是官強於民，在他們心中也以官者自居，當然只是在平民百姓面前才會有這樣的心態。

胡小天也沒生氣，和顏悅色道：「我想見縣令大人！」

來此之前他已經打聽清楚，縣令叫許清廉，今年四十七歲，在青雲縣已經任職兩年，按照大康吏制，地方官員三年一換，也就是說明年許清廉就得走人，許清廉走了，自己這個青雲縣的二把手就當仁不讓地成為青雲縣令，想到這裡，胡小天不禁有些飄飄然，雖然過去這貨沒當過官，可既然當官就得當一把手，別的不說，在醫院裡就是院長負責制，一幫副院長全都是有名無實的擺設。

胡小天的態度雖然不錯，可這些衙役卻並不買帳，李二冷笑道：「你以為自己誰啊？我們家大人豈是閒雜人等隨隨便便就能見的？」

胡小天正準備亮出自己的身分，可就在這時候，忽然聽到外面傳來吵鬧之聲，卻見兩人撕撕扯扯來到縣衙門前，一人肥胖，一人瘦弱，兩人穿的都是破破爛爛，手中拽著同一根繩索，繩索後跟著一隻山羊，身後還有幾名百姓跟著看熱鬧。

兩人一起來到衙門口東側的大鼓前，幾乎同時拿起了鼓槌，擊鼓鳴冤，可手中都抓著那繩索不放，你爭我奪，看來是為了那隻山羊而發生爭執。

衙門大鼓一響，頓時將附近的百姓都吸引了過來，這青雲縣衙有日子沒開張了，不是因為這裡太平，而是因為這裡太窮，多數老百姓吃了這頓沒下頓，哪還有心情去打官司？沒人打官司衙門就無事可做，衙門沒事做，衙役就沒事做，沒事做就意味著沒油水，一來二去就成了惡性循環。看到總算有人擊鼓鳴冤，兩名守門的衙役全都雙目發光，綠油油的，不但盯人，還盯著這兩人牽著的那頭羊，兩人幾乎在同時想到，有日子沒嘗到葷腥了。

胡小天還沒來得及道出自己的身分就遇到了這件事，索性將自己的事情暫時放一放，隨著那群老百姓一起走入縣衙，他倒要看看自己的頂頭上司，這位縣令大人許清廉到底有什麼本事，是不是人如其名，果真有那麼清廉。

裡面響起升堂之聲，伴隨著衙役的威武呼喝。

胡小天他們三個跟著那幫老百姓沿著甬道走入儀門，儀門是縣衙的禮儀之門。平時關閉不開，只有新官到任第一天或迎接高官到來時才會打開儀門。另外，大堂舉行重大慶典活動或審理重大案件的時候，儀門也要打開，讓百姓到大堂前觀看或旁聽。

今天的這件案子算不上什麼大案，可因為青雲縣衙太久沒有審案的緣故，所以今天開堂顯得格外隆重，特地開了儀門，讓百姓進入旁聽。

大堂明間設一暖閣，是每任縣令上任之初在此交接清點戶籍、帳簿等事宜的地方，亦是縣令在此舉行重大慶典活動和開印、封印儀式及審理判決重大案犯之所。大堂上方懸掛「青雲縣正堂」行楷金字匾額，堂前粗大的黑漆廊柱上有抱柱金聯「欺人如欺天毋自欺也，負民即負國何忍負之」。

堂中央有一暖閣，為縣令公堂，正面屏風上有彩繪「海水朝日圖」，黑漆公案上放有文房四寶、印盒、驚堂木及發令籤等審案用物。閣外西側擺放著堂鼓、儀仗及刑具等，閣前地坪上有兩塊青石板，東為原告石，西為被告石。其實大康官府的設計大都差不多，只是規模不同，在內部結構上保持一致。

那兩名要打官司的人進入公堂之後，還拽著那隻山羊爭執不休，有衙役過來將山羊牽走，去堂外拴好。兩人看來過去都打過官司，爭先恐後地往原告石上跪，終究還是瘦子靈活一些，動作快捷許多，搶先跪在了原告石上。

那胖子雖然沒有搶到原告石，可他也不願在被告石上跪下，於是緊挨著瘦子旁邊跪了。

此時那幫衙役手中水火棍連番點地，再次呼喝道：「威武……」要說這衙門對百姓的心理還是有著相當威懾力的。前來圍觀的百姓頓時凝神屏氣，大氣都不敢吭一聲。

胖子和瘦子同時哀嚎道：「冤枉啊！」「冤枉啊！」這倆貨對兩旁肅靜的牌匾似乎視而不見，看來都是見過場面的主兒，來到公堂之上並沒有表現出任何的怯懦之意。

胡小天關注的卻是這座縣衙的第一主角，青雲縣令許清廉。千呼萬喚之後，青雲縣令許清廉這才隆重登場，他身材瘦小，皮膚黝黑，八字鬍鬚，外穿綠羅上衣，下裳和蔽膝，內穿白紗單衣，足登厚底官靴，腰束革帶，頭戴烏紗。胸前官服的補子上繡著一隻藍雀，要說這身官服也是半新不舊。許清廉在官階上是正九品上，胡小天卻是正九品下，兩人之間只差半級，可在官場中講究的是按資排輩，官大一級壓死人，別小看這半級，在青雲縣胡小天只有俯首聽差的命。

許清廉打了個哈欠，臉色有些陰沉，來到堂上坐了，抓起驚堂木重重在公案上拍了一記，嘶啞著聲音道：「何人擊鼓鳴冤？擾我……啊……欠……」話沒說完又打了個哈欠，從他出場到現在，正眼都沒朝下邊看，午覺睡得正香，突然被人攪和了，換成誰心情也會不好。

胡小天怎麼看這廝都像個吸毒的癮君子，賊眉鼠眼，皮包骨頭，說他像賊肯定沒啥異議，可說他是官，胡小天暗自搖頭，這貨哪有半分官威？從頭到腳都寫著猥瑣這兩個大字。

跪在堂下的瘦子和胖子同時叫道：「大人，我冤枉啊！」

許清廉總算把小眼睛睜開了一點，睡眼惺忪地望著下面的這兩位，這才發現兩人都挨在東邊跪著：「我說你們兩個誰是苦主，誰是被告？」

「大人明鑒！我才是苦主啊！」胖子扯著嗓子叫道。

瘦子別看身材瘦小，可聲音卻是不弱，大吼道：「大人，我才是苦主！」兩人在堂下頓時又爭執起來。

許清廉抓起驚堂木在公案上又重重擊打了一下，兩旁衙內齊齊叫道：「威武……」

許清廉怒道：「全都給我閉嘴，再敢咆哮公堂，我便各打五十大板。」縣令發威，果然將兩人給震住。許清廉看到兩人止口不語，在兩人的臉上各自打量了幾眼，然後指著那胖子道：「你先說！」按照常理要先問姓甚名誰，家住何處，可許清廉今天明顯不在狀態，直接省略了，反正也不是什麼大案，按理也撈不到多大的好處，不過這頭羊好像挺肥啊！許清廉倆眼珠子開始圍著那頭山羊打轉轉了。

胖子喜出望外，恭恭敬敬給許清廉磕了一個響頭：「青天大老爺，小的叫賈德旺，家住十里坡南門村，上有八十老母，下有襁褓中的一雙兒女嗷嗷待哺。」

許清廉揚起手中的驚堂木啪的又打了下去：「大膽刁民，你敢欺瞞本官，看你的模樣，不過二十七八歲年紀，怎會有八十老母？又怎會同時有兩個兒女都在襁褓之中？你真當本官容易矇騙嗎？」女人五十多歲生孩子，還真是少見啊。

賈德旺慘叫道：「大人，冤枉啊，小的句句是實。俺娘五十三歲懷胎將我生下，我上頭還有七個兄弟姐妹，可惜他們全都中途夭折，我這雙兒女是龍鳳胎，所以都在襁褓之中，小的家道中落，家境困難，實在是命苦啊！」他說得倒也合情合理。

許清廉哼了一聲道：「就憑你也敢說生出龍鳳胎？來人，拖下去二十大板！」普通老百姓生了龍鳳胎也不敢當眾說出來，龍鳳二字誰敢輕易使用，這賈德旺無心犯了忌諱，活該挨打。

一幫衙役如狼似虎地衝了上來，將賈德旺推倒在地，拖著兩條腿拉了出去，可憐這貨連今天事情發生的緣由都沒說出來，就被人拖下去痛揍二十大板。

慕容飛煙皺了皺眉頭，附在胡小天的耳邊小聲道：「下手夠黑的！」

胡小天淡然一笑，其實到現在他也沒鬧明白究竟發生了什麼，這胖子和瘦子因何過來打官司。從目前的情況來看，這許清廉應該是個酷吏，

那瘦子看到胖子被打，臉上露出畏懼之色，等到許清廉的目光朝他望來，這廝眨了眨眼睛，打了個冷顫。

許清廉嘿嘿一笑，他不笑還好，這一笑讓人毛骨悚然。許清廉道：「你說你是苦主？究竟苦從何來？」

瘦子愣了一下：「大人，小的賈六，青雲縣露水鎮猴山窩人氏，以牧羊為生，

這山羊是我的，走失之後被那姓賈的藏匿起來，幸虧被我發現……所以……」

許清廉道：「你說山羊是你的？可有證據？」

賈六咬了咬嘴唇道：「我養的山羊我自然認得。」

許清廉道：「牠認不認得你？」

賈六點了點頭。

許清廉道：「那好，把那隻山羊牽上來，你叫牠一聲，看牠答不答應？」

賈六徹底愣了，這會兒胖子賈德旺挨了二十大板又被人拖回公堂，這貨此時連站都站不起來了，趴在地上哀嚎不已，嘴上已經不再叫冤枉了，他口口聲聲叫起了狗官，這下頓時觸及了許清廉的逆鱗。

許清廉揚起驚堂木又是啪的一拍，大聲道：「拖出去……」

此時師爺邢善趕緊走了上來，附在許清廉的耳邊說了句什麼，他是害怕許清廉鬧出人命。許清廉聽他說完，果然改了主意，冷冷道：「大膽刁民，咆哮公堂，侮辱朝廷命官，本該將你當場杖斃，可本官念及你是初犯，特地網開一面，來人，將賈德旺暫且收監，讓他好好反省一下。」兩旁衙役衝上去抓住賈德旺，將他再次拖了出去，直接押入監房。

賈德旺這會兒似乎蔫了，不敢再罵許清廉，只是一味叫著冤枉。

賈六這會兒嚇得臉都白了，當許清廉再次望著他的時候，這貨嚇得接連打了兩個噴嚏，恐懼也能讓人過敏。

山羊已經被衙役給牽到了公堂之上，許清廉道：「這羊已經來了，你叫牠一聲看看牠答不答應？」

賈六苦著臉，用力搖了搖頭道：「大人，我不告了！」所有人都明白，這山羊怎麼能夠聽得懂人說話，賈六決定不告乃是明智之舉，只可惜現在已經太晚。

許清廉道：「你不告了？那就是說這羊是賈德旺的？」

賈六搖了搖頭道：「不是他的！」

「那是你的嘍？」

瘦子吞了口唾沫，此時哪裡還敢承認，他趴在地上連磕了三個響頭：「大人，小的錯了，小的不告了。」

許清廉冷冷笑道：「你們這兩個刁民，一看就是作奸犯科之輩，不知何處偷來的一隻山羊，因為分贓不均而發生糾紛，居然膽敢來這裡論理，呵呵，以為本官糊塗嗎？」他抓起驚堂木又是一摔，這動作已經成為習慣了，許清廉道：「來人，重責十板，罰銀五兩，給我轟了出去，山羊收公！待本官查明真相之後再做定論。」

胡小天看到現在算是看明白了，這許清廉真正的目的是這隻山羊，不怕賊偷，就怕賊惦記，讓這廝惦記上肯定沒好事。

瘦子也被揍了十大板，最後還罰了十兩銀子，被轟出公堂。

這幫看熱鬧的百姓一個個大眼瞪小眼，雖然心中不平，可誰也不敢多說話，斷案結束，衙役們將圍觀群眾請出縣衙，這場官司就算審完了。

胡小天他們三個跟著人群一起出去，原本他想趁機和許清廉見面的，可看到這廝審案的全過程之後頓時打消了念頭，這根本就是個狗官啊！打完被告打原告，最後連證物都給沒收了，實在是貪得無厭，寡言廉恥。

老百姓們離開縣衙之後，都低聲唾罵起來。

胡小天看到一位中年漢子神情激動，於是走了過去，主動搭話道：「這位大哥，這案子我怎麼看得糊裡糊塗啊！」

那中年漢子道：「有什麼可糊塗的，咱們這位許大人是惦記上了那隻山羊，苦主要吃，被告也要吃，那隻山羊他也要吃！銀子他還要吃！」說完之後他才發現眼前的是一張陌生的面孔，他歎了口氣道：「小兄弟，聽你的口音是外鄉人吧，你知不知道，咱們青雲縣已經很少有人主動去打官司了，因為大家都明白，無論你有沒有道理，只要走進這八字衙門，嘿嘿……不但挨板子，還要賠銀子……」說到這裡他感覺自己也說得有些多了，於是笑了笑道：「官府的事情還是少說為妙。」

此時兩名衙役架著被打了十大板的賈六扔出了縣衙大門外，然後將縣衙大門重重關上。看到賈六趴在地上老半天沒動，圍觀百姓雖然很多，卻沒有一個人主動上前去攙扶他。最後還是賈六自己站了起來，一手扶著圍牆，一手捂著屁股，呲牙咧嘴地離開了縣衙。

因為這次的意外插曲，胡小天決定暫緩前往縣衙報到，距離上任之期還有三日，暫且尋一家客棧休息，順便熟悉一下青雲縣的情況。

三人就投宿在東大街的福來客棧，店老闆叫蘇廣聚，是個長相忠厚一團和氣的中年人，福來客棧算不上豪華，門臉不大，只有八個房間，可好在收拾得乾乾淨淨。更為重要的是，店老闆還燒得一手好菜。

安頓下來之後，胡小天舒舒服服洗了個熱水澡，來到院子裡的葡萄架下，梁大壯已經整理好了桌子，桌上擺好了酒菜，香氣四溢。

看到胡小天進來，梁大壯笑道：「少爺，這兒吃飯住店都很便宜，咱們剩下的銀子足夠舒舒服服地住上半個月呢。」

胡小天在桌邊坐下：「用不了那麼久，過兩天咱們就去上班。」

「上班？」梁大壯被他的這個新鮮詞彙又弄得一頭霧水。

胡小天笑著壓低聲音道：「就是上任，低調，咱們必須要保持低調，這兩天我不想別人知道我的身分。」這都是因為他老爹的交代，若非如此，胡小天早就抬出老爹的官威碾壓這幫基層官吏，不過他想長期隱瞞身分也非易事，至少七七已經知道了他的身分，燮州環彩閣的那幫風塵女子也知道了，想到這裡不由得記起自己還寫了一個千兩銀子的欠條，在上面還蓋了官印，真是有些頭疼了，以後還不知道要惹出怎樣的麻煩呢。

梁大壯神神秘秘地點了點頭道：「少爺，我明白，我全都明白，您這是要微服私訪，體察民情啊！高，實在是高！」

胡小天嘿嘿一笑，食指豎起在嘴唇前神神秘秘噓了一聲，此時方才發現慕容飛煙仍然沒有過來，向梁大壯道：「慕容姑娘呢？」

梁大壯向周圍看了看，方才壓低聲音向他道：「剛剛看到她出門去了。」

胡小天愣了一下，慕容飛煙在青雲縣也沒什麼熟人，她出去肯定不是為了尋親訪友，或許是為了買東西吧，女人畢竟和男人不一樣，眼前的時代有沒有什麼即時通訊工具，傳呼、手機、對講機那是一樣沒有，真想找人，除開費嘴就是費腿，胡小天也不想滿大街扯著嗓子喊人，他向梁大壯道：「你去跟蘇掌櫃說一聲，熱菜等會兒再做，咱們一邊喝酒一邊慢慢等她。」

話剛剛說完，慕容飛煙已經走了院落。

胡小天笑道：「正說等你，可巧你就來了。」

慕容飛煙道：「不用等我，你們先喝著，我去換身衣服就過來。」

胡小天的目光追逐著慕容飛煙嬌俏的背影，無意中發現梁大壯居然也直勾勾看著慕容飛煙的倩影，當下拿起筷子，調過頭來狠狠敲在這廝的腦門上，梁大壯被砸得好不疼痛，強忍著沒有叫出聲來，可他也知道自己理虧，愛美之心人皆有之，自己不就是多看了一眼，少爺這心眼兒也太那啥了，過去都是誰說好東西要分享的？只是看一看，又不會少一塊肉。

客棧老闆蘇廣聚此時將剛剛燉好的土雞送了過來，還沒有動筷，單單是誘人的香味已經讓胡小天主僕二人垂涎三尺，胡小天招呼道：「蘇掌櫃，一起喝兩杯！」他說這話絕不是客套，剛剛來到青雲縣，人生地不熟，胡小天急於找到一個突破口，瞭解當地的情況。

蘇廣聚笑道：「不急，不急，還有三道菜沒有做好，等菜做好，我肯定過來敬胡公子兩杯。」

胡小天道：「坐下先喝兩杯再說！」

蘇廣聚架不住他的盛情，客氣了一番坐了下來，這福來客棧一直都是他跟老婆兩人經營，因為青雲縣地處偏僻，平日裡往來的客商和遊客不多，客棧生意只能說是勉強維繫，就現在而言，店中的住客也只有胡小天三個。

梁大壯幫忙斟滿酒，慕容飛煙沐浴後，換了身藍色武生裝，英氣勃勃。她來到胡小天身邊坐下，微笑道：「不好意思，讓諸位久等了。」

胡小天笑道：「對美女我一向有耐心。」

慕容飛煙白了他一眼，端起酒杯道：「歷盡辛苦，終於來到青雲，咱們同乾一杯。」眾人一起回應，連乾了三杯方才作罷，酒是蘇廣聚自釀的米酒，顏色澄黃，喝到嘴裡甜絲絲的，口感醇香，胡小天對此讚不絕口，問起這米酒的來歷。

蘇廣聚笑道：「這米酒是我自釀的，平日裡吃的雞鴨青菜，全都是我們兩口子自種自養的。」

胡小天來了一句純天然無污染，把幾人聽得又是一愣一愣的，這貨趕緊轉移話題問起客棧的經營情況。

蘇廣聚道：「勉強維生罷了，要說這青雲縣雖然地處偏僻，可地肥水美，山清水秀，也不失為一塊富饒之地，兼之位於群山懷抱之中，地處偏僻，自大康建國以來也少有戰亂，周圍民族眾多，黑苗、洞蠻一直相安無事，百多年前，南越建國，和大康之間的商路恰恰經行青雲，青雲縣從此成為這條商路之上的一個重要中轉之地。

「只是在十多年前在南邊的天狼山冒出了一群馬匪，他們打家劫舍殺人放火無所不為，依仗天狼山得天獨厚的地理位置，扼守通往南越國的咽喉要道，硬生生將昔日一條繁華商路搞得危機四伏，血腥不斷，商人們沒了安全保障，誰也不願意冒險從天狼山經行，一來二去這條商路就荒廢了下來，客商來得少了，自然就影響到青雲的興旺。」

說到這裡他落下酒杯，歎了口氣又道：「青雲最興盛的時候，城內大大小小的客棧不下二百餘家，可現在仍在正常經營的不過六家而已。」

胡小天點了點頭：「既然如此，官府為何不出兵剿匪？」

蘇廣聚道：「這些年一直都沒停過，每一任縣令都會剿匪，可每次剿匪都是雷聲大雨點小，馬匪非但沒見減少，反而越剿越多，幾個月前上頭也曾經派人過來剿匪，據說還是西州府的官軍，可一樣被打得七零八落，潰不成軍。過去匪患只是在山區古道，可後來因為客商繞道而行，馬匪的生計受到影響，他們搶劫的範圍也不斷擴大，青雲周圍的村鎮幾乎都被他們搶過，所到之處燒殺搶掠，寸草不留。」

胡小天端起酒杯陪著蘇廣聚喝了杯酒，慕容飛煙道：「我看縣裡還算太平啊。」

蘇廣聚呵呵笑道：「太平？」

慕容飛煙道：「我們今天路過縣衙的時候，聽說青雲縣衙已經有一年多無人打官司了，青雲的治安看來不錯啊。」

蘇廣聚苦笑道：「無人打官司，那是因為誰也打不起，被告也好，原告也好，只要進了衙門，準保要讓你褪一層皮出來，我們這位許大人有個雅號，青天高三尺！」

胡小天聽到這裡已經明白了，何謂青天高三尺？就是挖地三尺的意思，從目前瞭解到的情況來看，許清廉是個不折不扣的貪官啊。

蘇廣聚或許是意識到自己的話說得有些多了，起身告辭去做菜。

他離去之後，慕容飛煙道：「這縣令不是好人，在青雲一帶口碑極差。」

胡小天笑道：「你剛剛出門就是為了打聽這件事？」

慕容飛煙搖了搖頭道：「記不記得那個告狀的瘦子？」

胡小天點了點頭。

慕容飛煙道：「我剛剛跟蹤他一路過去，發現此人絕非尋常之輩。」

胡小天心中一怔，剛才在青雲縣衙看到那兩人打官司的時候，以為兩人只是普通的農戶，聽慕容飛煙的語氣，似乎其中還有內情。

慕容飛煙道：「他在公堂之上挨了十板子，開始看他舉步維艱，這個人也頗為警惕，等到周圍無人之後，我看到他健步如飛，似乎挨得那十板對他根本沒有造成任何的創傷，我看他的步伐動作，肯定是身懷武功，我尾隨在他的身後，看著他一直出了南門，進入了三里之外一個名叫紅柳莊的地方。」

梁大壯道：「興許人家就住在那裡。」

慕容飛煙道：「他進入了紅柳莊一處很大的宅院，當時有兩人出來相迎，看起來全都身懷武功。」

胡小天道：「難道這瘦子和胖子是故意使詐？」

慕容飛煙點了點頭道：「我也那麼想，那胖子應該是故意觸怒許清廉，讓他將自己下獄，看來這監房之中應該藏有秘密。」

胡小天雖然剛剛才來到青雲，卻發現這小小的青雲縣比自己想像中要複雜得多，他來這邊是擔任縣丞之職，頭頂還有許清廉壓著自己，從瞭解到的情況，已經基本斷定許清廉是個貪官，胡小天自然萌發出要將這貨扳倒的念頭。不僅僅是為民除害，更是要為自己掃清障礙，照顧自己利益的同時又能符合老百姓的利益，這豈不是一舉兩得？

午飯過後，胡小天約了慕容飛煙一起前往城內閒逛，名為閒逛，可實際上卻是要借機瞭解本地的風土人情，青雲因為地理位置的關係，民族較為複雜，在城內隨處可見黑苗和洞蠻族人，市集雖然比不上京城的繁華，可是那些具有地方特色的商品也讓他們大開眼界。

慕容飛煙在一個黑苗人的攤前駐足，對攤上擺放的手工銀飾頗感興趣。當地各族混居，彼此之間一直相安無事，黑苗攤主對漢人也顯得頗為友善。慕容飛煙將一對苗銀手鐲反覆把玩，拿起又放下。

胡小天看到她如此喜歡，倒是想出錢買下幾件送給她，可摸了摸兜裡只剩下幾兩碎銀，囊中羞澀，底氣不足啊。雖然如此，這貨仍然打腫臉充胖子，向慕容飛煙道：「喜歡什麼？我買下來送給你。」

慕容飛煙搖了搖頭：「我不要！」

胡小天正準備詢價的時候，卻聽到前方有人叫道：「搶婚嘍！搶婚嘍！」抬頭望去，卻見前方五匹黑色駿馬迎面飛奔而來，馬上是五名彪悍健壯的黑苗族男子，為首一人膚色黧黑，五官稜角分明，在他馬鞍之上伏著一名紅衣女子，那女子戴著著黑苗人常見的銀飾，伏在馬上，嬌軀隨著馬兒的顛簸不停顫動。四名黑苗漢子護住兩旁，這搶親的呼喝聲卻是他們所發。

胡小天開始的時候還有些錯愕，心想這麼明目張膽搶親的還是頭一次見到，可馬上就想起，這應該是人家的民族風俗，很多民族都有搶親的習俗。再看周圍人群大都笑瞇瞇閃到一旁圍觀，越發確定了自己的想法。胡小天正準備跟慕容飛煙說一聲，讓到一旁看熱鬧，可一轉身卻發現慕容飛煙已經不見了。胡小天心中暗叫不妙，四處搜尋慕容飛煙的影子。

一條藍色倩影已經騰空而起，朝著為首的黑苗族男子飛撲而去。

胡小天猜得沒錯，搶婚正是當地黑苗族人的傳統習俗，青壯年男子看中同族未婚女孩之後，可以採用強搶回家的方式，然後再找媒人說合，其實在搶親之前往往男女之間早已相識相戀，只不過是按照民族風俗在人前表演一番罷了，更有宣誓主權，顯示雄性魅力的意思，否則他的四名同伴也不會明目張膽地呼喊搶婚。

慕容飛煙並不瞭解當地習俗，聽聞有人在光天化日之下強搶民女，頓時按捺不住火氣，一馬當先地衝了出去，等胡小天反應過來，想拉住她的時候已經晚了。

最慘的還是那名黑苗族男子，沒搞清楚怎麼回事呢，就被人一腳從馬背上給踹了下來，臉部先著地，摔了個狗吃屎，慕容飛煙穩穩落在馬背上，搶了駿馬，然後抱起那馬背上的紅衣黑苗女郎，縱身跳了下去，關切道：「姑娘，你沒事吧？」

那紅衣黑苗女郎一臉的驚詫錯愕，望著眼前這位俊俏的公子哥兒，一時間不知該說什麼才好，雖然黑苗女子性格開朗大方，可在眾目睽睽之下被這個異性男子抱在懷中也覺得羞澀難當，俏臉頓時紅了起來。

慕容飛煙平時都是男裝打扮，讓別人誤會她是個男子也在情理之中，她還沒說上幾句，四名黑苗漢子已經拍馬趕到，搶親的是他們的好友，這四人是專程過來捧場兼職護駕的。

青雲縣素來民族混雜，大家在這裡生活久了，對彼此的生活習俗基本上都是清楚的，當地人都清楚黑苗人搶親的習俗，所以看到這種情況大都是笑而不語，見怪不怪，抱著看熱鬧的態度瞧個新鮮。

慕容飛煙純屬多管閒事，這下可捅了馬蜂窩。連原本周圍跟著看熱鬧的黑苗人也圍了上來，慕容飛煙將那名黑苗女郎推向胡小天：「帶她先走，我來斷後！」

胡小天當真是哭笑不得，我的傻妹妹啊，這不是沒事找事嗎？黑苗女郎被推到胡小天身邊，一雙妙目朝慕容飛煙依依不捨的看了一眼。

人群中不知哪個人呼喝了一聲：「揍他！」

十多名黑苗人氣勢洶洶地朝著胡小天衝了上去，要說胡小天也夠冤枉的，一直抱著置身事外，作壁上觀的態度，可無奈身邊有慕容飛煙這樣一位衝動的隊友，沒弄清形勢就衝上去打抱不平，更鬱悶的是慕容飛煙丟了個包袱給自己，明顯把他拉下水的意思。

眼前的形勢下，胡小天根本無法置身事外，那幫黑苗人才不管他和這件事有沒有關係，認準了他是慕容飛煙的同夥，氣勢洶洶地向他追趕過來。胡小天是慕容飛煙的同夥不假，但是他可沒有破壞別人搶婚的意思，他知道解釋也是沒用，轉身就跑，跑了兩步發現那幫黑苗人非但不見減少，反而有增多的趨勢，原因很容易就能找到，那黑苗紅衣女郎如影相隨，跟著他一起逃跑，所以他自然而然就成了眾矢之的。

遠處慕容飛煙已經和幾名黑苗人戰在了一起，她低估了這幫黑苗人的戰鬥力，和對方五人戰了個難捨難分，看情形一時半會是無法脫身出來為胡小天解困，胡小天唯有撒腿快跑，黑苗女郎奔跑的速度絲毫不次於他，前方出現一條岔路口，胡小天心生一計，氣喘吁吁向那黑苗女郎道：「你往左，我往右，咱們分開跑更容易逃脫一些。」

他真正的用意是要擺脫這黑苗女郎，大家各奔東西。話一說完，轉身就朝右邊的街巷跑去，想不到卻被黑苗女郎給一把拖住，她提醒道：「右邊是一條死巷。」

身後喊殺聲越來越近，胡小天唯有聽從她的指揮，跟著她一起向左側巷內逃去，這條街巷雖然並不寬闊，可卻是一個小小的菜市，有不少菜販沿街擺攤設點，看到胡小天牽著一個黑苗族女郎的手從這邊經過，那幫菜販全都大聲唾罵，更有甚者還有人用菜葉和雞蛋向他們丟去，當地雖然民族混雜，但是彼此間並不通婚，胡小天和這黑苗女郎手挽手當街經行，已經犯了此地的大忌。

事實上一直都是那黑苗族女郎牢牢牽住胡小天的手，面對周圍菜販的攻擊，兩人毫無反手之力，身上沾滿菜葉蛋汁，胡小天更是成為了被重點打擊的目標，單單是腦門上就挨了五顆雞蛋，這貨越跑越是鬱悶，我招誰惹誰了？飛煙啊飛煙，你可真能惹麻煩。

那黑苗女郎對當地的地形極為熟悉，拉著胡小天東躲西藏，逃過那幫菜販的火力網，連續穿過幾條街巷，來到一處高牆旁，放開胡小天的手，騰空一躍就抓住了那足有兩丈高度的圍牆上緣，輕盈靈活地翻了上去，然後向胡小天招呼道：「喂，上來啊！」

胡小天抬頭一看，這圍牆有三米多高，而且圍牆之上光溜溜的沒有著手之處，自己可沒有那個本事跳上去，這貨苦著臉搖了搖頭，聽著追殺聲越來越近，那黑苗女郎道：「你跳起來，我抓你上來！」

胡小天只能權且一試了，他向後退了兩步，然後助跑了幾步，騰空而起，黑苗女郎眼疾手快，穩穩抓住胡小天的手腕，竟然單臂將他的身軀給拎了起來，胡小天詫異於她驚人膂力的同時，趕緊借助她的力量攀上圍牆。這邊剛剛爬到牆上，就看到幾十名黑苗人從一旁的巷道中匆匆追過。

等到那幫人遠去之後，胡小天方才長舒了一口氣，擦了擦額頭的冷汗，今天真是夠倒楣的，怎麼會攤上這無妄之災，想想慕容飛煙還沒有過來，不過她武功高強，就算無法將那幫黑苗人擊敗，自保應該沒有任何問題。

身邊黑苗族女郎一臉笑意地望著胡小天，胡小天低聲道：「咱們下去吧？」

那黑苗女郎搖了搖頭，小聲道：「他們找不到人，說不定會去而復返。」果然不出她所料，此時那幫黑苗族人失去了目標，又折返回來，聽到有人說道：「不對，剛剛明明看到他們跑來這裡，怎麼會突然消失了？」

「大家在四處找找。」

黑苗族女郎輕輕拍了拍胡小天的肩膀，貼近他耳旁道：「你在這裡等著，我去引開他們。」

不等胡小天說話，她已經自圍牆上站起身來，沿著尺許寬度的圍牆向前方跑去，滿身的銀飾在奔跑中發出叮噹不絕的聲音，頓時吸引了那幫族人的注意，果然跟著她的身影追了過去。

望著那黑苗族女郎越跑越遠，胡小天心中暗歎，別的不說，單看她這圍牆之上奔跑如履平地的本事就是一個武功高手，剛才她單臂就把自己給拎了上來，恐怕慕容飛煙也未必辦得到，今天可真是惹了個大麻煩。胡小天正在想著，忽然聽到身後傳來低吼之聲，轉身望去，卻見一隻牛犢大小的獒犬不知何時出現在圍牆腳下，胡小天看到牠的時候，那獒犬後腳蹬地猛然騰空跳起，張開巨吻向他的臀部咬去。

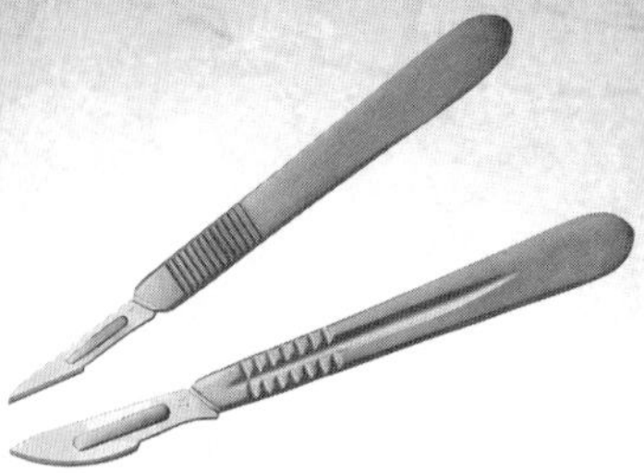

第十章

皎潔白蓮的命運

萬員外無可奈何地搖了搖頭，轉身離去走了幾步，
又心有不甘地回過頭來，看到樂瑤仍然站在水中，
心中暗歎，這兒媳真是不識時務，
難不成真要給自己的傻兒子守寡一輩子，
當個貞潔烈女？就圖一個毫無意義的貞節牌坊？

胡小天嚇得魂飛魄散，一鬆手從圍牆上掉落下去，摔倒在花叢之中，還好這花園內都是鬆軟的泥土，從這麼高的地方摔下來並沒有受傷。

獒犬撲了個空，馬上掉頭向地上的胡小天衝去，可胡小天身手也極其靈活，在最短的時間內從地上爬了起來，沒命向前方逃去，這廝慌不擇路，逃亡之中被樹枝刮傷了多處，那獒犬越追越近。

胡小天只覺得自己現在是上天無路入地無門，正在欲哭無淚之時，前方突然出現了一面池塘，這貨想都不想，以一個標準的跳水動作，噗通一聲義無反顧地跳進了池塘。

胡小天入水之後馬上聽到另外的落水聲傳來，卻是那隻獒犬也跳了進來。胡小天暗叫不妙，再看那隻獒犬游泳的速度居然不慢，標準的狗刨式迅速向他靠近。湊近胡小天的時候又張口向他咬來，胡小天眼疾手快，一把將獒犬的頭顱給摁住，繞到獒犬的身後，死命勒住牠的脖子，沉入池塘之中。

如果在平地之上，他十有八九對付不了這隻凶猛的獒犬，可是在水中，雙方都沒有借力的地方，胡小天水性頗佳，那獒犬雖然凶猛，可是在水中戰鬥力減少了大半，原本想張嘴撕咬，可是一張嘴，池水就灌入喉中，在水底不敢張嘴，拚命掙扎，饒是如此依然無法掙脫開胡小天的束縛，隨著時間的推移，掙扎的力量越來越弱，最終被胡小天硬生生悶死在水中。

悶殺了那條獒犬之後，胡小天也累得精疲力竭，他本想爬上岸去，忽然聽到岸上傳來說話之聲，慌忙躲在荷花叢中，正值盛夏，荷花繁茂，將這幾畝地的池塘遮擋得嚴嚴實實，剛好提供了一個絕佳的藏身之所。

從荷葉的間隙向岸上望去，卻見池塘邊水榭之上出現了兩位女子的身影，從兩人的裝扮上來看，應該是主僕，為首女子渾身素縞，身著重孝，她在水榭內坐了，一雙美眸向池塘內望來，卻見淡掃蛾眉，瑤鼻星目，肌膚嬌豔如春日之雪，顧盼之間，目光動人心魄，當真是傾國傾城之姿，沉魚落雁之貌。

胡小天心中暗歎，想不到青雲小城之中居然藏有這麼美麗絕倫的尤物，當真稱得上是禍國殃民的級數，他躲在荷葉之中悄悄欣賞。目光集中在這美麗絕倫的女郎身上，全然忽略了她身邊的青衣小婢。

那女郎伸出纖美如蘭花的手指，輕輕摘掉鬢角的白花，揉碎了花瓣，任憑花瓣隨風吹落到池塘之中，望著池塘中飄零的花瓣，芳心中一股前所未有的惆悵襲來，輕聲歎了口氣，宛如春山的秀眉顰在了一處，一張俏臉美得如夢似幻。

胡小天看得癡迷，這女子的姿容比起霍小如也春蘭秋菊各擅其場，只是看她的裝扮似乎有重孝在身，聽她的歎息，心中應該充滿了惆悵。

一旁青衣婢女道：「小姐，事情已經過去了那麼久，您還是要想開一些。」

女郎輕輕點了點頭，黯然道：「我的命好苦啊！」她的聲音嬌柔婉轉，聽在耳中，如同有人用一支柔軟的羽毛撩撥你的內心，讓人說不出的舒服受用。

青衣婢女咬了咬櫻唇，想要勸說兩句，卻又無從勸起，正在此時，看到遠處有一人沿著九曲長橋走了過來，那人三十歲左右年紀，身材壯碩，身穿黑色武士服，頭紮紫色英雄方巾，腰間懸著一柄長劍，方面大耳，儀表堂堂。

看到他過來，那白衣女郎將俏臉轉向遠處，青衣婢女顯得有些惶恐，慌忙施禮道：「奴婢彩屏見過大少爺。」

那位大少爺根本沒有理會她，目光望定了那白衣女郎，微笑道：「弟妹，出來納涼啊！」

白衣女郎這才轉過身來，起身淺淺道了個萬福道：「不知大哥前來，失禮之處還望恕罪，彩屏，咱們走！」

她明顯想要逃避這名大少爺，準備離去，卻被那位大少爺攔住去路，一臉笑容道：「弟妹別急著走，彩屏，你先回去，我有句話想跟樂瑤單獨說。」

彩屏面露為難之色，她不想走，可又不敢得罪這位大少爺，最後還是那白衣女郎道：「彩屏，你去園外等我。」

彩屏應了一聲，心不甘情不願地走了。

那位大少爺望著樂瑤美麗絕倫的俏臉，表情顯得有些色授魂與，等到彩屏走後，他方才咳嗽了一聲向前走近了一步道：「樂瑤！」

樂瑤向後退了一步，咬了咬嘴唇道：「大伯，有什麼指教？」這聲大伯實際上是在給對方一個婉轉的提醒。

大少爺道：「樂瑤，我弟弟英年早喪，我們萬家上下無不悲痛莫名，只是委屈了你。」原來這男子居然是萬家大少爺。

樂瑤輕聲道：「是我沒有那個福分，沒什麼好委屈的。」

大少爺道：「樂瑤，我和我兄弟手足情深，他的事情就是我的事情，無論他在與不在，我都會好好照顧你。」

胡小天聽到這裡差點沒笑出聲來，這老大伯也忒無恥了，看樂瑤的裝扮顯然還在服喪期間，你兄弟屍骨未寒，這邊你就開始調戲起弟媳婦了，你還有節操嗎？

樂瑤目光始終垂向地面，聲音無比冷靜道：「大哥的好意我心領了，不過樂瑤還能夠照顧自己。」這分明是謝絕了對方的好意。

大少爺明顯有些心急，上前走了一步，一把抓住樂瑤的手腕，樂瑤用力掙脫開來，俏臉因為羞憤而變得通紅，怒道：「大伯還請自重。」

大少爺道：「樂瑤……」

身後忽然又傳來一陣咳嗽聲，一名中年人走入後花園中，他年約五旬，身材魁梧健壯，穿著褐色金絲刺繡的員外服，走起路來虎虎生風，面色紅潤，頷下三縷輕髯，滿臉正氣，儀表威嚴。

那位大少爺看到此人過來，慌忙向後退了幾步，誠惶誠恐地垂頭叫道：「爹！」

那中年人冷哼了一聲，看了看他沒好氣道：「廷昌，你來這裡做什麼？」

那叫廷昌的男子道：「爹，我聽說弟媳身體不適，特來問候。」

中年人冷冷瞪了他一眼道：「整天四處遊蕩，遊手好閒，讓我如何能放心將萬家的家業交給你？」原來他正是青雲第一大戶萬府的當家萬員外。

萬廷昌垂頭喪氣，在老爺子面前唯唯諾諾，信誓旦旦道：「爹爹放心，孩兒必勵精圖治，盡心盡力經營好咱們家的生意。」

萬員外拂了拂衣袖，顯然對這個兒子極不滿意。

萬廷昌也不敢繼續逗留，慌忙向父親和弟媳告辭。

等到萬廷昌離去之後，萬員外一張正義凜然的面孔瞬間放鬆下來，面對這位千嬌百媚的兒媳婦變得眉開眼笑，和剛才不苟言笑的形象判若兩人，他柔聲道：「瑤兒，那混帳東西有沒有對你說過什麼過分的話，做過什麼過分的事？」

樂瑤慌忙搖頭道：「沒有，他只是剛剛才到，問候兒媳幾句罷了。」

萬員外道：「我自己的兒子什麼樣子我自己清楚，以後他若是敢有什麼非分之想，你跟我說，看我不打斷他的狗腿。」

樂瑤垂首道：「謝謝公公！」

萬員外盯住兒媳那張美輪美奂的俏臉，目光竟不捨得移動分毫，赤裸裸的目光看得樂瑤羞不自勝，恨不能找個地縫鑽進去，她躲避開公公的目光，小聲道：「公公，我先回去了。」

不意萬員外一把抓住她的手臂道：「瑤兒，別急著走嘛，我還有話想跟你說。」

樂瑤咬住櫻唇，拚命掙脫：「公公，您放手，若是被人看到了，又要招人閒言碎語。」

萬員外一臉淫笑道：「怕什麼怕，這裡是咱們自家的後院，外面我讓家丁守著，哪會有人敢在這時候進來，瑤兒……廷光雖然去世了，可凡事都有我在，萬家就沒有人敢欺負你，你信不信得過我？」他拽著樂瑤的手臂想往自己懷中拉來，樂瑤驚呼道：「公公，您不可以這個樣子，我是您兒媳婦啊……」

萬員外用力拉住樂瑤道：「廷光已經去世了，我是他爹，我照顧你當然是天經地義。」

「不要……公公，不要……」

胡小天目睹此情此景心中暗罵，老匹夫！簡直是禽獸不如！看你生得道貌岸然，滿臉正義，居然幹出了調戲兒媳的事，不是人啊不是人！

胡小天心中罵著，恨不能衝出去來個英雄救美，可這貨畢竟不是傻子，頭腦也不糊塗，知道這是什麼地方，只要人家一喊，十有八九自己要落個被亂棍打死的下場。只能是忍字頭上一把刀，任他怒火心中燒。

萬員外被兒媳樂瑤美色所迷，全然不顧自己的身分，什麼禮義廉恥早就被這廝遠遠拋在一旁，淫笑道：「瑤兒，只要你從了我，以後這萬家的女主人必然是你……」

這廝嘴巴撅得如同豬嘴一般，想要吻上樂瑤吹彈得破的俏臉，樂瑤此時不知哪裡來的力量，憤然掙脫開來，一把將萬員外推開了去，正色道：「公公還請自重！」她這邊義正言辭。萬員外卻依舊死皮賴臉，一步步向她逼近，笑得格外淫賤：「瑤兒，到了此時，難道你還不明白我的心意嗎？」

樂瑤一步步後退，來到池塘邊緣，她咬住櫻唇道：「公公，你再敢逼我，我就從這裡跳下去。」

萬員外笑道：「你要是跳下去，我就跟你一起，咱們做一對落水鴛鴦……」話沒說完，樂瑤噗通一聲就跳了下去，萬員外吃了一驚，舌頭伸出去老長一截好半天也沒能縮回去，他是真沒想到兒媳婦當真敢跳，不過那池塘的水並不算深，只沒到樂瑤的胸口位置。

萬員外看到她身在池塘之中，宛如一朵出淤泥而不染的白蓮花，更是越看越愛，不過從剛才她義無反顧跳下去的情形來看，這妮子性情剛烈，也不能對她逼得太急。萬員外苦口婆心道：「瑤兒，你上來，有什麼話好說。」

樂瑤用力搖了搖頭道：「公公，你再敢逼我，我今日便溺死在這池塘之中。」

萬員外剛才還說要跳下去跟她做一對落水鴛鴦，可事情真正發生之後，他卻沒有跳入池塘的勇氣，更何況公公調戲兒媳之事雖然刺激，可終究不宜被他人知道，反正來日方長，也不用急於一時，只要她在萬府之中，終究逃脫不了自己的手心。

想到這裡，萬員外唇角泛起一絲陰險的冷笑，他點了點頭道：「好，我走，我走，你自己好生想想。」

「你走啊！」樂瑤尖聲叫道。

萬員外無可奈何地搖了搖頭，轉身離去走了幾步，又心有不甘地回過頭來，看到樂瑤仍然站在水中，心中暗歎，這兒媳真是不識時務，難不成真要給自己的傻兒子守寡一輩子，當個貞潔烈女？就圖一個毫無意義的貞節牌坊？

萬員外離去之後，樂瑤失魂落魄地站在水中。

胡小天躲在荷花叢中，望著她孑孓而立的背影，心中生出無限憐意，紅顏命薄，這樂瑤的命運也悲慘到了極點，丈夫不幸身亡，年輕輕的守寡不說，還要時刻面臨公公和大伯兩條淫棍的騷擾，想不到這世上會有如此不幸之人。

樂瑤在水中呆立了一會兒轉過身來，一雙妙目之中沒有一丁點的淚痕，胡小天本以為她會悲痛欲絕，可看到的卻是俏臉之上無比堅定的一張俏臉，樂瑤身上的白色長裙已完全被浸濕，嬌軀曲線玲瓏必現，完美無瑕，她一步步向池塘中心走來。

胡小天眼看她距離自己已經越來越近，心中暗叫不妙，這妮子該不是當真想不開要尋短見吧。

樂瑤的目光投向的卻是胡小天頭頂位置的皎潔白蓮，她走向這邊就是被白蓮的清麗脫俗所吸引，睹物傷情，正在感歎自己的命運，可她突然碰到軟綿綿的一物，心中不禁打了個冷顫，望向水面卻見一頭黑乎乎的物體浮出水面，卻是剛剛被胡小天殺掉的獒犬屍體。

樂瑤此驚非同小可，嚇得花容慘澹，張開櫻唇就要大聲呼救，胡小天眼看行蹤敗露，再也顧不上隱藏，從荷葉深處猛然撲出，搶在樂瑤發聲之前掩住她的檀口。

樂瑤美眸圓睜，看到荷花叢中突然衝出了一位年輕男子，嚇得她嬌軀一軟，險些沒有暈過去，胡小天摟住樂瑤的嬌軀，捂住她的嘴巴，此時兩人身上的衣衫全都濕透，緊貼在一起，和肌膚相貼幾乎沒有任何的分別。

胡小天本來對樂瑤並無非分之想，可是如此人間尤物抱在懷中，只要是一個正常男人就不可能無動於衷，這廝不自覺有了生理反應，樂瑤嘴巴雖然被他堵住說不出話來，可是兩人身體相貼，對方身體細微的變化已經被她覺察得清清楚楚，樂瑤的俏臉一直紅到了耳根，嬌軀微微顫抖。

胡小天附在她耳邊道：「我不是壞人，我不會害你。」說完這番話，他不僅又有些後悔，我說這種話幹什麼？此時此刻出現在人家後花園裡，做出了如此行為，說自己不是壞人人家也不會相信。

胡小天低聲道：「我只是躲避仇家，慌不擇路才逃到了這裡，這條惡犬衝上來想要咬我，所以才被我殺了，我不想害人，你只要不叫人，我絕不會害你，你要是同意，就眨眨眼睛。」

樂瑤果然眨了眨眼睛，她雖然眨了眼睛，可胡小天仍然沒有馬上將她放開，低聲道：「希望你信守承諾，我放開你，你要是敢叫人最好想想後果，剛才的事情我已經看得清清楚楚，他們如果發現我，定然會認為我是你的姦夫，躲在這裡是為了和你偷情，對咱們都沒有好處。」

胡小天對這個陌生女子當然不能完全信任，所以才會出言威逼恐嚇。

樂瑤又眨了眨眼睛，面對胡小天這個不速之客，她表現得還算鎮定。胡小天慢慢放下掩住她嘴唇的右手，樂瑤從他懷抱中掙脫開來，狠狠瞪了他一眼，揚起纖手照著胡小天的臉上就是一掌打去。

胡小天眼疾手快，一把將她的手腕握住，樂瑤畢竟是女流之輩，力量方面根本比不上胡小天，兩人正在相持之時，萬員外去而復返，揚聲道：「瑤兒！」

胡小天無處藏身，嚇得趕緊一頭悶到了水裡，感覺自己實在是倒楣透了，剛剛抱著這傾國傾城的俏寡婦只覺得心猿意馬，銷魂蝕骨，居然忘記了彼此的立場，這小寡婦壓根也不可能向著自己說話。身在水下，又不能出聲和樂瑤交流，唯有在水下輕拍她的大腿，不是想佔便宜，真不是存心佔便宜，胡小天是要提醒她千萬不要胡亂說話，如果真把自己給暴露出來，不排除抱著這小寡婦拚個魚死網破的下場。

樂瑤怒視萬員外：「難道你當真要把我逼死不成？」

萬員外歎了一口氣道：「我怎麼捨得，只是擔心你的安危所以我回來看看，你沒事就好，沒事就好，我走，我走，你趕緊上來，千萬不要著涼了。」

樂瑤目送公公離開了園子，這才將一顆心完全放下來，低聲道：「他走了，你還不出來？」說了半天沒見反應，這才想起對方藏在水下，未必能夠聽得清自己在說什麼，於是抬起玉腿在水下踢了一腳，正踢在胡小天的身上，胡小天這才從水下冒出頭來，顧不上說話，接連喘了幾口氣，低聲道：「憋死我了！」

看到樂瑤渾身衣裙濕透，玲瓏玉體曲線畢露，不由得吞了口唾沫，秀色可餐，這小寡婦的身材當真是性感火辣，撩人之極。可想想如果不是人家為自己掩飾，只怕現在已經落到一個群起而攻之的下場，當下在荷花叢中很君子地作了一揖：「多謝姑娘救命之恩，他日若有緣相見，必報今日大恩。」

這貨轉身留給樂瑤一個瀟灑的背影，準備逃離的時候，卻聽樂瑤道：「你站住！」

胡小天道：「怎麼？」心中有些好奇，難不成自己這男子魅力當真是無法抵擋，對於當代美女擁有強大的殺傷力，足以讓任何美女一見鍾情？

樂瑤道：「你打算就這樣大搖大擺的離開嗎？」

胡小天馬上明白了她的意思，樂瑤不是擔心他的安危，而是害怕他在這後花園中被人抓到，對她自己的名聲不利。胡小天暗自慚愧，搞了半天我是自作多情了。他向樂瑤道：「還請姑娘指點迷津。」身陷囹圄，這裡是人家的府邸，只能求助於初次相見的樂瑤了。

樂瑤道：「你暫且躲在這裡，等天黑後再作打算。」

胡小天還以為她能出什麼好主意，搞了半天還是讓自己在這池塘中泡著，天可憐見，再這樣下去，老子都快成康師傅泡麵了。可眼前的確也沒什麼太好的辦法，剛才從圍牆翻上來全靠了那黑苗族女子的幫助，可後來她為了吸引族人先行離開，自己從圍牆上掉下來，形勢就已經由不得自己掌控了。

此時樂瑤的貼身侍女彩屏也從外面走入園子，關切道：「小姐，小姐！」

樂瑤應了一聲，朝胡小天使了個眼色，胡小天慌忙又藏身在荷葉深處。樂瑤深一腳淺一腳的來到池塘邊緣，彩屏來到岸邊，慌忙將她拉了上去。胡小天趁機將樂瑤完美無瑕的背影看了個飽。尤物啊，真是尤物！

彩屏看到樂瑤渾身濕透，頗為心疼：「小姐，怎會如此？」

樂瑤對於剛才發生過的事情隻字不提，淡然道：「只是我不小心滑入池塘，沒事兒，你知道的，我水性好得很。」主僕二人返回房內沐浴更衣。

胡小天只能老老實實待在池塘裡等待，姑且不論樂瑤會不會幫他，單單是萬家的圍牆，他自問也爬不上去，光天化日之下，又總不能堂而皇之地從大門口走出去，胡小天現在能做的只有等待，等到夜深人靜再做逃走的打算。

藏身在池塘之中，別看滿塘荷葉碧色無邊，荷花嬌豔，清香芬芳，可真正身處其中卻沒有那麼的旖旎浪漫，不但要忍受蚊蟲叮咬的辛苦，腳下踩著的還是黏稠的淤泥，胡小天此時頂著綠油油的荷葉，如同戴了頂碧綠色的帽子，孤零零站在荷塘之中，心中鬱悶到了極點。

在忐忑中等待了約有一個時辰，黃昏終於到來，期間有護院來池塘周圍兩度巡視，對於牆角草叢都不放過，唯獨忽略了這片生滿荷葉的池塘，看來他們並不認為這片池塘內會有人藏身。

萬員外走後就沒有出現過，等到了晚飯時間，看到有人送飯過來，樂瑤的貼身侍女彩屏迎了過來，於池塘邊接過了食盒，那送飯的家丁見到彩屏眉開眼笑，兩人低聲說了句什麼，因為距離太遠，胡小天並沒有聽清楚，等會兒看到那家丁將一個黑色瓷瓶交到彩屏手中，彩屏小心將那瓷瓶收好了，那家丁又囑咐了幾句，彩屏臨走之時，家丁偷偷在她臀部捏了一把，彩屏嬌嗔了一聲，臉上流露出濃濃的媚色。

胡小天看得真切，他敢斷定，彩屏肯定和這家丁有一腿，只是剛才那家丁交給她的那個黑色瓷瓶是什麼？

胡小天滿心疑竇，這萬家內部的關係還真是錯綜複雜啊。

彩屏離去之後，那家丁在原地站了一會兒，也準備離開，走了沒幾步迎面遇到一位面色陰鷙的年輕男子，那男子正是萬家二少爺萬廷盛。

家丁見到他慌忙躬身行禮，然後又附在他耳邊說了幾句什麼，萬廷盛連連點頭，唇角露出陰險的笑意。

胡小天雖然聽不清他們的談話內容，可從他們臉上的表情來看，總覺得這幫人正在幹某些見不得人的事情。

不知不覺夜幕已經降臨，胡小天總算敢把腦袋從荷葉中鑽出來，在池塘中泡了這麼半天，連掌心腳底的皮膚都泡皺了，胡小天正盤算著如何脫困，如果樂瑤不再過來，恐怕他只能依靠自己了。

想想今天發生的事情也真是陰差陽錯，慕容飛煙不懂黑苗人風俗，結果惹下了這麼大的麻煩，而自己跟著那黑苗族女子慌不擇路地逃到了這裡，黑苗族女子走後就再也沒有來過，想必是不會管自己的死活了。

至於慕容飛煙，她肯定不會棄自己於不顧，說不定現在正在和梁大壯辛辛苦苦尋找自己的下落，被人牽掛也是一種幸福。

胡小天忽然又想起了自己的前世，不知那個世界上究竟有沒有人想念自己，他很快就找到了答案，答案是否定的，親人早喪，專注於工作和名利，讓他在那個世界就沒有一個知己好友，談過的女朋友最後也都以反目成仇收場，現在回想起來，過去自己真是情商堪憂。

胡小天想得入神之時，看到樂瑤又來到這花園之中，她先向周遭看了看，然後目光才向胡小天的方向望去，胡小天正想現身打個招呼，卻見彩屏又跟了過來，趕緊縮了回去。

彩屏道：「小姐，飯菜已經準備好了。」

樂瑤輕聲歎了口氣道：「不想吃。」

彩屏道：「小姐，我知道您的難處，可再怎麼艱難，也得堅強活下去，無論發生了什麼事情，奴婢都會在您的身邊守護您。」

樂瑤似乎被彩屏的這番話所感動，點了點頭柔聲道：「剛我讓你找花房老張借的梯子是否放好了？」

彩屏道：「嗯，已經讓人放在東牆的木屋裡面。」

樂瑤道：「天黑了，咱們回去吃飯吧。」

胡小天將主僕二人的這番對話聽得清清楚楚，他心中明白，樂瑤這番話分明是說給自己聽的，東牆木屋裡有梯子，呵呵，這小寡婦還真是夠情義，說到做到，果然為自己安排穩妥離開的途徑，等到夜深人靜，自己潛入木屋取出梯子，然後就可以輕而易舉地爬上牆頭，離開萬家，胡小天越想越是得意，不過無論想得如何得意都得耐心等待，必須要等到夜深人靜，方可展開行動。

胡小天在池塘中又忍了近兩個時辰，總算到了午夜時分，在等待的這段時間內，他發現護院每隔半個時辰就會來這裡巡視一次。

護院剛剛離開後花園，胡小天就躡手躡腳從池塘內爬了出去，在水中浸泡了這麼半天，胡小天整個人又冷又乏，感覺身體都快麻痹了，這貨強忍著身體的疲憊，向院子東牆角的木屋走去。

來到木屋前方，輕輕用手指戳了一下房門，木屋發出吱的一聲，靜夜之中十分的明顯，胡小天吃了一驚，慌忙向四周看了看，生怕被人察覺，月光如水，將整個後花園映照得亮如白晝，卻見一道黑影沿著九曲長橋，緩緩走了過來，胡小天心中一怔，想不到周圍真有人在。他沒敢進入木屋，來到一旁芭蕉樹後藏身。

那黑影越走越近，月光之下看得真切，那男子正是萬家的二少爺萬廷盛，胡小天心中暗忖，這廝深更半夜不在自己房內睡覺，來這裡做什麼？

萬廷盛來到木屋前停下腳步，他的目光望著東南角的園門，唇角露出招牌式的奸邪笑容，然後從懷中掏出一塊黑布，蒙在臉上，只剩下一雙眼睛暴露在外。

胡小天越發覺得這件事不對，他今天明明看到樂瑤主僕從這道門出入，如果他的判斷沒有出錯，樂瑤就住在那裡，萬廷盛深夜來此，必然不懷好意，聯想起今天彩屏和那名家丁的詭異舉動，胡小天感覺到這件事大有文章。

萬廷盛蒙面之後走入園門，胡小天看了看木屋，梯子就靠在木屋內，只要取了梯子他就能順利攀上圍牆，從眼前的困境中解脫出來，可是聯想起今天目睹的情況，想起樂瑤孤苦無助的模樣，胡小天又有些於心不忍，可真要是留下來多管閒事，只怕今兒這麻煩又要惹大了。

胡小天思來想去，咬了咬牙，準備狠心離去，可走了一步，腦海中卻又浮現出樂瑤美得讓人心碎的面孔，女人的美貌的確是威力巨大的武器，倘若樂瑤只是一個相貌普通的女子，想必胡小天不會表現得如此糾結，這貨終於還是停下腳步，從地上撿起一根木棍，躡手躡腳向萬廷盛的方向跟去。

剛剛進入院門就看到萬廷盛停下腳步躲在院中的大水缸後，到底是做賊心虛，看來這貨沒有破門而入的膽子。

螳螂捕蟬黃雀在後，萬廷盛顯然也沒有想到在自己的背後還有人尾隨，他躲在大水缸後學了兩聲貓叫，沒過多久，就聽到前方房門發出吱的聲響，一道身影從房內走了出來。

胡小天借著月光望去，從房內出來的人正是樂瑤的貼身丫鬟彩屏，彩屏出門後打了個哈欠，手中挽了一個包裹，向四周看了看，然後反手掩上房門，踩著小碎步匆匆向園門內走去。

胡小天趕緊緊貼在牆壁上，看著彩屏從他的身邊經過，徑直向池塘那邊去了。

彩屏走遠之後，萬廷盛的身影重新從大水缸後顯露出來，他徑直向房門處走去。彩屏在剛才離去的時候，故意將房門虛掩。

胡小天看到這裡心中已經能夠斷定，彩屏這丫鬟居然真的將自家主人出賣，深更半夜，給萬廷盛留門，絕對是策劃好了。

萬廷盛躡手躡腳進了房間，這廝甚至連房門也沒關，胡小天緊跟著來到後面，萬廷盛一邊搓手一邊淫笑道：「小乖乖，我來了……」

房間內隱約傳來女子的呻吟聲，胡小天心中一沉，又想到一種可能，難不成樂瑤和這廝有染，兩人通過丫鬟商量好了深夜相聚，若是如此，自己豈不是多管閒事？

室內燈光亮起，卻是萬廷盛點燃了桌上的油燈，胡小天為了謹慎起見，先將窗紙戳爛，從孔洞中向其中望去，卻見萬廷盛仍然黑衣蒙面，雙目淫光灼灼盯在不遠處的瑤床。

小寡婦樂瑤正躺在床上，秀髮如雲散亂堆積在雪白的被褥之上，胸前衣襟撤開了不少，露出大片雪白的粉肌，俏臉潮紅，雙目緊閉，嘴中不停夢囈道：「熱……

好熱……」

萬廷盛發出一陣淫邪的冷笑，忙著解開自己的衣服。胡小天判斷出樂瑤十有八九被人下了迷藥，想起今天彩屏拿走的那個小藥瓶，對這丫鬟的所作所為越發感到齒冷。胡小天向來憐香惜玉，豈能眼睜睜看著一齣辣手摧花的慘劇在自己面前上演。他想了想，如果就這樣衝進去只怕驚動了萬廷盛，於是捏著嗓子學了聲貓叫，然後輕輕敲了敲房門。

萬廷盛剛剛將腰帶解開，聽到外面的動靜還以為彩屏去而復返，不禁皺了皺眉頭，轉身過來開門，拉開房門，沒等他看清外面是誰，一根手腕粗細的棍棒劈頭蓋臉砸在他的腦門之上，萬廷盛吭都沒吭，就四仰八叉地摔倒在了地上。

胡小天這一棍用盡了全力，打完之後，才想起會不會打出人命，用手探了探萬廷盛的鼻息，發現這廝還有氣在，於是迅速來到樂瑤的身邊，看到樂瑤俏臉緋紅，豔若桃李的嬌俏樣子，也不禁怦然心動，胡小天雖然好色，可畢竟是有節操之人，趁火打劫的事情他輕易不幹。

伸手摸了摸樂瑤的額頭，發現她肌膚的溫度燙得嚇人，樂瑤卻被他的這一動作弄醒，美眸半睜半閉，嚶嚀一聲就撲入了他的懷裡，胡小天暖玉溫香抱了個滿懷，瞬間體內荷爾蒙指數暴漲，幾乎把持不住自己，看到樂瑤雙目迷離，意亂情迷的樣子，胡小天強迫自己要鎮定，將她從懷中推開，來到桌前拿了一瓶冷水，兜頭蓋臉澆在樂瑤的臉上。

樂瑤被冷水一激，瞬間清醒了一些，啊地尖叫了一聲，借著燈光看到眼前的陌生男子，嚇得就要大聲呼救，胡小天一把將她的嘴巴給堵住，豎起食指噓了一聲，示意她不要聲張，樂瑤也認出了他，一雙美眸驚得滾圓，心中想的是，難道今天自己掩護了一個採花賊？

胡小天低聲道：「不要叫，我是特地過來救你的。」他指了指地上的萬廷盛。

樂瑤嚇得氣息急促，美好無限的胸膛起伏不停，如此裝扮又如此模樣，實在是誘惑到了極點。胡小天又道：「不要叫！」他將手掌從樂瑤的唇上移開，然後來到萬廷盛身邊。

樂瑤從床上下來，只覺得一陣頭暈目眩，險些摔倒在地上，趕緊扶住桌子，這才沒有倒下，胡小天起身過來攙住她的手臂，帶她來到萬廷盛身邊，親手揭開蒙在萬廷盛臉上的黑布，樂瑤看到萬廷盛的面目之時嚇得嘴巴張得老大，她怎麼都沒想到，這個夜闖自己房間的黑衣蒙面賊是萬家二少爺萬廷盛，也就是她亡夫的二哥。

樂瑤體內的藥力還沒有過去，胡小天攙著她來到院落之中，樂瑤來到水缸邊緣，將螓首浸泡在清冷的水中，胡小天擔心有人過來，趕緊來到院門處向周圍看了看，還好此時夜深人靜，並沒有人留意到這邊的動靜，至於那個丫鬟彩屏，早已不知逃去了那裡，從剛才的所見來看，她帶了個包裹逃走，十有八九是跟她的家丁男友私奔了。

樂瑤抬起螓首，滿頭黑髮水淋淋披散在刀削般的美肩之上，清麗無倫的俏臉之上分不清是水還是淚，月光如霜映照她的肌膚雪一樣蒼白，一雙美眸充滿悽楚哀怨地望著胡小天道：「你為何還不走？」

胡小天道：「樂姑娘，受人滴水之恩當湧泉相報，你幫我遮掩行藏，我自然要幫你脫困，你不用怕，跟我走，我帶你離開這裡。」

樂瑤緩緩搖了搖頭，此時她已經完全冷靜了下來：「走？又能走到哪裡去？大不了我一死來保全自己的名節。」

胡小天道：「看你年紀輕輕，怎麼頭腦如此愚不可及，萬家父子一個個狼子野心，覬覦你的美貌，什麼卑劣手段都使得出來，你留在這裡豈不是如同羊入虎口？」

樂瑤咬了咬櫻唇道：「多謝你關心，我自信尚有保護自己的能力。」

胡小天心想還說大話呢，如果不是我今天湊巧遇到這一幕，你現在早已明珠蒙塵了，還談什麼保護自己，他壓低聲音將今天發生的事情原原本本對樂瑤說了一遍，樂瑤聽完神情更是黯然，她萬萬沒有想到，一直被自己視為親妹妹的貼身丫鬟彩屏會出賣自己。更想不到萬家父子一個比一個卑鄙，萬廷光屍骨為寒，他們父子就極盡卑鄙之能事，欺負自己一個弱女子，自己的命運為何如此淒苦。

胡小天說完，歎了一口氣道：「趁著夜深人靜，我帶你離開這裡，你家鄉何處？父母可否建在？家裡還有什麼親人？」

聽到這番話，樂瑤芳心中沒來由一陣酸楚，兩行晶瑩的淚水順著皎潔的俏臉流下。胡小天看到她的反應，知道自己不小心觸及了她的傷心事，慌忙道：「你不要哭，我不問就是！」

樂瑤擦乾眼淚，整理了一下情緒道：「公子還是儘快離開這裡的好，一旦被他們發現，只怕你想走也走不了了。」

胡小天道：「我走了，你怎麼辦？」

樂瑤道：「你不必管我，我自有應對之法。」其實她此時也沒有什麼太好的辦法。

胡小天道：「我倒有一個辦法，或許能夠將今晚的事情應付過去。」

樂瑤向他靠近了一些，聽他低聲講述應對的方法頻頻點頭，兩人不知不覺越離越近，樂瑤感覺對方身上強烈而灼熱的男子氣息向自己包容而來，芳心中不由得一蕩，俏臉頃刻間紅到了脖子根，這和她被下迷藥的藥效仍然沒有完全消退有著一定的關係，此時樂瑤的控制力格外薄弱。

胡小天和樂瑤兩人合力將萬廷盛弄起，由胡小天背著這廝一路西行，遠離樂瑤所住的宅院，將萬廷盛隨手扔在一座宅院的門前。

做完這一切，胡小天又循著原路返回，來到木屋旁取出梯子，緣著梯子爬上了圍牆，來到中途之時，看到樂瑤來到了牆邊，一雙明眸神情複雜，不知其中是不是有那麼一絲絲的不捨和眷戀之意。

胡小天向樂瑤笑了笑，低聲道：「現在走，還來得及！」

樂瑤咬了咬櫻唇搖了搖頭，低聲道：「公子貴姓？」這句話問得極為艱難，問完之後俏臉發燒，還好夜色正濃，沒被胡小天看清她此時的表情。

胡小天道：「我姓胡！」他知道樂瑤是絕不會輕易離開的，唯有感歎這可憐女子的命運，自己救得她一時，未必能夠保得住她一世，畢竟這萬家父子根本沒有一個好東西。

「胡公子，保重！」

胡小天聽到這句話，不由得又回過頭來，看到樂瑤美眸之中淚光閃爍，當真是我見尤憐，胡小天強行硬下心腸，翻牆離去。

樂瑤望著空空蕩蕩的圍牆，悵然若失，過了好一會兒，她方才前去撤回木梯，卻在地上看到亮晶晶一物，拾起一看，卻是一枚蟠龍玉佩，想必這玉佩是胡小天翻牆之時不小心遺失。

樂瑤想了想，還是先將蟠龍玉佩收起，然後撤回梯子。返回自己的房內，等了一會兒，正準備呼救的時候，卻聽到外面有人高呼有賊！

胡小天並沒有聽到這聲呼喊，他翻牆離開了萬家，此時已經是深夜二更，青雲縣的大街小巷上空曠無人，胡小天回味著剛才擁樂瑤在懷的時候，似乎仍然能夠感覺到她那動人心魄的玉體餘香，借著月光辨明了方向，胡小天朝著福來客棧的位置走去，想起這大半天的驚險歷程，自己也算得上福大命大，只是不知要連累慕容飛煙和梁大壯兩人如何擔心了。

前方已經能夠看到福來客棧搖曳的燈籠，胡小天想到的是先泡個熱水澡，再美美的吃上一碗湯麵，牛肉麵最好，越想越餓，這廝在街巷中一溜小跑，歸心似箭，好想儘快回去休息。

前方卻忽然出現了兩名黑衣捕快，因為突然從牆角處閃了出來，把胡小天嚇了一大跳，胡小天驚呼了一聲，捂住胸口道：「我靠，人嚇人，嚇死人，兩位兄台，大半夜的你們出來嚇人就不對了。」

兩名捕快冷冷望著胡小天道：「深更半夜，你不在家裡安安穩穩睡覺，在大街上狂奔做什麼？」

胡小天道：「我回家啊！我就住在前面福來客棧。」

兩名捕快滿面狐疑地看著他，胡小天在池塘裡泡了大半天，身上的衣服仍然濕漉漉的，五官被泡得也有些浮腫了，胡小天意識到自己現在看起來肯定有些可疑，慌忙解釋道：「兩位大哥，我剛才不巧滑落河中，所以才弄成了這番模樣，我就住在福來客棧，不信你們可以跟我一起過去問。」

兩名捕快對望了一眼，其中一人，冷笑道：「不信？當然不信，你半夜三更，行蹤詭秘，賊眉鼠眼，非奸即盜，先抓回去再說。」

兩人不由分說，將鐵鍊往胡小天的脖子上一搭，拉著他就往縣衙方向走。

胡小天這個鬱悶啊：「我說兩位，你們可以跟我回去問個清楚。」

「閉嘴！夜深人靜，再敢咆哮擾民，當即掌嘴！」其中一名捕快已經抽出了一根鍋鏟樣的竹板，胡小天認識這東西，專門用來對付犯人掌嘴之用，這一下只要拍下來，半邊臉肯定要腫起來。

好漢不吃眼前虧，胡小天馬上陪笑道：「兩位大哥，你們誤會了，咱們其實是同行，我是新任青雲縣丞。」

兩名捕快看了看胡小天，然後同時笑了起來，一人道：「你是青雲縣丞，我還是燮州太守呢，年輕人，想當官想瘋了吧？」

另外一人道：「瘋子年年有，今年特別多，都他媽是一幫官兒迷，昨天抓了一個冒充御史大夫的，今天又遇到這貨。」

胡小天欲哭無淚，老子說實話，怎麼就沒人相信呢？

胡小天無論如何都沒想過自己前來青雲縣的第一晚會在監牢中度過，兩名捕快根本不聽他的解釋，甚至懶得前往近在咫尺的福來客棧調查，就將他帶到了縣衙關到了監房之中。

胡小天被推入囚室內，仍然憤憤不平，嚷嚷道：「有沒有搞錯啊，至少也要調查一下，我犯了什麼罪？抓人總得有個理由先！」

外面匡噹一聲上了大鎖，胡小天知道自己叫破喉嚨都沒有，唯有接受現實等明天再說了。

監房內有五名囚犯，原本都已經睡著了，可因為胡小天的到來，他們的美夢全都被吵醒，一個個虎視眈眈地望著這位不速之客。

胡小天看出幾人目光不懷好意，嘿嘿笑道：「大夥兒都在啊，真是人生何處不相逢，四海之內皆兄弟，認識一下，我叫胡小天！」

幾人沒有一個理會他。

西牆角，有一名虬鬚大漢宛如臥佛一般側臥在那裡，左手撐著碩大的腦袋，右手中拿著一根乾草，在嘴巴裡咀嚼，看都不看胡小天。

此時其餘四名囚犯一擁而上，圍住胡小天一通痛捶，胡小天雙拳難敵四手，只能抱著腦袋縮到牆角，還好這幫人不是當真將他往死裡打，雖然拳腳交加，也只是給他一個教訓。

一通拳腳過後，大漢哼了一聲：「夠了，真想鬧出人命不成！」所有人向周圍散去，馬上各回各的地盤睡覺。

胡小天挨了不少拳腳，不過都是皮肉傷，也幸虧他沒反抗，越反抗，對方的攻擊就會越猛烈，目睹現場的五個人，他最多也就能對付兩個，至於那虬鬚大漢，一看就知道戰鬥力超強，自己未必是他的對手，應該是這群犯人的頭兒。

胡小天靠著監房的木柵欄坐下，估摸著今晚這頓揍是白挨了，啞巴吃黃連，有苦自己知。

虬鬚大漢望著他，嘴裡仍然咀嚼著那根乾草：「小兄弟，你叫什麼？」

胡小天心中暗罵，剛剛讓人圍毆我，這會兒又跟我閒聊，可在人屋簷下，不得不低頭，在這裡，誰的拳頭硬就得聽誰的。

於是這廝一臉陽光燦爛的笑容道：「小弟胡小天，敢問兄台高姓大名。」別看他笑得燦爛，心中已經將對方給惦記上了，等老子恢復了身分，看我不敲你二十大板，讓你長點記性。

虬鬚大漢道：「周霸天！」

胡小天心中暗贊，這個名字倒是霸氣側漏，太拽了，太囂張了點，不過看這虬鬚大漢的樣子也當得起這個名字。

胡小天素來是個八面玲瓏的角色，這廝笑道：「周大哥，咱們還真是有緣呢，都占了一個天字。」

周霸天還沒有說話，隔壁囚室中有人哈哈笑了起來，發笑的人正和胡小天背靠背坐著，胡小天轉過頭去，借著囚室中的火光看清發笑的人是個胖子，這胖子不是別人，正是今天往公堂之上打官司的賈德旺。

胡小天沒有搭理他，畢竟賈德旺在隔壁囚室內，跟自己沒什麼直接關係。

賈德旺笑完之後道：「小子，你這馬屁拍得真是肉麻，都占了一個天字就是有緣？什麼緣分？難不成你看上了他？」

一幫人同時笑了起來，唯有躺在那裡的周霸天仍然無動於衷，周霸天道：「晚了，都睡吧，別在這兒扯犢子。」他的話說完，所有人都沉默了下去，包括胖子賈德旺在內。

胡小天感覺到周霸天在這群人中擁有絕對的權威，要說這賈德旺今天表現的也頗為奇怪，根據慕容飛煙所說，他和那個賈六為了山羊打官司，賈六被打了十板之後，鬼鬼祟祟前往了南門外的紅柳莊，賈六明顯是在說謊，而這個賈德旺似乎也有故意觸怒縣令許清廉之嫌。

監房的廊道內油燈昏黃，胡小天累了一天，終於漸漸支持不住，眼皮感到越來越沉重，睡意朦朧之時，聽到賈德旺低聲道：「大哥，感覺怎樣了？」

周霸天道：「好多了！」

胡小天心中一怔，從兩人對話來看，周霸天和賈德旺應該早就相識，難道賈德旺今天打官司是苦肉計，真正的目的就是為了混進監牢？

同甘苦共患難，這感情似乎非同一般啊！

請續看《醫統江山》卷三 另有隱情

醫統江山 卷2 神醫手段

作者：石章魚
發行人：陳曉林
出版所：風雲時代出版股份有限公司
地址：10576台北市民生東路五段178號7樓之3
電話：(02) 2756-0949
傳真：(02) 2765-3799
執行主編：劉宇青
美術設計：許惠芳
行銷企劃：林安莉
業務總監：張瑋鳳

初版日期：2019年12月
版權授權：閱文集團
ISBN ：978-986-352-761-9
風雲書網：http://www.eastbooks.com.tw
官方部落格：http://eastbooks.pixnet.net/blog
Facebook：http://www.facebook.com/h7560949
E-mail：h7560949@ms15.hinet.net
劃撥帳號：12043291
戶名：風雲時代出版股份有限公司

風雲發行所：33373桃園市龜山區公西村2鄰復興街304巷96號
電話：(03) 318-1378
傳真：(03) 318-1378
法律顧問：永然法律事務所 李永然律師
　　　　　北辰著作權事務所 蕭雄淋律師

行政院新聞局局版台業字第3595號 營利事業統一編號22759935

定價：270元

國家圖書館出版品預行編目資料

醫統江山 ／石章魚 著. -- 臺北市：風雲時代，
2019.11- 冊；公分

ISBN 978-986-352-761-9（第2冊；平裝）

857.7　　　　108014766